Irene Rodrian

# Ein letztes Lächeln

W0385093

# Sehr verehrte Leserin, sehr verehrter Leser,

unsere Welt wird immer schnelllebiger, unser Alltag immer hektischer. Gerade deshalb sind die schönen, unbeschwerten Momente, in denen wir innehalten und uns zurücklehnen, so kostbar.

Ich persönlich greife in solchen Momenten gerne zu einem guten Buch. Eine spannende und unterhaltsame Geschichte hilft mir, schnell abzuschalten. Beim Lesen vergesse ich die Sorgen des Alltags.

Doch manchmal ist es gar nicht so einfach, ein gutes Buch zu finden. Dabei gibt es so viele Autorinnen und Autoren, die mit ihren Geschichten die Leser in ihren Bann ziehen. Solche Highlights der Unterhaltungsliteratur bringt jetzt die vielseitige Karl Müller Verlag-Taschenbuchreihe zusammen. Die von uns sorgfältig ausgewählten Bücher reichen von frechen Frauenromanen über spannende Krimis bis hin zu großen Liebesgeschichten und historischen Romanen.

Die kleine, aber feine Karl Müller Verlag-Auswahl möchten wir gerne auch mit Ihnen teilen. Mir bleibt nur, Ihnen viel Spaß und Entspannung beim Lesen und Träumen zu wünschen.

Herzlichst
Ihr

Siegfried Lapawa
Verleger Karl Müller Verlag

Irene Rodrian

# Ein letztes Lächeln

Roman

KARL ■ MÜLLER

Über die Autorin:
Irene Rodrian, 1937 in Berlin geboren, wurde u.a. mit dem Ehrenglauser des Friedrich-Glauser-Preises und dem Edgar-Wallace-Preis für Kriminalliteratur ausgezeichnet. Seither hat sie sich mit zahlreichen Bestsellern in einer Gesamtauflage von über zwei Millionen und als Drehbuchautorin (Tatort, Ein Fall für Zwei) einen Namen gemacht. Irene Rodrian lebt heute in München.

Genehmigte Lizenzausgabe
Karl Müller Verlag – SILAG Media AG,
Liebigstr. 1–9, 40764 Langenfeld

Copyright © 2013 by dotbooks GmbH, München
Titelbildgestaltung: Nicola Bernhart Feines Grafikdesign, München unter Verwendung eines Bildmotivs von © Lunamarina/iStockphoto.de
Umschlaggestaltung: SILAG Media AG, 2014

PEFC zertifiziert
Dieses Produkt stammt aus nachhaltig bewirtschafteten Wäldern und kontrollierten Quellen
www.pefc.de
PEFC/32-31-039

Dieses Buch wurde auf Pamo Classic von Arctic Paper gedruckt.

ISBN-Nr. 978-3-95674-134-0
Printed in EU 2015

## Die 5 Llimonas

*Pia Cortes-Casares*
äußerst erfahrene und erfolgreiche Ermittlerin, bis vor kurzem noch *inspectora* bei der Mordkommission. Scharf & pragmatisch

*Janet Howard*
Gerichtsreporterin für englische und spanische Zeitungen. Lebt seit dreißig Jahren in Spanien, ist aber nach wie vor *very british*. Cool & souverän

*Dagmar Warwitz*
kluge Anwältin, ursprünglich aus München. Im Kampf um ihre Kinder kam sie nach Barcelona und erwarb dort alle notwendigen Zulassungen. Sie wird leicht unterschätzt. Lieb & klug

*Barbara Dyckhoff*
als Jugendliche aus einem von vielen Heimen ausgerissen und nach Barcelona getrampt. Ihr hochgebildeter Mentor ist der König der Taschendiebe. Er bringt ihr alles bei was er weiß und kann. Kühn & geschickt

*Anna Guzman*
auf Ibiza in einer deutsch-amerikanischen Chaosfamilie aufgewachsen. Kam früh an Drogen und schaffte es aus eigener Kraft, davon loszukommen. Mutig & zäh

## Und ihre besten Freunde

*Luis Llobet*
brillanter Pathologe und Gerichtsmediziner, Feinschmecker und Rotweinkenner. Verehrer der Damen

*Josep Bonet*
schlauer Ermittler, capitán bei der Mordkommission, ehrlicher Macho

*Fritz the cat*
der große gelbe Kater mit dem runden Kopf.

Chef über die Dächer vom *barrio gótico* und die Terrasse von Llimona 5

# I. Erste Warnung

# 1.

Schwere Schritte. Machten vor der Tür halt. Dann kratzte der Schlüssel ein paar Mal über die Metalleinfassung, bis er endlich ins Schlüsselloch fand.

Elena blieb regungslos auf dem Sofa vor dem Fernseher sitzen. Eine Spielshow auf TV3. Den Ton hatte sie abgestellt, als sie das asthmatische Rattern des Fahrstuhls im Treppenhaus hörte. Sie bewegte sich nicht, drehte sich nicht um, sie starrte auf den Fernsehschirm.

Die Tür wurde aufgestoßen und fiel krachend wieder ins Schloss. Sein Schlüsselbund fiel zu Boden, als er ihn gegen das Brett neben der Garderobe warf. Sie hörte seinen schnaufenden Atem. Sie roch den süßlichen Dampf von Bier und *conac*.

Sie bewegte sich nicht. Sie konnte sich nicht bewegen. Obwohl sie ihn hinter sich spürte. Wie er in der Wohnzimmertür stand. Sich am Türrahmen festhielt und sie anglotzte.

„Müsierst du dich?"

Sie drehte sich noch immer nicht um. Links vor ihr war die offene Balkontür. Weiße Vorhänge blähten sich in der heißen Nachtluft. Dahinter die Töpfe mit den hellroten Geranien, die sie einmal zusammen gekauft hatten, der kleine Tisch, an dem sie früher manchmal abends gegessen hatten. Auf der anderen Straßenseite die dunklen Umrisse der Platanenkronen und dahinter der *Palau de Justicia*, der gewaltige Justizpalast mit seinen hell angestrahlten Türmen. Und fünf Stockwerke unter ihnen Barcelona. Hupend, schreiend, tobend.

Sie wollte wegrennen. Hinaus auf den Balkon. Hinunterspringen. Weg sein. Unsichtbar. Unfühlbar.

Sie bewegte sich nicht.

In der Wohnung war es still. Auch im Kinderzimmer. Kein Laut. Er stand immer noch hinter ihr. Stieß sich plötzlich vom Türrahmen ab und stolperte auf sie zu. Hielt sich an der Sofalehne fest. Sein Atem direkt über ihr. Leise, fast freundlich: „Meinelena …“ Er fiel auf sie, sein Gewicht drückte sie in die Polster. Grunzen, es klang wie ein Lachen. Sein feuchter Mund an ihrem Hals.

Der Ekel löste ihre Lähmung, sie drehte sich unter ihm weg. „Hast du Hunger? Wir haben noch Reis und Kaninchen …“

„Keininchen, dubismein Hase …“ Wieder lachte er grunzend und hielt ihren Arm fest. Sie verlor das Gleichgewicht und stürzte zu Boden. Im Versuch, sich aus seinem Griff zu winden, verdrehte sich ihre Schulter, ein kurzer scharfer Schmerz ließ sie aufschreien.

Er ließ ihren Arm nicht los, rollte vom Sofa, wieder über sie. Diesmal war es kein Zufall, er nagelte ihre Arme mit seinen Ellbogen auf dem Fußboden fest und drückte ihre Beine mit den Knien auseinander. In seiner Stimme war auch keine Freundlichkeit mehr. „Liebe dich verdammt … kommher!“ Er versuchte, mit einer Hand seinem Gürtel zu öffnen. Speicheltropfen sprühten über ihr Gesicht.

„Bitte! Bitte nicht!“ Sie hörte ihr eigenes Winseln und konnte nichts dagegen tun. Sein Gesicht war so nah über ihr, dass sie die gelben Augenbröckchen in seinen Wimpern sehen konnte, den entzündeten Eiterpickel über seinem Schnauzbart und die fettigen Schweißperlen neben der Nase. Und die riesigen Pupillen seiner Augen. „Nein!!!"

Es wäre so leicht gewesen. Er war relativ friedlich besoffen, als er heimkam. Sie war seine Königin, er betete sie an, er hatte ihr versprochen, die Sterne für sie vom Himmel zu holen. Er war ihr Mann. Er wollte sie haben. Sie hätte nur mitmachen müssen. Einfach stillhalten. Seine Küsse erwidern. Ihn umarmen. Ihm dabei helfen, seine Hose aufzuknöpfen.

Aber genau das hatte sie ja in den ersten Jahren immer getan. Immer und immer wieder. Es hatte nie etwas genutzt. Im Gegenteil. Aber vielleicht wäre alles anders gekommen, wenn sie ihn an diesem Abend nur gelassen hätte.

Sie drehte sich unter ihm weg, als er sie nur noch mit einer Hand festhielt, und versuchte, auf die Beine zu kommen. Schaffte es nicht. Er riss sie zurück und knallte sie gegen die Wand.

„Hure!" Er sprach plötzlich klar und deutlich. „Hast wohl schon deinen Spaß gehabt?! Den ganzen Tag über, wie?!" Er riss den Gürtel aus den Schlaufen seiner Hose. „Du verdammte Hure, du!!!"

Er schlug nicht methodisch. Früher hatte er darauf geachtet, dass sie keine sichtbaren Verletzungen davontrug. Das interessierte ihn schon lange nicht mehr. Er schlug sie, weil sie dalag. Weil sie schrie. Weil sie sich wehrte. Weil sie sich nicht mehr wehrte. Weil sie nur noch wehrlos dalag und sich zu schützen versuchte. Sich zusammenrollte. Wimmerte. Irgendwann warf er den Gürtel weg und schlug sie mit seinen Fäusten. Stand über ihr. Trat sie. In den Bauch, in die Nieren, in die Brust.

Elena spürte nur die ersten Schläge. Versuchte nur noch ganz am Anfang, sich etwas wegzudrehen, damit das Blut nicht auf den neuen Teppich floss. Viel Blut, er hatte ihre Nase getroffen. Das Auge. Dann schaltete sie ab.

Das hatte sie schon als kleines Kind gelernt. Wenn Papa zu ihr kam oder später Fred. Sie konnte ihren Körper verlassen und ganz woanders sein, wenn es hier nicht mehr zu ertragen war.

Deshalb dauerte es auch eine ganze Weile, bis sie merkte, dass er nicht mehr auf sie einschlug. Dass im Nebenzimmer der kleine Isi schrie.

Elena hatte Mühe, hochzukommen, sie krallte sich am Sofa fest und zog sich langsam auf die Knie. Die Schmerzen erwachten und überfielen sie. Am ganzen Körper gleichzeitig. Blut floss in heftigen Stößen von ihrem Gesicht auf den Boden.

Isi schrie.

Es war nicht das normale Schreien von Einsamkeit und Hunger. Es war höher, schriller. Elena vergaß alle Schmerzen. Sie stand aufrecht. Sie musste sich das Blut aus den Augen wischen, um sehen zu können. Sie stürmte los.

Flur. Kinderzimmer. Er stand über dem Gitterbettchen und versuchte, Isi herauszuheben. Konnte ihn nicht halten. Der Kleine strampelte und schrie. Rutschte aus seinen Händen und fiel ins Bettchen zurück.

Stille.

Die plötzliche Stille war schlimmer als die Schreie vorher. Elena griff neben sich und hatte den blauen Kinderstuhl in der Hand. Schlug zu. Auf seinen Hinterkopf. Und als er sich umwandte, in sein Gesicht. Schlug zu und schlug zu. Mit aller Kraft.

Er hob die Hände, um den Stuhl abzuwehren, er stolperte, versuchte, sich am Kinderbett abzustützen. Fiel schwer zu Boden. Elena schlug weiter auf ihn ein. Auch, als er zum Flur hinaus kroch, weiter zur Wohnungstür, und bei dem Versuch, aufzustehen, die Garderobe umriss.

Erst als Isi zu wimmern begann, ließ sie den Stuhl fallen und wandte sich dem Kinderbett zu. Nahm ihr Baby hoch und wiegte es tröstend in den Armen. Ihr Blut tropfte auf seinem weißen Strampelanzug.

## 2.

Es war heiß, aber für Juli noch erstaunlich klar. Von der Gondel aus konnten sie über die ganze Stadt sehen und weit hinaus aufs offene Meer. Dagmar stand zwischen Quim und Sara, hielt beide umarmt und an sich gedrückt. Sie entdeckte Barcelona noch einmal durch ihre Augen.

Als sie vom Montjuich herunter wieder zum Hafen zurückkamen, lagen die platanengesäumten Ramblas wie eine lange grüne Schneise im schiefergrauen Dächermeer unter ihnen, und vor ihnen das funkelnde Ultramarin des Hafens mit den hochstiebenden Bugwellen der Motorboote und den weißen Segeln der Yachten.

„Quim hat schon zwei Segelscheine", sagte Sara stolz, und Quim ergänzte sofort:

„Sara ist Surfmeisterin in ihrer Altersklasse."

„Würdet ihr denn gern weiter Wassersport machen? Es gibt einen Club ..."

„Nicht so dringend", sagte Sara, Quim zuckte mit den Schultern. Sie waren sich einig, wie so oft.

Dagmar hatte ihre beiden Kinder jetzt seit ein paar Monaten wieder bei sich. Über vier Jahre lang hatten sie sich nicht gesehen, eine lange Zeit, die sie jetzt mit allen Mitteln aufzuholen versuchten.

Die Kinder hatten keine wirkliche Beziehung zu ihrem Vater, dem Münchner Staranwalt Werner Warwitz. Dazu hatten sie ihn viel zu selten gesehen. Und er hatte sich nie wirklich auf sie eingelassen. Bei ihren wenigen Besuchen in München bekamen sie ihn kaum zu Gesicht, und selbst, wenn er bei ihnen auf der Finca in Mallorca war, verbrachte er fast die ganze Zeit über seinen Akten im Arbeitszimmer und durfte nicht gestört werden. Und von seiner englischen Gespielin und ihrer Nurse Helen sprachen sie immer nur leicht verächtlich von ‚sie' oder ‚die'.

Vier Jahre. Sarah war damals erst sechs Jahre alt gewesen, Achim schon acht. Und er war es auch, der in all den Jahren die Erinnerung an Dagmar wachgehalten hatte. Der nicht zugelassen hatte, dass sie ihr die Schuld an der Trennung gaben, oder dass sie sich zu nah an Helen anschlossen. Aber die Gefahr hatte wohl nie bestanden, Helen war kein warmherziger oder mütterlicher Typ. Für sie waren die Kinder ein Job, der alte Warwitz eine Art Lebensversicherung. Achim und Sarah waren auf sich allein gestellt, das hatte sie zusammengeschweißt.

Dagmar hatte Angst vor der ersten Begegnung gehabt, fast Panik. Aber sie hatte sich vorgenommen, von Anfang an ehrlich zu sein. Und beide Kinder zu respektieren.

Immer noch verbrachten sie soviel Zeit wie nur irgend möglich zusammen. Sie waren vertraut, sie liebten sich. Aber sie kannten sich nicht. In den ersten Tagen und Wochen hatten sie miteinander geredet. Sie hatten die Wohnung neu eingerichtet, sie hatten eine Schule gesucht, sie hatten mit den anderen vier Llimonas Feste gefeiert. Und sie hatten geredet und geredet, tagelang, nächtelang. Und doch gab es immer noch so viel, was sie nicht voneinander wussten.

„Es gibt hier in Barcelona eine Menge Aktivitäten

für Schüler aller Altersklassen. Musik, Theater, Sport und Spiele, Ausflüge und und und. Habt ihr irgendwelche Ferienwünsche? Pläne?"

Die Kinder sahen sich kurz an, grinsten und schmiegten sich noch enger an Dagmar.

„Nein!"

„Wir wollen hierbleiben!"

„Mit dir!"

„Die Stadt ist toll!"

„Hier haben wir doch alles!"

„Kinos und Eiscafés, Hafen und Strand …"

„Sogar Theater, Konzerte und Museen."

„Und dich!"

„Aber ich werde vielleicht nicht immer soviel Zeit haben …"

„Und Llimona 5!"

„Und die neue Fälle!"

„Genau!"

Sie lachten und knufften Dagmar. So gut kannten sie sie schon, sie wussten, was sie dachte. Die Freundschaft der anderen vier Llimonas war wichtig und wunderbar, aber eine Detektei doch eigentlich keine Umgebung für Kinder. Dagmar musste sich dann immer wieder gewaltsam in Erinnerung rufen, dass die Kinder nicht mehr klein waren, und dass es längst zu spät war, sie vor allen Realitäten des Lebens zu behüten. Außerdem war ihr jetzt von der Gondelfahrt grottenschlecht, und alle pädagogischen Überlegungen mussten dahinter zurückstehen.

Die Gondel machte ruckelnd fest, sie stiegen aus und gingen zum Fahrstuhl. Die Kinder liefen voraus und machten Witze über einen Touristen, der die Spucktüte benutzte. Die Fahrt hinunter zum Hafen war eine weitere Herausforderung. Die Sonne brannte von einem wolkenlosen Himmel, und Dieselabgase legten sich über den salzigen Geruch des Meeres. Dagmar kämpfte immer noch gegen die Übelkeit, als sich ihr Handy meldete. „Diga?"

„Hola, Dagmar? Hier spricht Mónica Vidal. Pia Cortes-Casares hat mir deine Telefonnummer gegeben. Du hast einen guten Ruf als Anwältin."

„Danke. Müsste ich dich kennen?"

„Nein, hoffentlich nicht", trockenes Lachen. „Ich arbeite für die Liga gegen häusliche Gewalt. Ich leite und koordiniere verschiedene Frauenhäuser und die Notrufstationen in Barcelona und Umgebung."

Die Kinder waren vorausgelaufen, warteten und kamen langsam wieder zurück. Dagmar blieb neben der Gondelbahn stehen. „Beeindruckend. Was kann ich für Sie tun?"

„Bitte, sag Du. Und komm, so schnell du kannst zur *brigada criminal* ins Polizeipräsidium in der Laietana."

„Um was geht es denn?"

„Adrián Sauro und seine Frau Elena. Er misshandelt sie seit Jahren. Heute hat sie zum ersten Mal zurückgeschlagen, weil er sich an dem Baby vergreifen wollte. Und jetzt ist sie verhaftet worden und steht unter Anklage. Schwere Körperverletzung."

„Ich bin in zehn Minuten da."

Dagmar schaltete ihr Handy aus und sah den Kindern entgegen. Sie wussten schon Bescheid. Sara war als erste bei ihr. „Du musst weg?“

„Ja …“

„Können wir mitkommen?“ Quim schaute hinüber zur geschwungenen Fußgängerbrücke und dem runden Dach des riesigen Mittelmeeraquariums. „Nein. Richtig?“

„Tut mir leid“, Dagmar lachte und kramte zwanzig Euro heraus. „Ich muss in die Laietana. Kommt ihr allein zurecht?“

„*Claro* Mama“, Sara hatte sie seit ihrer Ankunft noch nie Mama genannt. Dagmar versuchte, sich die Rührung nicht anmerken zu lassen. Quim beobachtete sie, nahm das Geld und deutete zur Brücke hinüber.

„Mach dir keine Sorgen. Wir schauen uns die Haifische an. Und kommen dann zum Pati Llimona. Richtig?“

Noch eine letzte Umarmung, dann sah Dagmar ihren beiden Kindern nach, wie sie hinübergingen, über den grünen Platz mit den bunten Skulpturen und den flanierenden Gruppen von jungen Menschen und Touristen. Weiter zu der freischwebenden Brücke zum *L'aquarium*.

Sie blieben immer wieder stehen und winkten.

Dagmar winkte zurück, bis die beiden in der bunten Menge verschwanden. Der sehnige Junge mit dem sonnengebleichten Stoppelhaar und das schlaksige Mädchen mit den dunklen Locken, kaum kleiner als er. Es tat weh, sie so allein zu lassen. Es kostete unglaubliche Kraft, darauf zu vertrauen, dass die beiden sich längst in Barcelona zurechtfanden. Dass ihnen nichts geschehen würde. Dass sie jetzt für immer bei ihr waren.

Dagmar wandte sich entschlossen ab, lief hinüber zum Kolumbusdenkmal und winkte sich ein Taxi. Die Strecke war kurz, aber das Taxi hatte eine Klimaanlage, und Dagmar konnte für ein paar Minuten zurücksinken und die kleinen grauen Zellen in ihrem Kopf zu Ruhe kommen lassen.

Die *Prefectura Superior* sah nicht gerade aus wie das Zentrum für Mord und Totschlag. Eher wie ein eleganter Stadtpalast, der zu internationalen Festen einlud. Die weißgraue Fassade und die verschnörkelten Fensterrahmen erst kürzlich renoviert, die Polizisten, die in ihren blauen Uniformen vor der Einfahrt Wache hielten, frisch gestärkt, selbst die beiden gepanzerten Mannschaftswagen, die gerade von der Laietana in den Durchgang einbogen, wirkten wie Requisiten aus einem Kriminalfilm.

Dagmar lief sofort hinauf zum Großraumbüro, in dem Pia als *inspectora* der Mordkommission gearbeitet hatte, bevor sie sich alle kennen gelernt, ihren ersten Mordfall gelöst und zusammen Llimona 5 gegründet hatten.

Lärm und Stimmengewirr schlugen Dagmar entgegen. Sie blieb in der Tür stehen. Auf den am Boden festgeschraubten Bänken drängten sich die Wartenden, einige standen unter den Fahndungsplakaten, alle Tische waren besetzt. Telefone läuteten, Männer brüllten sich Informationen quer durch den Raum zu, eine Frau schrie hysterisch. Zwei uniformierte Polizisten, ein Mann und eine Frau brachten einen

Betrunkenen herein, der sich mit Händen und Füßen wehrte, nach seiner Mutter schrie und dem Mann auf die blank polierten Schuhe kotzte.

Der hübsche Toni verhörte eine extrem lange dünne Frau mit hochtoupierter Blondhaarperücke und winzigem Minirock, die vermutlich ein Mann war. Die kleine Silvi war hinter ihrem Computer und einem Berg von Akten kaum noch zu sehen. Das verglaste Chefbüro war leer, *el jefe* lochte vermutlich gerade mit einer wichtigen Persönlichkeit aus Politik oder Wirtschaft ein.

Capitán Josep Bonet hatte seinen Tisch ganz hinten beim Durchgang zu den Verhör- und Konferenzräumen. Neben ihm saß eine Frau mit einem jeansblau getönten Rasiermesserschnitt und einem leuchtend roten Poncho. Beide schauten auf, als Dagmar sich zu ihnen durchgearbeitet hatte. Josep wie immer in einem verdrückten Baumwollhemd, die graue Haarbürste noch wilder als sonst zerwühlt. „Dagmar", sagte er.

Die Frau war um die vierzig, hatte ein schmales Gesicht mit einer sehr dominanten Nase und einen vollen Mund. Sie sprang auf und streckte Dagmar eine Hand entgegen. Kein Schmuck, kräftiger Händedruck. „Dagmar Warwitz? Ich bin Mónica Vidal. Danke, dass du so schnell gekommen bist."

Dagmar sah sich nach einer Sitzgelegenheit um, aber erst als Mónica ihr ihren Stuhl hinschieben wollte, schien Josep aufzuwachen und bot ihr seinen Stuhl mit der abgewetzten Bomberjacke über der Rückenlehne an. Er selbst hockte sich auf die Kante des nächsten Tisches. „Sieht nicht gut aus“, sagte er, und seine dunklen Bassetaugen ergänzten: Da wirst du wenig ausrichten können. Pech gehabt!

„Elena Saura?“ Dagmar mochte Josep, aber sie kannte auch seine unverbesserlichen Machoseiten. Sie wandte sich direkt an Mónica. „Wo ist sie jetzt?“

„Schon im Wad Ras.“ Mónica warf Josep einen wütenden Blick zu. „Der Untersuchungsrichter hat keine Zeit verloren.“

„Mateo Calvet?“ Dagmar dachte an den gutmütigen Rundschädel mit dem mönchischen Lockenkranz. „Aber der ist doch normalerweise wirklich sehr friedlich!“

„Mein Gott, was sollte er machen?!“ knurrte Josep. „Adrián Saura liegt im Hospital del Mar auf der Intensivstation. Der kann froh sein, wenn er seinen Namen noch weiß, falls er je wieder aufwacht. Sie hat nicht viel von ihm übrig gelassen.“

„Und das Baby?“

„Isidre. Elf Monate. Er ist unverletzt.“ Mónica hatte einen ziemlich dicken hellroten Aktenordner vor sich liegen. „Das Jugendamt hat ihn erstmal in einem Heim untergebracht.“

„Aber du hast doch gesagt, dieser Adrián hat seine Frau Elena seit Jahren geschlagen und misshandelt.“

„Darum geht es hier nicht“, Josep hatte auch einen Aktenordner vor sich liegen, grün und noch dünn. „Es geht hier um schwere Körperverletzung oder sogar versuchten Totschlag. Elena Saura hat auf Adrián weiter und weiter eingeschlagen, obwohl er schon am Boden lag. Er war betrunken, er war nicht fähig, sich zu wehren. Sie hat sogar zugegeben, dass sie ihn töten wollte. Und so leid es mir tut, das wird als Heimtücke gewertet. *Lo siento mucho.*"

„Ihnen tut gar nichts leid", fauchte Mónica, „Sie finden das doch ganz in Ordnung!"

Dagmar legte ihr beruhigend eine Hand auf den Arm. Leise: „Wir werden als erstes Haftverschonung beantragen, damit Elena rauskommt und sich wieder um ihr Baby kümmern kann."

„Das wird nicht klappen", Josep konnte die Zufriedenheit in seiner Stimme nicht ganz unterdrücken. „Adrián hat Jorge Carod als Anwalt."

„Na und?" Dagmar kannte Carod durch ihren Seniorpartner Fusté. Er war auf Strafrecht spezialisiert und galt als eitel, rücksichtslos und extrem ehrgeizig. „Wenn Saura sich so einen scharfen Hund zum Anwalt nimmt, dann zeigt das nur, dass er erstens so krank nicht sein kann, und dass er zweitens nicht so unschuldig ist, wie er tut."

Josep lächelte herablassend. „Schöne Theorie. Aber die beiden kennen sich schon länger. Carod ist ein Freund und Studienkollege."

„Saura ist auch Anwalt?"

„Nein, nein, entschuldige. Sie waren auf derselben Schule. Saura ist Architekt."

„Ein junger Gaudí?" Dagmar lächelte. „Bisher aber noch nicht ganz so berühmt, oder?"

„Er baut Einkaufszentren. Der neue Supermarkt in Llobregat ist von ihm."

„Aha. Also hat er Geld?"

„Er ist nicht reich", sagte Mónica, „aber er verdient gut. Er hat eine komfortabel ausgebaute Eigentumswohnung beim Arc de Triomf, und er ist dabei, sein Elternhaus in Gerona ziemlich aufwendig auszubauen."

„Nicht eben der typische Frauenschläger, oder?"

„In Barcelona schon. Wir sind hier nicht in Andalusien. Dort findet Gewalt gegen Frauen meist nur in den untersten Gesellschaftsschichten statt. Hier aber ist das durchaus ein Phänomen auch der besseren Stände." Mónica verzog ironisch den Mund und sah Josep von der Seite her an. Josep demonstrierte Langeweile. Dagmar hakte nach.

„Und wer ist der zuständige Staatsanwalt?"

„Sanz Lleida." Das kam schnell und sehr zufrieden.

Dagmar fiel in den Stuhl zurück.

Sanz Lleida war der härteste Knochen, den es im Justizpalast gab. Er sah aus wie hundert, aber natürlich konnte er so alt noch nicht sein. Hager, leicht gekrümmt, mit einer hohen scharfen Stimme und einem phänomenalen Verstand. Er konnte virtuos mit der Sprache und den Gesetzen umgehen und er tat alles, was in seiner durchaus großen Macht stand, um die alten Werte zu schützen und zu stützen. Demokratie und Emanzipation hielt er für Teufelswerk. Dagmar hatte miterlebt, wie er mit Pressevertretern umgesprungen war oder wie er weibliche Anwälte in coram publico fertigmachte.

„Scheiße!"

„Du sagst es." Mónica klappte ihre Mappe zu. „Wir haben schon alles Menschenmögliche versucht, aber wir laufen nur gegen Mauern."

„Dahinter steckt System." Dagmar war auf ihrem Gebiet und scherte sich nicht mehr um Joseps Machogebaren. „In Barcelona laufen eine ganze Menge Männer frei herum, die ihre Frauen erst jahrelang gequält und dann ermordet haben. Im Affekt, aus Leidenschaft, oder im Suff. Begründet, so heißt es. Die Frau hatte sie betrogen, beleidigt, verlassen. Freispruch oder Bewährung. Im Wad Ras sitzen einige Frauen lebenslänglich, weil sie ihre Männer getötet haben. Ihnen wird Heimtücke vorgeworfen. Weil sie sich nach Jahren der Erniedrigung an die meist körperlich weit überlegenen Männer erst rangetraut haben, als diese betrunken auf dem Boden lagen oder schliefen. Heimtücke. Dass ich nicht lache!"

„Danke für Ihr Plädoyer", Josep grinste, stand auf, griff hinter Dagmar und zog seine Fliegerjacke vom Stuhl. „Es ist Freitag, halb sieben. Keine Chance auf irgendeinen Gerichtstermin vor Montag. Und ich habe jetzt auch Feierabend." Er warf sich die Jacke über die Schulter und schlenderte davon.

## 3.

Die Zielperson blieb vor einem Schaufenster mit Second-Hand-Kameras stehen. Barbara musste sich drei Läden dahinter in eine Auslage mit Stützstrümpfen und Beckenkorsetts vertiefen, um nicht aufzufallen.

José Alonso. Der Mann sah weder gut aus noch war er jung, reich oder berühmt. Zahntechniker, zweiundfünfzig. Er hatte eine Halbglatze, war eindeutig übergewichtig und untrainiert, seine hellbeigen Hosen waren nicht mehr sauber, sein braunes T-Shirt durchgeschwitzt.

Aber er hatte eine Frau, die ihn liebte und behalten wollte. Und die dafür bezahlte, dass Llimona 5 ihn beobachtete und genauestens ausforschte, um seine geheimen Leidenschaften ans Licht zu bringen.

Pia hasste diese Aufträge. Private Bespitzelungen. Aber seit Llimona 5 vor allem durch den Fall der Anti-Aging-Morde zu plötzlichem Ruhm gekommen war, konnten sie sich vor solchen Anfragen kaum noch retten. Fünf Frauen, fünf erfolgreiche Detektivinnen in einer großen Machostadt. Es kamen sowohl die Männer, um ihre untreuen Frauen zu stellen, als auch die Frauen, die alles über ihre Männern wissen wollten. Die einen aus Neugier, die anderen, weil sie an die weibliche Kompetenz auf gewissen Gebieten glaubten.

Diese Aufträge brachten regelmäßiges Geld, aber Pia meinte auch, dass die anderen, vor allem die jüngeren, Barbara und Anna, dabei noch einiges lernen konnten. Observieren zum Beispiel, unauffälliges Beobachten und Verfolgen.

Sie waren noch in der Portaferrissa, Alonso zögerte an der Kreuzung und ging dann langsam auf die Ramblas hinaus. Barbara musste näher aufschließen, um ihn in dem Gedränge nicht aus den Augen zu verlieren.

Die Nachmittagshitze flirrte auf dem Mittelstreifen, obwohl das dichte Laub der Platanen kaum noch Sonnenflecken durchließ. Die Cafés unter den weißen Riesenschirmen waren voll, lang beschürzte Kellner flitzten mit überladenen Tabletts von einer Straßenseite auf die andere.

Touristen in Sandalen und kurzen Hosen fotografierten die üppigen Blumensträuße vor den Ständen, die exotisch bunten Vögel in den Käfigen und Volieren, den Magier, der weiße Kaninchen und Tauben aus seinem Zylinder zauberte, die alte Frau mit den sieben dressierten Hunden und den reglosen Muskelmann aus Gold.

An den Fußgängerampeln stauten sich die Angestellten aus den nahen Büros und Behörden in ihren verknautschten und verschwitzten Alltagsklamotten, die noch letzte Einkäufe und Besorgungen machten, bevor sie nach Hause eilten.

Freitagnachmittag. Da tobte in den Ramblas der Bär. Alonso ging in Richtung Hafen, Barbara hatte keine Mühe, hinter ihm zu bleiben.

In ihrem früheren Leben war sie Taschendiebin gewesen. Eine der besten. Ausgebildet von Pablo el Rey, dem König der Diebe. Sie kannte sich aus im unsichtbaren Beobachten und Verfolgen, darin war sie Meisterin.

Alonso überquerte die Straße, blieb kurz vor einem Café stehen, fand aber keinen freien Platz und ging weiter. Er trug die Geldbörse in der Gesäßtasche. Prall gefüllt, aber vermutlich nur mit alten Quittungen, Gutscheinen und Lottoabschnitten.

Barbara schätzte das Bargeld in seiner Börse auf maximal fünfundzwanzig Euro. Sie bewegte ihre Finger. Die automatische Aufwärmbewegung einer Taschendiebin kurz vor dem Zugriff. Sie musste grinsen. Sie hatte schon vor einiger Zeit die Seiten gewechselt, sie war jetzt Detektivin. Seit dem schrecklichen Brand in Barceloneta hatten ihre Finger die alte Beweglichkeit noch nicht ganz wieder erlangt. Aber viel fehlte nicht mehr.

Barbara blieb dicht hinter José Alonso. Sie war klein, und unauffällig. Er merkte nichts. Barbaras Gedanken schweiften ab. Vor ein paar Wochen hatte sie in einer Fernsehshow einen Taschendieb gesehen, der da so dilettantisch herumhampelte, dass sie kaum hinschauen konnte. ‚*Greif dein Glück*' war eine Wohltätigkeitsveranstaltung und lief einmal im Monat. Mit großem Erfolg. Berühmte Sportler, Schauspieler, Künstler und Artisten traten vor einem Millionenpublikum auf.

Barbara wäre von selbst gar nicht drauf gekommen, aber Anna hatte ihr eines Tages das Programm hingelegt, und sie gedrängt, sich zu melden. Auch Pia hatte sie unterstützt, aber Barbara traute ihren Fähigkeiten nicht mehr. Sie pflegte und trainierte ihr Hände regelmäßig, aber die Sicherheit und das Selbstvertrauen von damals waren damals in Barceloneta mit verbrannt.

Alonso blieb so plötzlich stehen, dass Barbara kaum noch reagieren konnte. Aber er sah nur zurück, um den Verkehr abzuschätzen und lief dann über die Straße hinüber zur Boquería, noch bevor die Ampel umgeschaltet hatte.

Barbara kam etwas zu spät in die Markthalle. Hohe Bögen über den Gängen, Sonnenlichtspritzer in allen Farben durch das bunte Glas der Jugendstilscheiben und das schattenlose Licht der Leuchtstoffröhren. Sie musste nicht lange suchen. Er stand bei den Trockenfrüchten. Dunkel glänzende Datteln, von Kräutern ummantelte Feigen, knusprig dünne Bananenscheibchen und goldgelbe Aprikosen. Barbara war plötzlich hellwach. José Alonso war nicht der Mann, der sich hier von seinem kleinen Gehalt exotisches Obst kaufte. Vielleicht hatte seine Frau doch recht. Und ihr José traf sich heimlich mit einer anderen Frau. Auf dem Markt? Die hier war eindeutig zu alt. Alonso schaute auch nicht zum Trockenobst, er sah hinüber zu den Süßigkeiten. Am Nachbarstand stapelten sich Schokonüsse von dunkelbraun bis weiß, gebrannte Mandeln, kandierte Äpfel, gezuckerte Trauben. Dahinter standen zwei Frauen, die eine alt und dürr, die andere jung und drall.

Alonso starrte die junge an. Sie schaufelte gerade für eine ältere Frau in Jeans und T-Shirt ein durchsichtiges Tütchen mit glasierten Walnüssen voll. Sie schaute nicht zu ihm herüber. Er bewegte sich nicht.

Barbara war dicht hinter ihm. Und spürte plötzlich etwas hinter sich. Jemanden. Sie wurde beobachtet. Sie fuhr herum.

Hinter ihr stand Felip.

Hoch aufgeschossen, mit seinem hübschen glatten Kindergesicht und den vollen Trompeterlippen. Felip, ihr Ex. Im letzten Jahr hatten sie eine heiße Affäre gehabt, fast schon eine richtige Beziehung. Barbara hatte sich Hals über Kopf in ihn verliebt. Felip war der erste Mann gewesen, den sie nach dem schrecklichen Feuer wieder so nah an sich heran gelassen hatte. Aber das hatte ihm nicht genügt. Er wollte sie mit Haut und Haar, er wollte die ständige Verfügbarkeit, die absolute Kontrolle. Für Barbara aber war Freiheit das höchste aller Güter. Persönliche Freiheit rangierte für sie noch vor Freundschaft oder Liebe.

Sie machte Schluss, aber Felip wollte das nicht akzeptieren. Es hatte ein paar ziemlich hässliche Szenen gegeben, aber in den letzten Monaten hatte sie ihn nicht mehr gesehen.

Er trug hautenge Radlerhosen und hatte einen flachen roten Expressrucksack mit gelben Leuchtstreifen über den Schultern. Anscheinend arbeitete er im Moment als Fahrradkurier. Was ihm offensichtlich genug Zeit gab, hinter ihr her zu spionieren.

Seine Augen glänzten, als hätte er Fieber. Er starrte sie an, schwieg. Erst, als Barbara sich umwandte, um wegzulaufen, griff er nach ihr. „Bitte ... hör mir zu!"

Sie nahm seine Hand von ihrem Arm. Das Halogenlicht ließ die Narben rot aufleuchten, aber das hatte Felip nie gestört. „Nein ..."

„Nur eine Minute! Lass uns reden, bitte!" Er stand so dicht vor ihr, dass sie hochschauen musste. Sie konnte seinen scharfen Körpergeruch wahrnehmen und das frische After Shave, Lacoste. Er benutzte es noch immer. Sie hatte ihm eine Flasche zum ersten gemeinsamen Dreikönigsfest geschenkt. Als sie sich noch liebten. Als sie glaubten, ein langes gemeinsames Leben vor sich zu haben. Als sie noch nicht wussten, dass es auch ihr letztes gemeinsames Weihnachten sein würde.

„Felip, es gibt nichts mehr zu reden, wir haben alles gesagt!" Wenn sie ihm so nah war, konnte sie die Vertrautheit seines Körpers spüren, und immer noch einen deutlichen Rest seiner Anziehungskraft. Barbara machte einen Schritt zurück. Er folgte ihr synchron wie ein Tangotänzer. Das war zu nah. Sie musste seitlich ausweichen, um wieder Luft zu bekommen und stolperte fast über eine halbvolle Abfallkiste. Er griff nach ihrem Oberarm, fester diesmal, so als wollte er sie stützen. Aber sie spürte den Druck als Schmerz. Riss sich heftig los. „Nein! Lass mich endlich in Ruhe! Es ist aus, verdammt nochmal! Kapier das doch endlich!"

„Barbara, bitte! Ich liebe dich!"

„Nein. Nein, verdammt!"

„Ich kann nicht mehr! Ich kann keine Musik mehr machen, ich hab mich von meiner Band getrennt ...Ich kann nicht mehr leben ohne dich!" Seine Stimme stieg an, die Augen wurden feucht.

„Wir haben uns getrennt! Es ist aus. Schluss! Ende! Finito!" Sie schrie fast, drehte sich ab und rannte davon.

Erst als sie am anderen Ende der Markthallen ankam, fiel ihr José Alonso wieder ein. Wütend, dass sie ihn völlig vergessen und nun wohl auch endgültig verloren hatte.

## 4.

Trotz der späten Nachmittagsstunde gab es noch frischen *bacalao.* Da konnte Pia nicht widerstehen. Kabeljau war einer ihrer absoluten Lieblingsfische, völlig zu Unrecht verkannt und unterschätzt. Getrocknet und gesalzen gab es ihn immer, aber frisch nur selten. Sie nahm acht weißrosa Filets, dazu ein Viertelpfund Rogen für die Soße und zwei Dutzend *gambas* für die Vorspeise.

Die ersten Stände wurden bereits geschlossen. Auf dem Rückweg zur Rambla hinaus bekam Pia noch Tomaten, Zwiebeln, Zucchini und Artischocken und kaufte einen Stand weiter letzte Kirschen ein, erste Trauben und orangepralle Mispeln. Sie begegnete weder José Alonso, der sich gerade mit der jungen drallen Nussverkäuferin unterhielt, noch Barbara, die genau zur selben Zeit auf der anderen Seite, die Boqueria verließ und auf die carrer de Jerusalem hinaustrat.

Pia liebte Märkte und sie liebte es, einzukaufen. Das war eine der schönen Seiten ihres Berufswechsels. Seit sie nicht mehr bei der Polizei war, sondern selbstständig als Detektivin mit ihren vier Freundinnen bei Llimona 5 arbeitete, gab es öfter die Möglichkeit, den Tag selbst einzuteilen. Und es fanden sich viel mehr Anlässe zu gemeinsamen Mahlzeiten.

Pia überquerte die Straße, als ihr Handy sich meldete. Sie setzte die vollen Tüten ab und fischte es aus der Westentasche. „Diga?"

Dagmar. Sie war auf dem Weg zum Wad Ras, dem

Frauengefängnis. Sie machte sich Sorgen, dass ihre Kinderchen verhungern könnten. Und sie fragte nach Mónica Vidal. Pia kannte Mónica. Sie setzte sich seit vielen Jahren für misshandelte Frauen ein, schon zu Zeiten, als es in Barcelona noch keine Notrufstationen und keine Frauenhäuser gegeben hatte.

„Mónica ist absolut engagiert und integer", beruhigte Pia Dagmar, „du kannst ihr vertrauen."

„Es geht um Gewalt in der Familie. Elena und Adrián Saura. Josep Bonet ist für den Fall zuständig. Adrián hat Elena jahrelang ungehindert geschlagen und misshandelt, jetzt hat sie zum ersten Mal zurückgeschlagen und sitzt prompt im Knast. Sein Verteidiger ist Jorge Carod, dieser scharfe Hund. Und der Staatsanwalt - halt dich fest - ist Sanz Lleida. Könntest du dich bitte mal ein bisschen umhören und schlaumachen?"

Pia hätte am liebsten ihre Tüten abgestellt und wäre zu Dagmar ins Frauengefängnis geeilt. Dieser alte Bau mit dem arabischen Namen, dem runden Innenhof und den völlig überfüllten Gemeinschaftszellen, der sich allen Renovierungsversuchen widersetzte. Sie kannte Inés Alvarez, die Direktorin. Den Ladestock, wie sie sie in der Laietana immer genant hatten. Eine durch und durch sture und immer frisch gestärkte Vollzugsbeamtin, die alle Paragraphen kannte und nichts daneben gelten ließ. Und mehr Macho als jeder Kerl. Dagmar hatte keine Chance gegen sie.

Pia nahm ihre Tüten wieder auf. Der Spaß, den sie eben noch am Einkauf gehabt hatte, war verdorrt. Sie war keine Hausfrau, keine Köchin. Sie war Ermittlerin, sie gehörte auf die Straße. Sie überquerte die Ramblas und ging hinüber zur Ferran. Sie dachte an ihren Vater, mit dem sie als Kind immer in der Boqueria eingekauft hatte. Er war ein guter Koch gewesen und ein sehr guter Polizist.

Dagmar war eine hervorragende Köchin. Sie bekam die Tortilla hin wie sonst keiner. Aber sie war auch eine gute Anwältin. Und Detektivin. Meine Güte, sie würde schon mit diesem Ladestock fertig werden. Das hatte sie doch schon öfter bewiesen.

Pia bog in die schmale düstere Comtessa ein und stieg hinauf zum Pati Llimona. Wie immer saß die alte Maria vor dem Haus und strickte. Neben ihr auf einem Stuhl dröhnte blechern das kleine Kassettenradio, und der räudige Schäferhund döste in der Hitze. Pia grüßte, aber keiner sah auf, keiner knurrte.

Ich muss loslassen, redete Pia auf sich selber ein, ich kann ja nicht alles machen. Dafür sind wir ja fünf. Im Café des Altenzentrums waren alle Tische besetzt, einige Leute winkten ihr zu. Pia winkte zurück, obwohl sie die meisten Gesichter noch nie gesehen hatte.

War das möglich? Sie wohnte seit Jahren hier, das Seniorencafé gab es mindestens ebenso lange. Sie kam mehrmals am Tag hier vorbei. Und die alten Leutchen wurden ja schließlich nicht alle Wochen ausgetauscht. Ich schaue nicht hin. Pia überquerte den Platz und ging ins Haus. Ich, die ich mir einiges auf meine Beobachtungsgabe einbilde, ich, die dazu noch auf genauestes Beobachten gedrillt bin, ich schaue hier, in meiner allernächsten Umgebung nicht wirklich hin.

Pia ging über den Patio und schloss die Haustür auf. Der Fahrstuhl war da. Sie stieg ein und drückte auf den obersten Knopf. Einen kurzen Moment lang hatte sie noch ein schlechtes Gewissen und suchte nach Gründen, aber dann waren ihre Gedanken wieder bei Dagmar und dem neuen Fall.

Sie schloss die Wohnungstür auf und ging hinein. Keine Musik, keine Stimmen. Nicht mal Fritz the cat kam zur Begrüßung. Pia ging durch den Flur in die Küche und begann, ihre Tüten auszupacken.

Fritz saß auf der Terrassenbrüstung hinter dem dicht wuchernden roten und weißen Oleander und bewegte sich nicht. Träge und offensichtlich pappsatt spitzte er nur aus Gewohnheit die Ohren in Richtung offene Küchentür.

Pia schaute auf den großen Caixa-Kalender neben dem Kühlschrank, während sie Fisch und Gemüse verstaute. Anna hatte einen Kontrolltermin beim Zahnarzt. Janet war bei einer Pressekonferenz im Justizministerium und versuchte, ein Interview mit dem Innenminister, dem Polizeichef oder sonstigen Wichtigkeiten zu bekommen. Barbara sollte den angeblich untreuen José Alonso observieren bis Anna sie ablösen konnte. Rund um die Uhr lautete der Auftrag. Alonso war nur Zahntechniker, aber seine Frau Rita hatte den Vertrag mit Llimona 5 ohne zu zögern unterschrieben und den Vorschuss für eine Woche cash hingelegt.

Pia nahm diese Ehe- und Eifersuchtsaufträge nur ungern an, aber wenn, dann legte sie auch da großen Wert auf präzise Arbeit. Und dazu gehörten vor allem genaue Informationen. Genauer, als die meisten Klienten sie freiwillig preisgaben. So hatte sie auch hier zuerst einmal etwas nachgeforscht.

Rita war ein paar Jahre älter als José und hatte ihren Job als Kosmetikerin aufgegeben, als sie von einem Onkel ein dickes Paket mit Schiffsanteilen geerbt hatte. Rita sah gut aus, aber sie würde keine Kinder mehr bekommen können. Und jetzt war sie überzeugt, dass ihr unscheinbarer Gatte nichts anderes zu tun hatte, als Tag und Nacht nach einer potentiellen jungen Kindsmutter zu suchen.

Das Klingelsignal ertönte, gleich darauf wurde die Wohnungstür aufgeschlossen. Fritz blieb hinter dem Oleanderbusch sitzen. Janet kam herein, warf ihre Tasche auf die Bank am großen Esstisch und setzte sich an die Küchentheke. Hochrot unter ihrem rötlichgrauen Blondhaar. Nicht von der Hitze, die machte ihr nichts aus. Janet war extrem schlecht gelaunt.

Pia stellte ihr ein Glas hin, schüttete großzügig Whisky ein, holte Eiswürfel aus dem Kühlschrank und schob den Aschenbecher vor sie hin. Verstaute die letzten Sachen aus den Tüten, schüttete ein paar Erdnüsse in eine Schale und goss sich selbst den Rest aus einer Freixenetflasche ein. „Was Bestimmtes oder nur das Leben an sich?“ fragte sie. Janet ließ sich Zeit mit der Antwort. Nahm einen tiefen Zug aus ihrer Dukado und trank das halbe Glas leer.

„Die machen eine Pressekonferenz, lassen dann aber nur die Journalisten rein, die eine Einladung haben! Das ist doch nicht zu fassen!“

„Hmja“, bestätigte Pia und schenkte ihr etwas

Whisky nach. Sie kannte das, wenn Janet die Gebräuche der Medien in England mit denen in Spanien, vorzugsweise Katalonien verglich. Argumente brachten da nichts, da halfen nur Whisky und sehr viel *paciencia*.

Einen Moment lang schwiegen sie beide, dann hielt Pia es nicht länger aus. Sie berichtete von Dagmars Anruf und ihrem Besuch im Gefängnis. Janet trank aus und goss sich selbst Whisky nach. Empört. „Das ist wieder mal typisch. Er prügelt sie seit Jahren, das ist völlig okay, aber kaum wehrt sie sich einmal, sitzt sie auch schon im Knast. Und die Herren Gesetzgeber geben Pressekonferenzen, zu denen nur handverlesene Journalisten zugelassen sind."

„Ist das alles, was dir dazu einfällt?"

„Nein", Janet stand auf, trank ihr Glas leer und drückte die Zigarette aus, grinste. „Sagtest du Hospital del Mar? Ich werde mal versuchen, an diesen armen, hilflosen, tödlich verletzten Schlägergatten ranzukommen."

„Ich mach mir Sorgen, ob Dagmar mit dieser widerlichen Senora Ladestock zurechtkommt."

Janet packte ihre Tasche und war schon an der Flurtür.

„Ladestock ist nicht das Problem. Das schafft Dagmar locker. Aber diese Elena selber. Sie wird alle Schuld auf sich nehmen, sie wird dieses Miststück auch noch schützen wollen."

# 5.

Der Gestank nach Fäulnis und feuchtem Mauerwerk verschwand nicht einmal im Sommer völlig. Schwärme von kreischenden Möwen zogen ihre engen Kreise über dem Innenhof. Die meisten Frauen hockten an der westlichen Schattenseite. Hohe Steinmauern nach allen Seiten, winzige Zellenfenster und ganz oben die dünnen Sicherheitsdrähte. Hier unten bewegte sich kein Windhauch, aber man konnte den blauen Himmel sehen, und das gab einem die Illusion von frischer Luft.

Die meisten brüteten stumpf vor sich hin, schauten kaum auf, bewegten sich nicht. In einer Ecke drängte sich eine Gruppe von offensichtlichen Langzeitinsassen, es wurde geraucht und laut gelacht. Eine alte Frau sang mit hoher Fistelstimme und schrecklichem Akzent *‚I did it my way'*. Zwei junge Frauen prügelten sich um eine Zigarette, schlugen und kratzten sich kreischend, aber niemand griff ein, niemand schaute auch nur hin. Auch nicht die beiden uniformierten Wärterinnen, die schlapp an der Wand lehnten.

Inés Alvarez wirkte selbst in dieser dumpfen Hitze frisch gebügelt. Dagmar stand so dicht neben ihr, dass sie den Duft von parfümiertem Waschpulver wahrnahm, jetzt noch, am späten Nachmittag. Inés lächelte herablassend und deutete mit dem Kopf in die hinterste Ecke des Hofes. „Bitte sehr, versuchen Sie Ihr Glück!"

Die Frau kauerte auf einem steinernen Vorsprung. Schmal, mit kurzem Haar und eingezogenen Schultern. Hier brannte auch die untergehende Nachmittagssonne noch herein, es war der einzige Platz, an dem keine der anderen sitzen wollte.

Dagmar streckte den Rücken und machte sich daran, den Innenhof zu überqueren. Sie hatte beantragt, Elena in einem der Sprechzimmer zu treffen, aber Elena hatte sich geweigert, sie überhaupt zu sehen. Sie schaute auch jetzt nicht auf, obwohl Dagmars Auftritt nicht zu überhören war. Die Langzeitfrauen johlten. Die alte Sängerin stoppte mitten im Refrain und begann zittrig schrill mit einem anderen Sinatrasong, ‚*Across a crowded room*'. Die Zigarettenkämpferinnen rappelten sich auf und stellten sich ihr in den Weg.

„Haste mal ne Lulle?"

„Odern Euro?"

Dagmar hatte den neuen Leinenanzug an und die blaue Bluse. Sie hatte sich heute morgen ganz besonders Mühe beim Anziehen gegeben, sie wollte gut aussehen für ihre Kinder. Denen wären Jeans und T-Shirt genauso recht gewesen, und jetzt wäre das eindeutig von Vorteil. Vor allem mit luftgefederten Laufschuhen. Immerhin hatte sie flache Absätze. Sie versuchte gar nicht erst, an den beiden Zigarettenfrauen vorbei zu kommen. Blieb stehen.

Sie waren jung, höchstens Anfang, Mitte zwanzig. Die eine extrem unförmig mit Aknenarben und langem Fetthaar, die andere mager und muskulös wie ein Mann. Unter dem ärmellosen Hemd beide Schultern tätowiert.

Warteten. Grinsten.

Plötzliche Stille. Selbst die alte Frau brach ihren Vortrag mitten im Wort ab. Die Wärterinnen richteten sich auf, Senora Ladestock war im Schatten der Tür nicht mehr zu erkennen, aber Dagmar spürte ihren Blick im Rücken.

Sogar Elena Saura hatte den Kopf leicht gehoben.

Das gab den Ausschlag. Dagmar vergaß ihre Angst. Lächelte freundlich. „Hola. Ich bin Dagmar. Dagmar Warwitz. Ich bin Anwältin. Ich glaube, Elena da hinten braucht meine Hilfe. Lasst ihr mich bitte durch?"

Sie sahen sich kurz an, bewegten sich aber nicht. Dagmar senkte die Stimme zu einem Flüstern: „Die Senora Ladestock da hinten würde es jetzt sehr gern sehen, wenn ihr mich richtig aufmischt." Sie machte eine kleine Pause und ließ die Information sacken. „Sie würde euch erstmal in aller Ruhe machen lassen, hinterher aber übelst bestrafen. Und sich bei mir entschuldigen. Wenn ihr das auch wollt, kein Problem. Aber vielleicht braucht ihr selber mal Hilfe von außen. Ich kann euch jetzt keine Visitenkarte rübergeben, aber fragt einfach nach Llimona 5. Und macht euch keine Sorgen um das Geld. Darum geht es hier nicht."

Die beiden reagierten nicht, bewegten sich nicht. Einige der Langzeitfrauen standen auf und kamen langsam näher.

Elena zog den Kopf wieder ein.

Dagmar machte einen Schritt nach vorn. „Okay, *chicas,* lasst mich durch!" Die beiden ließen sich widerstandslos zur Seite schieben, Dagmar ging ungehindert die letzten Schritte zu Elena hinüber.

Hier kochte die Luft, und der Gestank von Abfällen war kaum zu ertragen. Elena trug eine durchgeschwitzte Bluse und einen verknitterten Rock. An einer der Sandalen war der Riemen gerissen und mit Schnur notdürftig repariert. Ihr Gesicht glühte, aber die dunklen Verfärbungen unter den Augen und am Kinn waren deutlich zu erkennen.

Der Mauervorsprung, auf dem sie hockte, war voller Vogelkot, aber Dagmar konnte schlecht eine Zeitung unterlegen. Sie setzte sich neben Elena, ließ aber einen halben Meter Abstand frei. Elena konnte nicht weiter ausweichen, sie saß direkt in der Ecke, aber sie versuchte es. Sie wandte kurz den Oberkörper ab, krümmte sich aber sofort wieder nach vorn.

„Du hast Schmerzen." Dagmar sprach leise, sah im Augenwinkel die anderen Frauen langsam näher kommen. Elena antwortete nicht. Dagmar setzte sich seitlich und versuchte, Elena ins Gesicht zu schauen. „Du bist verletzt. Einige der Hämatome sind im Gesicht. Hat ein Arzt dich untersucht? Ist das protokolliert worden?"

Schweigen.

Der Kordon der anderen Frauen kam näher und näher. Dagmar blieb nicht mehr viel Zeit. „Elena, ich bin auf deiner Seite. Dagmar Warwitz, ich bin Anwältin. Mónica Vidal hat mich angerufen. Ich will dir helfen. Aber das kann ich nur, wenn du mitmachst. Bitte!"

Elena schwieg. Dagmar sprach schneller. „Willst du das wirklich? Den Mann schützen, der das getan hat? Und selber hilflos hier drin festsitzen, während dein kleiner Sohn Isidre in einem Heim nach seiner Mama weint."

„Isi!" Elena sah plötzlich auf, aus den zugeschwollenen Augen quollen erste Tränen. „Er darf ihn nicht bekommen! Mein kleiner Isi ... ist er in Sicherheit?!"

„Ja. Aber er braucht dich. Verstehst du das nicht, er braucht dich. Dazu musst du hier rauskommen. Rede mit mir, dann versuche ich dir zu helfen!"

„Kann nicht ..." Elena sackte wieder in sich zusammen. Inzwischen war der Kreis der anderen Frauen eng um sie geschlossen. Keine Wärterin, kein Ladestock, nur Gefangene.

Dagmar sah hoch, konnte aber gegen die tief stehende Sonne nur die Umrisse erkennen. Zwei Frauen schoben sich etwas vor. Die maskuline Zigarettenkämpferin und eine von den Langzeitinsassen. Klein, kompakt und gut über fünfzig. Heisere Stimme:

„Hör auf die Frau!"

Ein kaum hörbarer Seufzer ging durch den Kordon. Elena schrumpfte noch mehr zusammen. Dagmar stand auf und stellte sich schützend zwischen sie und die Frauen. Die kompakte Wortführerin streckte ihr plötzlich die rechte Hand hin, der Ringfinger fehlte. „Ich bin Lina. Bankraub, schwere Körperverletzung und Mord. Es gibt Frauen, die haben, verdammt nochmal, keine Chance im Leben. Aber die da gehört nicht dazu. Ich kann diese blöden Weiber nicht ausstehen. Die alle Möglichkeiten im Leben haben. Und dann nichts anderes tun, als so einen Arsch zu heiraten und sich dann von dem kaputtschlagen zu lassen. Kein Mitleid! Scheiß drauf. Aber sie hat ein Kind."

Die Frauen nickten, entspannten sich etwas. Dagmar drehte sich etwas, um das Gesicht von Lina erkennen zu können. Kleine harte Kohleaugen, sie sah hastig wieder weg.“Ja. Da ist ein Kind. Aber da sitzt auch eine Frau, die alleine nicht mehr weiter kommt. Das Geld hat nicht sie, das hat der Mann.“

„Und der hat sicher einen richtig guten Anwalt“, das kam von der Zigarettenfrau, und alle lachten.

„Stimmt genau“, Dagmar hob die Stimme leicht an. „Und zwar einen knallharten.“ Sie machte eine kleine Pause, grinste. „Aber ich bin auch nicht schlecht. Also?“

„Also was?“ Lina sah sich kurz zu ihren Freundinnen um. „Wenn wir deine - äh - Mandantin in Ruhe lassen, was bietest du dafür?“

„Ihr lasst sie nicht nur in Ruhe, Ihr helft ihr. Als erstes muss sie sofort vom Amtsarzt untersucht werden. Und ich möchte nicht, dass später behauptet wird, sie hätte sich die Verletzungen und Hämatome hier zugezogen.“ Für Lina sprach, dass sie verlegen zur Seite schaute, Dagmar schob noch einen nach. „Denn dadurch helft ihr dem Kerl, der ihr das angetan hat. Und ich bin sicher, das ist nicht eure Absicht.“ Sie sah erleichtert, dass einige der Frauen zustimmend nickten. Sie lächelte. „Als Gegenleistung bekommen fünf von euch absolut kostenlosen Rechtsbeistand. Drei bestimmt ihr, zwei suche ich selber aus.“

Noch bevor Lina antworten konnte, stieß eine der Frauen einen kleinen Angstschrei aus, fast gleichzeitig ertönte ein greller Pfiff. Dreimal. Die Frauen erstarrten, formierten sich in Zweierreihen.

Ladestock kam über den Hof, links und rechts von den Wärterinnen flankiert. Jede von ihnen hatte eine dicke, runde, silbern blinkende Trillerpfeife um den Hals hängen.

Elena hockte immer noch auf ihrem Vorsprung, den Kopf jetzt tief zwischen die Schultern gezogen, beide Arme schützend darüber verschränkt.

Dagmar versuchte sich breit zu machen und sah Lina an. Lina nickte zu den Zigarettenfrauen, und nach kurzem Zögern ging die größere der beiden zu Elena, packte sie unter der linken Achsel und zog sie hoch. Hielt sie fest und stellte sich mit ihr zu den anderen. Ohne weitere Aufforderung setzte sich der kleine Zug in Bewegung.

Ladestock blieb dicht vor Dagmar stehen und verzog den Mund. „Ich fürchte, in der letzten halben Stunde haben Sie nicht nur eine Ihrer Standesregeln als Anwältin überschritten. Und das vor Zeugen."

## 6.

An der Ecke Maritím und Andrea Dória hatte es einen schrecklichen Unfall gegeben. Ein bulliger Range Rover war falsch rum aus der Einbahnstraße geschossen gekommen und mitten auf dem Zebrastreifen in einen deutschen Touristenbus geknallt. Der Fahrer des Range Rover, ein älterer Engländer, hatte offenbar plötzlich einen Schlaganfall bekommen. Es gab mindestens zwölf Verletzte, einige davon schwer.

Das Hospital del Mar war dem Ansturm kaum gewachsen. Überall rannten Ärzte, Schwestern und Pfleger herum, die Notaufnahme war überfüllt, auf den Gängen davor und im Warteraum waren alle Betten und Liegen belegt, Stimmen riefen durcheinander.Niemand hatte Zeit, niemand wusste Bescheid.

Janet stand in der Halle am leeren Empfangstresen. Irgendwo hinter den Milchglastüren schrie eine Frau vor Schmerzen, ein Mann brüllte Befehle. Der Computer blinkte blau. Janet lehnte sich über die Barriere, schob sich weiter, bis sie fast waagrecht über dem Tresen lag und konnte die Tastatur gerade so erreichen. Sie gab Adrián Saura ein und bekam sofort eine Antwort: IT/3.

„Hübsches Höschen. Ich mag Spitze."

Eine Männerstimme hinter ihr. Eine bekannte Männerstimme. Janet musste sich am Tisch abstützen, um sich zurück zu schieben. Ihr Rock verrutschte noch mehr. Die Situation war nicht nur peinlich, sie war ein Alptraum.

Janet holte tief Luft, zwang sich ein Lächeln auf, wandte sich um und zog den Rock zurecht. Sie hatte schöne Beine, und ihr Höschen war ein Baumwolltanga ohne jede Spitze. „Du lügst. Du hast nichts gesehen!"

Josep Bonet lachte. „Mehr als genug. Und um ehrlich zu sein, ich mag Spitze gar nicht so, Tangas find ich viel geiler."

Es gab nicht viele Situationen, die Janet in Verlegenheit bringen konnten, aber das war jetzt definitiv so ein Moment. Sie mochte Josep. Sehr sogar. Sie schätzte seine Meinung und seine integre Professionalität. Sie war gern mit ihm zusammen. Und seit sie sich kannten, flirteten sie, was das Zeug hielt, wenn auch immer auf einer unverbindlich distanzierten Ebene. Josep hatte Mühe, ein Grinsen zu unterdrücken. „Und jetzt überlegst du, wie du aus dieser saublöden Lage wieder ladylike rauskommst."

„Bin ich schon, mein Lieber." Janet verstärkte ihren britischen Akzent und erinnerte sich an ihre königsnahe Herkunft. Sie wandte sich ab und schritt zu den Fahrstühlen. Dumm war natürlich, dass sie dort warten musste, bis endlich einer kam. Aber die Treppen bis in den dritten Stock wären die entschieden schlechtere Alternative gewesen.

Und schon mit einem Abstand von drei Minuten wäre auch diese ganze Peinlichkeit zu einer witzigen Pointe mutiert, wenn Janet im dritten Stock vor den Glastüren der Intensivstation nicht schon wieder auf Josep Bonet getroffen wäre.

Er sprach mit drei anderen Männern. Einer im

Arztkittel, sehr jung, rundlich, mit hellem Dreitagebart und etwas zu langen Haaren. Ein etwas älterer, mager im grauen Dreiteiler. Und einer in der khakifarbenen Uniform eines privaten Sicherheitsdienstes.

Die Männer unterbrachen ihr Gespräch und sahen ihr entgegen. Immerhin lachte Josep nicht. Aber seiner Stimme fehlte auch jede Verbindlichkeit: „Wir hatten also dasselbe Ziel. Warum hast du mich nicht einfach gefragt? Das hätte dir einen Weg erspart." Er drehte sich kurz zu dem Arzt. „Das ist Doktor Denis Délano, er ist der behandelnde Arzt von Adrián Saura." Er sah zu dem Mann im Anzug, aber den kannte Janet schon von Zeitungsberichten. Jorge Carod, der Anwalt. „Ich sehe, den bekannten *abogado* muss ich dir nicht näher vorstellen." Auch den Mann vom Sicherheitsdienst stellte er ihr nicht vor. Stattdessen deutete er auf sie: „Und hier meine Herren stelle ich Ihnen Janet Howard vor. Sie ist Journalistin, vor allem Gerichtsreporterin. Und Detektivin. Sie gehört zu Llimona 5 und sie arbeitet mit Dagmar Warwitz zusammen. Der Anwältin von Elena Saura."

Die Männer starrten sie feindselig an. Janet dachte an die vielen gemeinsamen Abende mit Josep Bonet. Sie hatte ihn für einen wirklichen Freund gehalten.

Délano, der Arzt sprach als erster. „Der Patient ist in einem äußerst kritischen Zustand. Ich gestatte absolut keine Besuche oder sonstige Irritationen."

Der Mann in Khaki hielt sich im Hintergrund, machte aber einen ziemlich wachen Eindruck. „An mir kommt niemand vorbei."

Carod hatte sich heute Morgen beim Rasieren

geschnitten, an seinem Kinn klebte noch ein Stückchen blutiges Papierpflaster. Offenbar war er darüber so wütend geworden, dass er den letzten Teil des Kinns ausgelassen hatte. Dunkle Stoppeln, die weder zu dem teuren Anzug mit Weste noch zu dem bemüht eleganten Gesamtbild passten. Er war noch keine fünfzig, wirkte aber wie sechzig, vor allem auch durch den extrem zurückgegangenen Haaransatz. Ein schmaler Mund und halb geschlossene Augen hinter einer breitbügeligen Hornbrille. Er sah zwar zu ihr hin, aber doch knapp vorbei. „Die Fakten sind eindeutig. Elena Saura hat ihren Mann Adrián Saura, der betrunken und hilflos am Boden lag, brutal zusammengeschlagen. Sie hat seinen Tod nicht nur billigend in Kauf genommen, sie hat versucht, ihn herbeizuführen. Das ist vorsätzlicher und heimtückischer Tötungsversuch. Noch. Noch ist es nur der Versuch."

Janet antwortete nicht.

Ihr gegenüber stand eine reine Männerphalanx. Sie fanden es schändlich, dass nicht Elena hier lag, sondern ihr Mann. Adrián, den sie jetzt beschützen mussten und verteidigen. Nicht nur gegen Elena. Gegen alle Frauen. Da war selbst Josep Bonet plötzlich ihr Feind. „Ich verstehe." Janet lächelte unverbindlich in die Runde, wandte sich ab und ging. Fuhr mit dem Fahrstuhl wieder hinunter und durchquerte die Eingangshalle. Janet war normalerweise extrem diszipliniert, was ihre Gefühle anging. Gefühle zeigte man nicht, ja man ließ sie möglichst gar nicht erst zu. Jetzt aber kochte sie vor unterdrückter Wut. Sie bemerkte weder die jungen Männer in Jeans und Lederjacken neben dem Colaautomaten noch achtete sie auf ihre Blicke, die ihr folgten. Sie waren unrasiert und ungepflegt, der eine hatte eine Eisenkette am Gürtel hängen. Der andere hatte trotz all der Verbotsschilder an den Wänden ein Handy am Ohr.

Es wurde dunkel. Janet stand nach der klimatisierten Kühle der Klinik wieder in der Julihitze am Meer. Und steckte sich eine Zigarette an, bevor sich all zuviel Sauerstoff in ihren Lungen breitmachen konnte.

Delano. Der junge Arzt war die Schwachstelle.

Das war's. Den hatten sie irgendwie gekauft, der schützte seinen Patienten, dazu musste er vermutlich nicht mal groß lügen. Ein Taxi kam, grünes Signal auf dem Dach, Janet winkte, aber es fuhr weiter.

Erst das dritte Taxi hielt. Endlich. Janet war so sauer, dass sie erstmal dem Fahrer dezidiert ihre Meinung über die Pflichten von Taxifahrern klarmachte, und die Motorräder nicht bemerkte, die dem Taxi folgten.

# 7.

Anna stand eingeklemmt zwischen einem Pulk übermütig herumbolzender Studenten und einem älteren Mann mit Kniffmund, der trotz der Unruhe versuchte, El País zu lesen. Auf der Bank direkt vor ihr saß eine junge Mutter, der kleine Junge auf ihrem Schoß versuchte, der Dame vor ihnen die Haare vom Kopf zu ziehen. Die Dame reagierte nicht, aber die Haare bewegten sich. Der Junge war fasziniert und zog weiter, die Mutter versuchte, ihn daran zu hindern, er brüllte laut und spuckte um sich wie ein Lama. Der Mann mit der Zeitung kam ins Stolpern, fluchte und fiel gegen Anna. Sie wurde weiter nach vorn geschoben, und konnte so das Drama um das bewegliche Haarteil nicht weiter verfolgen.

Die Luft in der U-Bahn war stickig und roch nach Hustenbonbons und billigem Rasierwasser. Wie immer am Freitag abend war die L-1 übervoll. Arc de Triomf. Eine Haltestelle zu früh, aber hier stiegen viele aus, und Anna wurde mit der Masse hinausgedrückt. Sie blieb gleich draußen. Lief die Treppen hinauf und atmete erst einmal tief durch.

Die wuchtigen Platanen filterten die Abgase aus der heißen Sommerluft, es roch grün und frisch. Der gewaltige Justizpalast erhob sich wie ein Schloss aus vergangenen Zeiten hinter dem hohen Bogentor. Und den Palmen vor der Markhalle mit ihren Buden.

Anna liebte diese Ecke von Barcelona. Sie war auf der felsigen Insel Ibiza groß geworden, als wildes Kind zwischen Finca und Meer. Schon Ibiza, die Stadt war ihr groß vorgekommen. Dann hatte sie Valencia kennen gelernt. Eine richtige Stadt. Aber das alles waren kleine Provinznester gegen Barcelona. Und gerade hier war Barcelona besonders weit, fast herrschaftlich und doch lebendig, jung aber fest in einer langen Geschichte verwurzelt.

Anna lief ein Stück am Rand der Platanen des Luis Companys entlang und bog dann in die Portal Nou ab. Sie fühlte sich richtig gut.

Das war jetzt schon der dritte Kurs in diesem Sommer, den sie mit Auszeichnung bestanden hatte. Sie hatte sich mit Feuereifer auf die Ausbildung an der Uni gestürzt. Glücklich, endlich ein richtiges Ziel im Leben zu haben. Zugelassene Privatdetektivin zu werden, mit allen Rechten, Pflichten und Privilegien. In Spanien und Katalonien anerkannt und vollwertiges Mitglied von Llimona 5.

Bisher hatte nur Pia als frühere *inspectora* der Kriminalpolizei alle Papiere und Lizenzen. So war sie natürlich bisher auch die *jefa*, die Chefin. Obwohl sie alle Freundinnen und eigentlich gleichberechtigt waren.

Pia hatte auch darauf gedrängt, dass sie alle vier eine fundierte Ausbildung bekamen, sie hatte sie an der Uni angemeldet, sie hatte die Kurse zusammengestellt, sie half wo sie nur konnte.

Aber manchmal kam es Anna so vor, als wäre sie die einzige, die sich wirklich reinhängte.

Janet hatte sie so gut wie noch bei den Vorlesungen gesehen. Nur ganz am Anfang erschien sie ziemlich regelmäßig. Offenbar fand sie es lustig, mit so vielen jungen Männern zusammenzukommen. Sie kannte am dritten Tag schon die Hälfte der Studenten und fast alle Professoren beim Vornamen. Nach den Vorlesungen gingen sie zusammen noch in die Bars und auf die Piste, zur ‚Weiterbildung', wie Janet das nannte. Aber nach einigen Monaten schien auch das an Reiz zu verlieren.

Dagmar war Anwältin, aber um auch als *investigadora privada* wirklich frei agieren zu können, brauchte sie die Zulassung. Sie kam so oft sie konnte an die Uni, aber seit ihre Kinder wieder bei ihr waren, hatte sie noch weniger Zeit als vorher schon. Aber Dagmar war anders als Janet, sie arbeitete sicher nachts noch, wenn sie alle schon schliefen, und Anna war sicher, dass Dagmar alle Prüfungen locker bestehen würde. Mit sieben Sternchen.

Barbara war ihr im Alter am nächsten. Mitte zwanzig, aber auch sie hatte schon viel mehr erlebt, als gut für sie war. Anna liebte Barbara wie eine Schwester, aber oft genug fühlte sie sich von ihr auch bevormundet oder nicht wirklich ernst genommen.

Barbara bildete sich ein, dass sie vieles sowieso schon besser konnte als sie alle. Observieren zum Beispiel. Jaja, zugegeben, sie war unschlagbar als Schatten. Aber sie war schließlich auch verdammt ehrgeizig, und es gab noch eine Menge Stoff mehr zu lernen als nur Observieren. Jura, Kriminologie, Kriminalistik, Chemie, Physik, Geschichte, Psychologie, und noch viel mehr.

Die Ampel zeigte rot. Anna blieb an der Agusti Vell stehen, direkt vor einem Eiscafé. Zwei junge Mädchen beugten sich über ihre sahnigen Eisbecher und kicherten.

Anna kramte ihr Handy heraus und schickte eine SMS an Barbara. ‚Wo bist du? Lust auf ein Eis?'

Die Antwort kam sofort: ‚Mist gebaut sitze mit Depris im Café beim Picassomuseum.'

Anna tippte im Gehen zurück: ‚Hilfe in 5 Minuten' und rannte los.

Anna bog in die Vermell ein und lief dann zum Museum hinüber. Sie erinnerte sich noch zu gut an die Zeiten vor Llimona 5, als sie einsam und verloren war, als sie glaubte, dass Alkohol und Drogen den Schmerz betäuben könnten. Sie dachte an ihre Brüder, die sich anscheinend nur noch für Geld interessierten, und an ihr Hündchen Amigo, das nicht mehr lebte. Sie hatte Freunde gefunden, eine neue Familie, einen Beruf und eine Zukunft. Sie war angekommen.

Aber das Glück stand auf dünnem Boden. Anna war immer auf der Hut. Jederzeit bereit, aus dem wunderschönen Traum aufzuwachen. Und wegzulaufen. Sie war aber auch bereit, für das Glück zu kämpfen. Sie hatte es damals geschafft, von den Drogen loszukommen, und sich von ihrer kaputten Familie zu befreien. Sie würde sich auch ihr neues Leben nicht einfach so nehmen lassen. Sie war zäh.

Jede von den fünf Llimonas hatte eine Vorgeschichte. Janet, die älteste von ihnen hatte drei Söhne von zwei Männern, und mindestens vier Karrieren. Sie hatte mehr Freunde als sie alle zusammen, sie liebte Beethoven und Glenn Gould und sie war absolut cool. Anna sah ihre Einsamkeit.

Pia hatte sich - gegen alle Widerstände, sogar gegen ihre eigene Mutter - in dem reinen Machoclub der *prefectura superior* bis zur *inspectora* der Mordkommission hochgekämpft. Und war ausgestiegen. Pia war Pragmatikerin, sie war stark. Ihre Schwächen zeigte sie keinem. Anna hatte früh gelernt, Menschen und Masken zu unterscheiden.

Die warmherzige und mütterliche Dagmar zum Beispiel hatte Horror pur erlebt. Ihr Exmann, ein berühmter Anwalt, hatte sie von einem befreundeten Psychiater für verrückt erklären lassen und ihr die Kinder weggenommen. Erst nach Jahren hatte sie es geschafft, sie zurück zu bekommen.

Anna liebte sie alle. Zu Dagmar kam sie, wenn sie seelische Bauchschmerzen hatte und zu Janet, wenn es ein hinterhältiges Problem gab, das man nicht ganz so einfach und legal lösen konnte. Pia war einzigartig. Sie war die Chefin, sie wusste als einzige, wo es wirklich lang ging. Immer.

Aber Barbara war ihr am nächsten. Die große Schwester, die als Kind von einem ins andere Heim abgeschoben wurde. Die immer durchgebrannt war. Die halb verhungert von Pablo el Rey, dem alten König der Taschendiebe aufgegriffen und gerettet wurde. Die immer gekämpft hatte. Und die es nie zugab, wenn es ihr schlecht ging.

Das war die wunderbarste Erfahrung der letzten Jahre. Freundschaft. Alle Llimonas standen füreinander ein. Bedingungslos. Anna rannte noch schneller, bis sie Barbara in dem Café sitzen sah. Ganz hinten unter dem Sonnendach. Sie trank Wasser. Stilles Wasser.

Das Café war rappelvoll. Die Autos schoben sich hupend weiter. Drei Kellner versuchten, die Bestellungen zu verstehen. Japaner mit Fotoapparaten, Engländer mit Lunchpaketen, Amerikaner mit Museumskatalogen, Australier mit bunten Longdrinks und eine deutsche Reisegruppe in Shorts und Badeschlappen.

„Das sieht ja furchtbar aus!" Anna quetschte sich auf den letzten freien Stuhl. „Hier gibt es doch diese dicken Eisbecher mit Früchten. Vanille mit schwarzen Kirschen und cremiger Schokosoße zum Beispiel!"

„Ich hab Scheiße gebaut!" Barbara sah trübsinnig von ihrem Wasser hoch. „Ich sollte doch diesen José Alonso beschatten. Dieses verklemmte Frettchen. Gattin Rita Alonso traut ihm aber trotzdem einen Seitensprung zu. Und Pia teilt uns ja gerne solche Übungsfälle zu." Barbara senkte den Blick wieder, Anna winkte dem Kellner zu, der mit einem Tablett voller leerer Gläser und Flaschen zwischen den Tischen hindurchtänzelte. Bestellte sich einen *café con leche* im Glas. Barbaras Stimme war so leise, dass sie im Lärm kaum noch zu verstehen war. „Und ich hab mich natürlich supersicher gefühlt. Ich, die große Meisterin im Observieren. Das kann ich doch mit links. Ja Scheiße, er ist mir entwischt."

Anna schwieg. Sie zwang sich dazu, zu schweigen. Und sie war sehr stolz, weil sie es schaffte. Sie sagte nicht, das kommt davon. Sie dachte es nicht einmal. Sie verstand Barbara. Wenn man in einer Welt von Profis auf dem einzigen Gebiet versagte, auf dem man sich sicher fühlte, dann tat das verdammt weh.

Der Kellner brachte den Café, Anna zahlte und schob den Café zu Barbaras hinüber. Barbara nahm ihn, hatte Mühe, das heiße Glas mit ihren narbigen Händen zu halten, schien sich etwas zu entspannen.

Anna schwieg immer noch.

Barbara nahm einen ersten Schluck und leckte sich den weißen Milchbart von der Lippe. Ihre Stimme wurde sicherer. „Ich weiß, es ist manchmal schwer, eine Zielperson allein zu observieren“, ein kleines Grinsen erschien, „wenn so ein Kerl das merkt und nicht gesehen werden will.“ Ein Schluck Kaffee. „Aber so war es nicht. Es war Felip. Der stand plötzlich hinter mir. War mir die ganze Zeit über gefolgt. Und hat mich da plötzlich mitten in der Boqueria abgepasst und voll zugetextet.“

„Arschloch“, sagte Anna.

„Genau. Das hat mich so rausgerissen, dass ich einfach nur wegwollte.“

„Verständlich.“

„Und dann war Alonso verschwunden.“

„Den finden wir doch wieder.“ Anna merkte, dass Barbaras Stimme sich wieder normalisiert hatte, das Kaffeeglas war fast leer. „Was hat denn Alonso auf dem Markt so eingekauft?“

„Nichts, absolut *nada*. Er ist nur rumgestromert

und hatte dann ein Schwätzchen mit so einem blonden Huhn. Trockenfrüchte und Nüsse."

„Hübsch?"

„Dick, träge und picklig. Aber nicht mal halb so alt wie er."

„Morgen gehen wir das zu zweit an", Anna stand auf und zog Barbara am Arm mit hoch. „Eine folgt ihm, eine übernimmt Pickelblondie. Und dazu ein paar Fotos mit der Digi. Wär doch gelacht, wenn wir dem nicht einen lupenreinen Seitensprung mit einer Minderjährigen nachweisen könnten!"

„Aber das steht doch noch gar nicht fest!" protestierte Barbara. Immerhin lachend.

Anna lachte erleichtert mit. „Das soll Pia entscheiden. Sie ist der Boss. Wir liefern nur die Fotos ..." Anna liebte solche Geschichten, sie hätte auch nichts dagegen gehabt, ein bisschen an der Wahrheit zu drehen. Mit Janet wäre das sofort möglich gewesen. „Wir könnten noch mehr machen", überlegte sie, „wir ziehen dir eine blonde Perücke auf und einen Minirock an, und dann machst du dich an Alonso ran. Treuetest, verstehst du."

„Wieso ziehen wir dann nicht dir die Perücke über? Du bist viel jünger, *sweet eighteen*!"

„Die paar Jahre. Dafür aber viel zu groß und zu dünn. Nein, du passt perfekt. Klein, niedlich, jung genug. Du brauchst nur noch blonde Haare."

„Okay, okay. Wir schlagen Pia vor, Llimona 5 um eine Treuetestagentur zu erweitern."

„Damit schaffen wir uns schlagartig aus allen Schulden raus!"

„Und werden richtig reich!“ Barbara schlug Anna auf die Schulter. „Wer als erster da ist!“

Sie rannte los, Anna hatte Mühe, ihr zu folgen. Große Mühe. Da halfen weder die langen Beine noch die sechs Jahre Altersunterschied. Barbara war ein Blitz in der Stadt. Sie kannte jede Ecke, jede Abkürzung. Und sie war fit wie eine ganze Olympiamannschaft. Sie flitzte vor der Ampel über die Straße, Anna wollte ihr folgen und wurde fast vom Bus erwischt. Noch zwei Querstraßen weiter, dann hatte Anna sie endgültig aus den Augen verloren.

Anna gab auf und ging wieder langsam. Auf der breiten Laietana staute sich der Verkehr in beiden Richtungen. Anna ging zur nächsten Fußgängerampel und wartete auf grün. Von einem offenen Doppeldeckerbus winkte ihr ein junger Tourist zu. Schwede, dem blau-gelben T-Shirt nach zu urteilen. Braungebrannt unter weißblondem Stoppelhaar. Breites Grinsen. Luftküsschen. Mit Handbewegungen bot er an, vom Bus herunter zu ihr zu fliegen. Gegen ihren Willen musste Anna lächeln. Die Ampel sprang auf grün, sie überquerte die Laietana und winkte über die Schulter noch einmal zu dem Schweden zurück.

Vor dem Schweizer Museum wartete Barbara. Entspannt gegen die Mauer gelehnt machte sie Bewegungsübungen mit ihren Fingern.

„Gewonnen“, sagte Anna ging voraus. Vor dem Rathaus war alles geflaggt und abgesperrt. Offensichtlich stand hoher Staatsbesuch ins Haus. „Woher hast du gewusst, dass ich durch die Portal Nou komme. Der schnellste Weg wäre über die Francesc Cambo gewesen, direkt an der Kathedrale vorbei."

„Ich dachte, du würdest dir eher Zeit lassen. Schon damit du eine Ausrede hast, wenn ich gewinne."

„Kurzstrecken liegen mir nicht so." Anna hakte sich bei Barbara ein und nahm ihre Hand. Kühl und weich. Die Narben waren kaum zu spüren.

Techno aus klapprigen Lautsprechern. Auf dem Platz vor der Kathedrale waren lange Tische aufgebaut, Sonnensegel und Transparente gespannt. *Gib Aids keine Chance!* In Spanisch und *Catalán*. Es wurde allerlei Selbstgebautes, -gebasteltes, -gemaltes und -gebackenes verkauft. Ein gut zwanzig Meter langer Brief lag aus. Eine Liste von Namen und Erinnerungen an gestorbene Freunde. Zeichnungen, Fotos, Blumen. Spots und Scheinwerfer zusätzlich zu den Laternen auf dem Platz.

Touristen drängten sich vor den Tischen, Kinder tobten dazwischen herum, Hunde suchten nach Resten oder versuchten, eine der Tauben zu erwischen. Die Tageshitze stand noch immer zwischen den hohen Mauern.

Anna hätte sich gern irgendwo hingesetzt. In das Café vor dem Hotel Colon oder auf der anderen Seite ins Café zum Bischof. Spürte schon die eiskalte Fanta *Limón* im Mund. Barbara machte keine Anstalten, stehen zu bleiben. Natürlich, Barbara bestimmte wieder mal das Tempo. Aber andererseits, freie Plätze gab es sowieso nicht.

Zwischen dem Markt und dem Rückteil der Kathedrale führte ein Puppenspieler sein Stück auf, eine konfliktreiche Liebesgeschichte offenbar. Ein paar

Kinder blieben stehen und schauten zu. Ein Schnellzeichner warf Kohleportraits auf graue Pappen, und ein anderer Maler hatte kleine Ölbilder mit Straßenszenen auf klobig dicke Leinenquadrate gezogen und sie nebeneinander an einer Schnur aufgehängt.

Ein junger Musiker blies herzergreifend eine Miles-Davis-Nummer auf dem Saxophon, zehn Meter weiter strich ein junges Mädchen ziemlich virtuos die Geige, nur knapp daneben *coverten* vier Schuljungen mit *basecaps*, schwarzem Augen Make Up und langen Haarsträhnchen eher laut als gekonnt ‚Unter dem Monsun' von Tokio Hotel.

Sie gingen weiter. Redeten über Klamotten, über die Kerle, die so rumliefen, über neue Filme, über Musik, und was sie heute abend gern essen würden. Kamen zur Placa del Regomir hinauf und gingen in die schmale Gasse zum Pati Llimona hinüber.

Es war dunkel.

Und sehr still.

Das Seniorencafé war schon geschlossen, nur hinter einem Fenster brannte noch Licht. Die Glastüren zum Kulturhaus waren mit Ausstellungsplakaten zugeklebt. Auch hier gab es nur noch einen schwachen Lichtschein aus einem der Büros.

Die hohen Mauern auf der linken Seite bildeten einen toten Winkel in der Nacht, abgetrennt durch eine Reihe von Terrakottatöpfen. Normalerweise ein beliebter Schmuseplatz für junge Liebespaare. Aber jetzt war dort kein Liebespaar. Zwei Männer, die auf einen dritten einschlugen.

Schweigend und systematisch.

Junge Männer. Jeans und schwarze Lederjacken. Auf dem Rücken Rot, ein Adler. Anna wäre gern weggerannt. Barbara stand neben ihr. Beide waren wie erstarrt.

Dann hörten sie den Schrei.

Eine Frau.

Da schrie eine Frau. Anna hatte schon ihr Handy in der Hand und wählte den Notruf, während Barbara nach vorn rannte, im Vorbeigehen den ersten Blumentopf hochwuchtete und ihn nach einem der Männer schleuderte.

Sie traf. Er brüllte, ging in die Knie und wurde von dem zweiten hochgezerrt. Sie rannten davon.

Die Frau fluchte wie ein Hafenarbeiter und kam aus dem Schatten.

Es war Janet.

„Verdammte Scheißkerle! Habt ihr die schon mal gesehen? Gott, bin ich dämlich! Rufst du da etwa die Polizei? Auf keinen Fall!"

Anna unterbrach zögernd die Notrufverbindung.

„Ich mach mich doch nicht zum Gespött der ganzen Laietana!" Janet war noch bleicher als sonst, das eine Auge begann schon zuzuschwellen, ihr Haar stand wirr vom Kopf ab, die Bluse war zerrissen, ein Schuh fehlte. Sie fummelte eine Zigarette aus ihrer Tasche, die immer noch über ihrer Schulter hing und steckte sie sich mit zittrigen Fingern an. „Die waren gar nicht hinter meinem Geld her. Die wollten mich fertigmachen."

# II. Lautlose Schritte

## 8.

„Aber natürlich freue ich mich, wenn du kommst!" log Pia. Die Panik schwemmte sie fast weg.

„Klingt aber gar nicht so."

„Der Zeitpunkt ist nur etwas ungünstig." Pia suchte verzweifelt nach einer überzeugenden Ausrede. „Ich habe im Moment unheimlich viel zu tun, das ist alles." Davon hatte sich ihre Mutter noch nie beeindrucken lassen.

„Ach, Pilar. Mir kannst du nichts erzählen. Ich denke, du hast jetzt vier Angestellte. Da wird sich ja wohl hier und da mal eine freie Stunde für uns beide einrichten lassen. Ein Abend zum Beispiel. Ich möchte so gern wieder mal in die Oper gehen. Besorgst du uns Karten im Liceu?"

„Die sind auf Monate ausverkauft!"

„Dafür hat man Beziehungen! Das sollte dir doch nicht schwer fallen."

„Vielleicht können die dir im Hotel ..."

„Nein, Pilar. Nein. Du kommst nie nach Madrid. Wo in deinem Elternhaus immer ein Zimmer für dich bereit steht." Es war das Haus ihrer Mutter. Der Familie ihrer Mutter. Dort hatte sie nie ein Zimmer gehabt. Als Familie hatten sie nur drei Jahre in Madrid gelebt, dann waren sie nach Barcelona gezogen. Wo ihr Vater in der Laietana bei der Kripo arbeitete, bis er erschossen wurde. Wo ihre Mutter sich nie daheim gefühlt hatte. Wo sie selbst aufgewachsen war und lebte.

Pia schwieg.

Ihre Mutter zwirbelte die Stimme zu dem Klageton hoch, mit dem sie sich letztendlich schon früher immer durchgesetzt hatte. „Wenn ich also schon einmal in hundert Jahren zu dir nach Barcelona komme, dann werde ich auch bei dir wohnen."

Pia wusste, dass sie jetzt ganz dringend etwas sagen musste. Etwas Endgültiges, und zwar schnell. Sie brachte keinen Ton heraus.

„Ein Platzproblem kann es ja nicht sein." Die Stimme fand entspannt zur normalen Tonlage zurück. „Du bist allein." Vorwurf. „Du hast weder einen Mann noch Kinder." Verachtung. „Du hast dir mit der Lebensversicherung deines Vaters damals diese riesige Wohnung im *barrio gótico* gekauft." Tadel. „Du hast sie erst vor kurzem ausgebaut und renoviert." Zweifel. „Da wird sich ja wohl ein Plätzchen für deine Mutter finden lassen." Befehl.

„Mutter." Pia holte tief Luft. „Ich bin nicht allein. Und ich habe auch keine vier Angestellten. Das sind meine Freundinnen und Partnerinnen. Sie alle haben sich am Umbau beteiligt. Und wir haben hier nicht nur die Wohnung sondern auch das Büro von Llimona 5."

„Wir? Was heißt wir? Das ist doch wohl immer noch deine Wohnung!"

„Mutter, ich ..."

„Und du wirst doch wohl wenigstens ein Gästezimmer haben!" Der Ton wurde scharf. „Oder wohnen die alle bei dir, weil sie sonst nichts zu wohnen haben!"

„Nein, Mutter. Nur Anna wohnt hier. Sie ist ..."

„Das ist die ganz junge, oder? Pilar, du bist doch nicht etwa ... nein, nein, nein. Oder ist das der Grund, dass du keinen Mann hast."

„Was meinst du?" Pia bemerkte zufrieden, dass ihrer Mutter die Worte fehlten. Das kam selten genug vor. Sie hörte grundsätzlich nie zu, und wenn, dann nahm sie nur wahr, was sie hören wollte. Ihre Vorstellungen von Pias Leben hatten nichts mit der Realität zu tun. Das würde sich auch bei einem Besuch in Barcelona nicht ändern. Im Gegenteil. Pia atmete tief durch. „Sag mir, wann genau du kommst, dann reserviere ich dir ein Zimmer im Claris."

Die Mutter hängte wortlos auf. Pia hielt noch einen Moment lang das stumme Telefon in der Hand. Die Mutter hatte früher immer, wenn sie kam, im Claris übernachtet. Gediegenheit und Luxus. Aber darum schien es diesmal nicht zu gehen. Das war nicht der Grund für die Unterbrechung jeder Kommunikation. Auch nicht der unausgesprochene Verdacht, Pia könnte lesbisch sein. Die Mutter wusste ganz genau, dass es nicht so war. Aber die Damen in ihren feinen und bigotten Kreisen flüsterten nur zu gerne über die Frevel und Sünden der neuen Zeit, vor allem in der katalonischen Hafenstadt. Das sah man schließlich jeden Tag im Fernsehen.

Nein. Die Mutter war sauer, weil sie nicht bei Pia wohnen durfte. Stocksauer, weil Pia ihr wieder einmal den direkten Zugang zu ihrem Leben verweigerte. Pia legte auf und hatte große Mühe, nicht sofort zurückzurufen.

Scham. Angst. Schuldbewusstsein. Und das altbekannte Gefühl, wieder einmal versagt zu haben. Die Mutter war noch keine sechzig, und völlig gesund, soweit Pia wusste. Sie war seit Jahren nicht mehr hier gewesen, sie hasste Barcelona. Gab es irgend einen anderen Grund, so plötzlich herzukommen. War sie etwa doch krank?

Fritz strich um Pias Beine, sie nahm ihn nicht wahr. Sie stellte sich vor, wie die feine Dame aus Madrid mit ihren zwölf Koffern hier einziehen würde. Wie sie sofort die ganze Wohnung neu ordnen und einrichten würde. Wie sie Pia und auch die anderen Llimonas behandeln würde. Mit dieser als Höflichkeit verkleideten Arroganz ihrer Klasse.

Die rundliche Dagmar und ihre beiden lebhaften Kinder, Barbara mit der kriminellen Vergangenheit und die kleine elternlose Anna, keine von ihnen hätte eine Chance gegen sie. Nicht mal Janet, die selbst aus dieser Klasse kam. Aber aus dem falschen Land, mit der falschen Religion und einem falschen Leben.

Pia bückte sich, kraulte Fritz und öffnete eine Dose mit seinem Lieblingsfutter, Kaninchen. Als das Klingelsignal an der Tür ertönte, reagierte Fritz nicht. Das bedeutete Janet. Dass Fritz nach kurzem Zögern doch noch zur Wohnungstür hinauslief, hieß, dass Janet nicht allein kam.

„Du musst aber zum Arzt, verdammt nochmal!“ Anna klang ziemlich aufgeregt, Pia schaute hoch.

Barbara und Anna hielten Janet in ihrer Mitte. Es wurde nicht ganz klar, ob sie sie festhielten oder stützten.

„Ich muss mich jetzt erstmal hinsetzen, und dann

brauch ich dringend einen Whisky." Janet schüttelte Anna und Barbara ab wie lästige Hündchen und schob sich auf den ersten Hocker an der Küchentheke.

Sie sah fürchterlich aus. Zerrupft und zerrissen, mit einem zerbeulten Gesicht, das sich bereits zu verfärben begann. Pia goss einen doppelten J&B über einen Eiswürfel und stellte ihr das Glas hin.

Janets Hand zitterte, als sie danach griff. „Hast du ein rohes Steak da?"

„Nein." Pia kramte im Tiefkühlfach nach einem der blauen Kühlaggregate, die sie für Prellungen, Verstauchungen oder zu warmen Cava immer dort hatten und reichte es Janet. Es war bretthart, und Janet ließ es auf der Theke liegen.

„Steak. Rohes Fleisch ist das beste!"

„Ich kann dir ein Stück *bacalao* anbieten. Wäre aber schade drum. Soll ich Luis anrufen?"

„Wenn du meinst", Janet steckte sich eine Zigarette an „dass mir nur noch ein Pathologe helfen kann ...", sie nahm einen weiteren Schluck, dann noch einen und hielt Pia das leere Glas hin. Pia füllte es auf und sah fragend zu Barbara und Anna.

„Ich geh duschen", sagte Anna und verschwand im Flur zu den anderen Zimmern. Anna wollte allein sein. Irgendetwas hatte sie offenbar sehr verschreckt.

Janet war nicht nur die älteste, sie war auch die absolut coolste von ihnen allen. Ein Problem das sie nicht lösen konnte, gab's nicht. Und dass ihr etwas so brutal-profanes geschah, war einfach undenkbar.

Barbara knuddelte Fritz, schaute nicht hoch. „Zwei Typen haben sie zusammengeschlagen. Gleich hier unten, in dem dunklen Schmuseeck. Wir kamen zufällig gerade dazu."

„Barbara hat einen von diesen abgrundtief scheußlichen Blumentöpfen nach ihnen geworfen. Und getroffen! Das hat sie verjagt."

„Sie haben nicht mal Janets Tasche erwischt."

„Die hat die nicht interessiert." Janet nahm nun doch das blaue Kühlaggregat und hielt es sich ans Auge. „Die waren schon im Hospital del Mar, da waren so Kerle mit Lederjacken. Ich hab sie nur nicht beachtet. Offenbar sind sie mir gefolgt. Und wieder ist mir nichts aufgefallen. Schön blöd."

„Adrián Saura?" Pia tippte eine SMS an Luis.

„Denk ich mal. Da stimmt doch was nicht. Dieser Saura verprügelt regelmäßig seine Frau. Dann schlägt sie einmal zurück, er legt sich ins Krankenhaus und lässt sich intensiver bewachen, als Leticia im Kindbett."

„Du meinst, die Typen hatten den Auftrag, dir zu folgen?"

„Ich hab die im Augenwinkel wahrgenommen. Im Krankenhaus war die Hölle los. Und die standen da nur rum und gehörten irgendwie nicht hin. Der eine hat auch sowas gesagt, glaub ich. So wie: ‚*Pass bloß auf!*' Oder ‚*Hör bloß auf!*'. Irgendsowas in der Richtung, ich hab nicht wirklich hingehört."

„Und dieser Saura hat ausgerechnet Carod als Anwalt." Pia schenkte Whisky nach. „Der schärfste und gierigste Anwalt der Stadt. Ich habe etwas im Internet nachgeforscht. Die beiden sind auf dieselbe Schule gegangen."

„Carod war in der Klinik."

„In der Klinik? Außerhalb seiner Kanzlei? Die verlässt er sonst nie!"

„Vor dem Krankenzimmer. Mit uniformierten *bodyguards*. Und einem jungen, ehrgeizigen aber armen Arzt. Zusammen haben sie alles weggebissen, was auch nur auf zehn Meter näher kam."

„Saura ist Architekt", überlegte Pia. „Er hat genügend Aufträge und verdient nicht schlecht. Aber er ist alles andere als reich. Und dann bei so einer Sache gleich einen Anwalt wie Carod zu engagieren, und es sogar zu schaffen, ihn von seinen Akten wegzulocken, das kommt mir verdammt seltsam vor."

„Er hat was vor." Janet steckte sich an der alten Zigarette eine neue an und nahm einen weiteren Schluck aus ihrem Glas. Die Haare standen ihr immer noch wirr vom Kopf und ein Auge sah aus wie nach einer heftigen Begegnung mit Vitali Klitschko, aber die Hand zitterte nicht mehr. „Dieser Mistkerl hat irgendetwas vor. Und zwar eine ganz gewaltige Sauerei."

Es läutete, bevor Pia antworten konnte. Fritz rannte los, sie hörten den Schlüssel und das leise Quietschen der Wohnungstür. „Hola, mein Süßer." Die Stimme von Luis.

„Sonst noch jemand zuhause?" Dagmar kam herein. Auch sie sah ziemlich zerzaust und verschwitzt aus. „Leute, das glaubt ihr mir niemals!" Sie warf ihre Tasche auf einen der Stühle am Ecktisch und schob sich auf den Hocker neben Janet. „Elena Saura sitzt im Knast, wird übelst gemobbt, und kein Arzt hat jemals ihre Verletzungen untersucht oder ihre Hämatome und Narben registriert. Ich musste richtig Druck machen. Dann hat Luis mir Dr. Patxi Folch hingeschickt. Guter Mann. Arzt und Gutachter." Sie nahm einen der Fächer, die immer hier herumlagen und fächerte sich den Schweiß von der Stirn. „Pia bitte, hast du ein kaltes Wasser für mich?"

„Und für mich ein Gläschen *reserva*?" Luis kam hinter Dagmar herein, setzte Fritz ab und lehnte sich auf die Theke.

„Das ging aber schnell!" Pia stellte Wasser, und Gläser auf den Tresen und öffnete eine Flasche Marques de CacPres. „Ich habe dir die SMS doch eben erst geschickt!"

Luis hatte schon das Glas in der Hand, wollte nach dem Wein greifen, bemerkte Janet neben sich. „Oh", er stellte das Glas wieder hin. „Oh-Oh, da möchte ich lieber nicht wissen, wie der andere aussieht!" Er beugte sich vor und untersuchte Janets Verletzungen. „Das sieht ja schrecklich aus. Janet, was ist passiert?" Janet schwieg.

Dagmar rutschte vom Hocker und lief in den Flur zu den rückwärtigen Räumen. „Quim und Sara sind sicher wieder im Wohnzimmer hinten und sehen fern?"

„Hinten ist niemand." Im gleichen Moment wusste Pia, dass sie eine Lawine losgetreten hatte. Dagmar erstarrte mitten in der Bewegung.

„Wie, niemand?"

„Reg dich doch nicht gleich auf ..."

„Ich soll mich nicht aufregen! Wo sind die Kinder?!

Sie sollten längst hier sein!"
„Dagmar, bitte! Die beiden sind alt genug. Die kennen Barcelona inzwischen!"
„Nein!" Dagmar packte das Telefon, Pia nahm es wieder weg.
„Wen willst du jetzt anrufen. Die Polizei?"
„Ja!" schrie Dagmar. Außer sich. Barbara stand auf und nahm sie in den Arm, drückte sie.
„Sie kommen gleich. Ihnen ist nichts passiert. Sie sind schlau. Und sie sind zu zweit. Beruhige dich!"
Dagmar schüttelte sie ab, holte ihr Handy heraus und tippte eine Nummer ein. „Quim, wo seid ihr? Bitte kommt in die Llimona 5." Sie war den Tränen nah. „Mailbox. Quim hat sicher wieder mal vergessen, aufzuladen."
Pia schwieg. Dagmars Panik war ansteckend. Quim und Sara waren zwar schon ein paar Monate hier in Barcelona, aber sie waren keine Großstadtkids. Sie hatten die letzten Jahre auf dem friedlichen Mallorca gelebt, mit Luxusfinca, englischer *nurse* und Privatschule.
Sie sprang auf, als es plötzlich Sturm läutete, und rannte zur Tür hinaus. So läutete nur die Polizei. Sie riss die Tür auf.
Ein gewaltiger Strauß rosaroter Rosen. Dahinter Quim. Breites Grinsen. „Die sind für euch!"
Sara kam hinter ihm hervor. „Von uns beiden!"
Pia zog die beiden herein, bevor Fritz ins Treppenhaus abhauen konnte und schloss die Tür. Sie war so gerührt, dass ihr die Worte fehlten. Sie nahm die Rosen aus Quims verschwitzten Händen. „Danke ..."

„Ist okay", wehrte Quim ab. „Die waren nicht teuer. Wenn die Boquería zumacht, dann werden die letzten Blumen fast verschenkt. Geil!"

„Wir haben unser ganzes Taschengeld dafür ausgegeben." sagte Sara leise. Quim wies sie ebenso leise zurecht.

„Ja, aber erst nach dem Eis und der Cola und den Sticker-Heften."

„Ist ja auch egal." Sara zupfte unauffällig eine der schon sehr welken Rosen vom Stengel. „Weil es für euch ist. Euch alle!"

Sie kamen in die Küche, und Pia hielt die Rosen hoch. Immer mehr Blüten fielen herunter, aber der Strauß war trotzdem noch gewaltig. „Hola Llimonas, das hier ist ein Geschenk für uns alle von Quim und Sara."

Dagmar hatte sich nicht bewegt. Pia rechnete es ihr hoch an, dass sie die Kinder nur anlächelte und vollkommen ruhig sagte:

„Ah, da seid ihr ja. Ihr habt sicher Hunger."

Die Kinder umarmten sie, Dagmar drückte sie und erwiderte Pias Blick. ‚Ich werde noch viele Jahre lang große große Angst um die beiden haben', hatte sie erst vor ein paar Tagen gesagt. ‚Aber ich muss unter allen Umständen versuchen, sie das nie spüren zu lassen.'

„Was gibt es denn heute feines zum Essen?" fragte Luis und schenkte sich Wein nach. Das Telefon läutete, bevor Pia antworten konnte. Sie nahm ab.

„*Digame*?"

„Ist dort Llimona 5?"

„Ja, Pia Cortes am Apparat."

„Ines Álvarez hier, Wad Ras, Sie erinnern sich?"

„Ja, natürlich Ines." Der Ladestock. Pia warf Dagmar einen Blick zu, die sofort alarmiert näher kam. „Was gibt es?"

„Elena Saura ist soeben entlassen worden."

„Entlassen?!" Pia konnte es nicht glauben. „So plötzlich. Freitag Abend um halb zehn! Wie kann das sein?! Hat sich da der König persönlich eingeschaltet?"

„Ich dachte nur, das interessiert Sie vielleicht." Sie legte auf, noch bevor Pia mehr sagen konnte. Sie schüttelte den Kopf.

„Das verstehe ich nicht. Elena Saura ist ganz plötzlich entlassen worden." Alle starrten sie an. „Und wieso ruft der Ladestock ausgerechnet mich an, um mir das mitzuteilen?" Pia sah Dagmar an. „Hattest du den Eindruck, dass sie an Elena interessiert war?"

Dagmar hob hilflos die Schultern, Janet schaltete sich ein. „Der Anruf ist die eine Sache. Vielleicht wirklich nur eine freundschaftliche Warnung. Fest steht jedoch, der ach so schwer verletzte Adrián hat gemerkt, dass er mit dieser Strategie nicht weiterkommt. Und sein Freund und Anwalt Carod hat den Staatsanwalt Lleida dazu gebracht, wiederum seine Beziehungen spielen zu lassen, um Elena freizubekommen."

„Und das war garantiert nicht einfach", stimmte Pia zu. „Schon gar nicht um diese Uhrzeit!"

„Aber jetzt ist Elena wieder draußen", ergänzte Dagmar. „Allein und völlig ungeschützt."

Sie schwiegen. Der erste, der wieder sprach, war Luis. „Vielleicht liebt er sie ja. Betet sie an. Auf seine vielleicht etwas verquere Art. Will sie einfach wiederhaben ...“ er sah Pia nicht an, während er sich Wein in das noch halbvolle Glas nachschenkte.

## 9.

„Luis! Er hat sie regelmäßig verprügelt! Das ist ja wohl etwas mehr als nur verquer!“

Dagmar mochte Luis gern. Aber seine Machoeinstellung zu Frauen reizte sie immer wieder. Manchmal ging so eine Bemerkung hart am übelsten Chauvinismus vorbei. Und sie verstand Pia nicht, die das mit einem Lächeln überging. Oder Janet, die gar nicht hinhörte. Barbara und Anna hatten einfach Respekt vor Luis, und waren vielleicht noch zu jung. Bei ihr selber hatte es ja auch ziemlich lange gedauert, bis sie erkannte, dass nicht alle Männer gleich waren.

Janet und Pia verglichen ihre Uhren, Barbara ging nach hinten und holte Anna aus ihrem Zimmer. Luis stand auf. „Ich erkenne die Zeichen. Das gemütliche Zusammensein hier löst sich auf.“ Er umarmte Pia, lächelte Janet an und warf Dagmar ein Luftküsschen zu. „Ruft mich an, wenn ihr die Hilfe eines alternden Machos brauchen könnt. Stets der eure!“

Barbara und Anna kamen herein, und Luis eilte noch einmal in die Küche zurück, um die beiden zu umarmen. Schaute dabei demonstrativ zu Dagmar. „Bei soviel weiblicher Schönheit bin ich völlig hilflos. Verzeih mir!“ Luis nahm noch einen letzten Schluck und ging.

Dagmar musste lachen. Wurde aber sofort wieder ernst. Das wurde eine lange Nacht, sie mussten Elena von jetzt an rund um die Uhr überwachen. Sie schaute zu Kim und Sara. Kim erkannte die Chance sofort, grinste. „Keine Sorge, Mama. Wir schlafen hier. Mit Anna. Okay?“

In der Wohnung gab es noch vier leere Zimmer, eins war eher noch eine Rumpelkammer, die anderen drei waren einfache Gästezimmer. Zu Weihnachten hatte Pia einige der Möbel ausgetauscht und andere dazu gekauft. Eine Schlafcouch und Liegen aus Rattan, Bücherregale, Tische, Poster und bunte Teppiche. Es gab sogar einen kleinen Fernseher. Für die Kinder, wenn sie mal hier übernachten wollten.

Dagmar sah zu Pia. Pia nickte. „Gute Idee. Jetzt ist es zehn Uhr zehn. Du und Barbara, ihr übernehmt die erste Schicht. Bis halb drei. Dann lösen Janet und Anna euch ab. Bis sieben. Ich bleibe als Koordinator hier, koch uns was Feines zum Essen und stöber dann ein bisschen im Internet herum.

Dagmar zwang sich zu einem lässigen Lächeln. Keine Bemerkung über gesundes Essen und frühes Schlafengehen. „Ich hoffe nur, Ihr habt genug DVDs für so einen langen Abend!“

„Haben wir!“ jubelten sie, Anna ergänzte:

„Und wir machen Popcorn!“

Sie umarmten Dagmar, waren aber in Gedanken schon längst bei dem Kinoabend mit Anna und Popcorn. Und bei Pia würden die Kinder auch ein richtiges Essen bekommen. Selbst Janet hätte ihnen Eier gebraten und einen Salat zurecht gemacht. Aber es fiel Dagmar immer noch sehr schwer, wegzugehen, vor allem nachts, und sie allein zurück zu lassen.

Barbara schwieg. Im Fahrstuhl, den kurzen Weg zur Placa del Regomir und auch die ganze Zeit im Taxi bis zum Arc de Triomf. Barbara stieg aus und sah sich um. Dagmar zahlte das Taxi. „Du findest sicher auch, dass ich zu gluckenhaft bin, richtig?“

„Nein.“

„Dass ich mir zu viele Sorgen mache. Dass ich mich zu sehr einmische. Dass ich den Kindern nicht genug zutraue.“

„Nein.“

„Nein?“

Barbara ging unter den Platanen entlang bis zur nächsten Fußgängerampel. Rot. Sie musterte die großbürgerlichen Häuser auf der anderen Straßenseite. „Mich darfst du so was nicht fragen, Dagmar. Ich habe nie eine Mutter kennen gelernt. Um mich hat sich nie jemand Sorgen gemacht. Mir hat vor Pablo el Rey auch nie jemand etwas zugetraut.“ Die Ampel schaltete auf grün, und Barbara lief los. Dagmar konnte kaum verstehen, was sie noch sagte. „Ich denke, wenn man eine Mutter wie dich hat, dann kann einem im Leben nicht mehr viel passieren!“

Dagmar hätte sie gern in den Arm genommen und gedrückt, aber Barbara wich ihr wie unbeabsichtigt aus. „Die anderen denken übrigens genauso. Du machst das genau richtig. Liebe und Respekt. Das ist mehr als die meisten Menschen je bekommen ... ah, das Haus da ist es, richtig?“

Dagmar verstand. Barbara wollte nicht weiter über dieses Thema reden. Das Haus in dem die Sauras wohnten, lag zwischen der Comtal und Portal Nou. Fünf Stockwerke hoch mit verzierten Balkonen und französischen Fenstern. Unten drin waren eine Sportboutique und ein Telefonladen.

Oleanderbüsche davor, eine Telefonsäule, eine Bushaltestelle und auch hier Platanen, meist allerdings noch sehr junge. An den hohen Peitschenlampen hingen leuchtend blaue Plakate, die für *L'aquarium* warben. Immer noch stauten sich die Autos, Musik schallte aus offenen Fenstern. Unter den Platanen flanierten junge Leute oder standen in Gruppen beisammen, um den weiteren Verlauf des Abends zu planen. Der Markt hinter den Palmen auf der anderen Seite des hohen Bogentores wurde gerade geschlossen. Aber auch da wimmelte es noch von Menschen.

Im fünften Stock brannte Licht. Elena war also da. Dagmar klopfte kurz auf die Tasche mit dem Handy. „Gut. Ich geh rauf. Und versuch mal, mit ihr zu reden. Und, wenn irgend möglich oben zu bleiben. Du passt hier unten auf. Ruf mich an, sobald du etwas Verdächtiges bemerkst. Aber bitte, sei verdammt vorsichtig. Dieser Typ hat Geld, ist absolut rücksichtslos, und er hat seine Helfer, die vor nichts zurückschrecken. Denk an Janet."

„Ja Mama. Alles klar, Mama." Barbara grinste, Dagmar verzog kurz das Gesicht und wandte sich ab. Eine wuchtiges zweiflügeliges Holztor aus dunklem Holz, an der Seite war eine kleine Extratür eingelassen. Es gab fünf namenlose Klingelschilder. Dagmar läutete beim obersten.

Keine Reaktion.

Sie läutete wieder. Barbara stand jetzt wieder auf der anderen Straßenseite hinter einer Platane und schaute zu den Fenstern hinauf. Sie hob den Daumen. Elena hatte also aus dem Fenster geschaut. Dagmar läutete wieder. Endlich meldete sich Elenas Stimme. „Ja?"

„Dagmar hier. Ihre Anwältin!"

„Ahja ..." Ein Seufzer der Erleichterung. Gleich darauf summte der Öffner.

Dagmar drückte die Tür auf. Sie kam in einen viereckigen Patio mit Topfpalmen und Yuccas. Von der Decke hing eine schmiedeeiserne Lampe, in den Fußboden waren bunte Mosaiken eingelassen. Alles war sauber und gepflegt, aber doch deutlich abgenutzt und nicht renoviert. Eine breit geschwungene Treppe führte in die oberen Stockwerke. Der Fahrstuhl hatte Gittertüren aus schmiedeeisernen Rosenranken und ging nur bis in den vierten Stock. Keuchend und ruckelnd. Dagmar war erleichtert, als er endlich hielt, und die Türen sich widerstandslos öffnen ließen.

Der fünfte Stock war offenbar später erst ausgebaut worden. Die Treppe hier war schmal und schmucklos. Es war sehr still und roch nach Veilchenspray.

Elena schien auf ihre Schritte gelauscht zu haben. Sie riss die Tür auf, bevor Dagmar klopfen konnte, „Gottseidank! Kommen Sie rein!" Sie schaute hastig noch einmal das Treppenhaus hinunter, packte Dagmars Arm und zog sie in die Wohnung. Schlug die Tür wieder zu. „Ich denke immer, er könnte zurückkommen. Obwohl er doch im Krankenhaus liegt. Aber ich traue ihm nicht. Ich traue auch den Ärzten nicht. Ich kann niemand mehr trauen!"

Die Wohnung war groß und hatte Klasse. Eine geräumige Diele mit Garderobe und zwei Schuhschränken, Designerstühle an der Wand und ein bunt gefärbter Schafwollteppich auf dem Terrakottaboden. Die Türen waren offen und führten zu mindestens fünf Zimmern. Dagmar eilte hinter Elena her und konnte nur einen kurzen Blick zur Seite werfen. Wenig Möbel, kräftige Farben, weiß gemauerte Regale und Schrankelemente. Ein Arbeitsraum mit Zeichentisch, und Rollschränken, ein Schlafzimmer mit einem gigantischen Bett und einer verspiegelten Wand, ein himmelblaues Kinderzimmer mit Wolkentapete und verschiedenen Mobiles, eine weiträumige Küche aus poliertem Stahl, einen offenen Essbereich mit Glastisch und schwarzen Stühlen, dahinter das Wohnzimmer. Elena blieb kurz zögernd stehen, bevor sie ins Wohnzimmer vorausging.

Dagmar verstand ihr Zögern. Die eine Wand des Wohnzimmers bestand aus deckenhohen Fenstern, hinter denen die Nacht schwarz glänzte. Es waren die Fenster, die man von der Straße aus sehen konnte. Dagmar ging hinüber und auf den Balkon hinaus. Tief unten tobte der Verkehr, Musikfetzen, Stimmen. Direkt gegenüber die Grünanlage vor dem Arc de Triomf. Die Platanen und Palmen auf beiden Seiten des Torbogens leuchteten fast künstlich grün im Licht der Peitschenlampen. Hinter den Baumkronen die golden angestrahlten Türme des Justizpalastes. Und dahinter lag Barcelona wie ein funkelnder Diamantenteppich.

Sie versuchte Barbara auszumachen, konnte sie aber nicht entdecken. Irgendwo da unten musste sie ja sein. Dagmar hob den rechten Daumen als Zeichen, ging wieder hinein und zog die Vorhänge zu.

Weißes Leinen. Und wandte sich wieder um.

Es gab eine dunkle Ledercouch und zwei tiefe Sessel, einen niedrigen Tisch und eine Schrankwand mit einer Sammlung von Porzellanfiguren. Zwei abstrakte Bilder an den Wänden, und eine Kugelstehlampe, deren Design sich an der Decke und zwei kleinen Wandlampen wiederholte.

Alles war blankgeputzt und sauber. Es gab nicht die Spur eines persönlichen Gegenstandes. Keine Fotos, keine Blumen, kein Spielzeug. Es war kein Ort, an dem man sich gern hinsetzen wollte.

Elena stand in ihrem eigenen Wohnzimmer wie eine Fremde. Sie hatte offensichtlich geduscht, sich danach nicht geschminkt und auch die Haare nur glatt gekämmt. Sie trug alte Jerseyshorts und ein zu weites Ringelshirt. Ihre Augen schienen riesig, die Arme hatte sie vor der Brust verschränkt, als würde sie frieren.

Juli in Barcelona, und von hier bis an den Strand waren es kaum dreißig Minuten. Zu Fuß. Parks und Grünanlagen bis zum Meer. Aber Elenas Haut war kalkweiß. Bis auf die verschieden großen Flecken auf Armen und Beinen. In allen Farbschattierungen von gelbgrün bis zu dunklem Violett.

Dagmar ging auf Elena zu und legte ihr einen Arm um die Schultern. Spitze Knochen. Zittern. Sie drehte sie um und schob sie zurück in Richtung Küche. „Kommen Sie, wir kochen uns erstmal einen schönen heißen Tee. Haben Sie überhaupt schon etwas gegessen?"

Elena ließ sich widerstandslos dirigieren und auf

einen der Hocker an der Stahltheke setzen. Stützte die Arme auf, schreckte kurz vor dem kalten Metall zurück, nahm eine kleine schwarzweiß gefleckte Kuh hoch, drehte sie in der Hand, streute eine kleine Salzspur über den makellosen Stahl.

Dagmar fand den Wasserkocher, verschiedene Teesorten und eine Packung belgischer Butterkekse. Sie brühte eine Mischung aus grünem und Pfefferminztee auf und gab einen Löffel Honig dazu. Füllte ein paar Kekse auf ein Tellerchen und stellte alles vor Elena hin.

Elena sah nicht auf. Vorsichtig nahm ihr Dagmar die kleine Kuh weg und schob ihr stattdessen die heiße Tasse in die Hand. Elena hob sie folgsam an und trank. Der Tee war heiß, aber Elena trank ihn ohne jede Reaktion.

„Elena. Wie war das? Ihr Mann hat seine Anzeige zurückgezogen?"

„Ja", Elena stellte die Tasse ab und lächelte plötzlich. Ihr Blick wurde klar. „Er liebt mich. Adrián liebt mich. Das alles tut ihm schrecklich leid."

„Aber es ist trotzdem ungewöhnlich, dass Sie gleich heute Nacht noch frei gelassen wurden."

„Adrián hat das Haus von Jorge Carod gebaut." Stolz. Elena trank noch einen Schluck Tee und nahm sich einen der Kekse.

„Carod ist sicher ein sehr guter Anwalt. Aber über die Freilassung hatten der Haftrichter Mateo Clavet und der Staatsanwalt zu entscheiden. Und gerade Sanz Lleida gilt als besonders scharf."

„Das stimmt", Elena lächelte breit, und plötzlich

sah Dagmar die junge hübsche Elena hinter der bleichen Maske. „Der ist wirklich ein scharfer Hund. Obwohl Adrián seine Anzeige zurückgenommen hat, bleibt die Anklage gegen mich bestehen."

„Versuchter Totschlag?"

„Ja, irgendsowas in der Art. Carod hat es mir genau erklärt. Aber ich mag ihn nicht. Um ehrlich zu sein, ich kann Carod nicht ausstehen, konnte ich noch nie!" Jetzt lachte sie offen, und Dagmar konnte sehen, dass ihr zwei Zähne fehlten.

„Elena, Sie brauchen Hilfe. Sie können auch nicht hier bleiben. Wir müssen ..."

„Nein!" Elena stellte die Tasse ab und rutschte vom Hocker. „Ich bin frei. Und ich kann selbst entscheiden, was mit mir geschieht. Nämlich nichts. Ich bleibe hier. Und ich möchte jetzt gern allein sein."

„Elena ..."

„Nein. Ich sage nein, und ich meine nein!"

Dagmar erkannte sie kaum wieder. Vor ihr stand die selbstbewusste Frau eines erfolgreichen Architekten. Und auch die Spanierin, die diese Deutsche zwar höflich aber doch etwas herablassend akzeptierte. „Danke für Ihre Hilfe."

„Rufen Sie mich an!" Dagmar legte ihre Visitenkarte neben die Keramikkuh, und wollte schon zur Tür gehen. Als Elena plötzlich zusammenfuhr und erstarrte.

Dann hörte Dagmar es auch. Das asthmatische Rattern des Fahrstuhls. Das Quietschen der alten Schiebetüren. Und dann Schritte auf dem Flur draußen.

## 10.

Keine dreißig Meter weiter gab es ein kleines Café. Hell erleuchtet. Eine alte Platane und weiße Sonnenschirme über ein paar Tischen. An einem Tisch saß ein schmusendes Pärchen, an einem anderen eine ältere Frau. Musikfetzen wehten herüber. Barbara wäre gern kurz hinübergegangen, um einen *café solo* zu trinken.

Sie stand immer noch unter den Platanen, fühlte sich aber zunehmend unsicher in der Dunkelheit. Die meisten Leute waren verschwunden, nur noch ein paar flüsternde und schmusende Paare gab es. Der Markt und auch die Läden unten im Haus der Sauras waren längst dunkel hinter den Rollgittern.

Die meisten Fenster des Hauses stand offen, Vorhänge blähten sich in der warmen Nachtluft, auf einem der Balkone stand ein Fernseher. Die Fenster von Elena waren geschlossen. Barbara sah auf die Uhr. Halb zwölf, sie wartete noch keine Stunde.

Die Straße war jetzt fast leer. Eine Gruppe, junger Mädchen lief kichernd am Haus vorbei, ein Junge auf einem knatternden Moped kam von der anderen Seite her, dann schlängelten sich zwei schwere Motorräder zwischen den letzten Autos hindurch, einen Moment lang war es still.

Barbara sah wieder zu dem Café hinüber. Sie hatte Durst. Wenn sie auf dieser Straßenseite blieb, konnte sie Elenas Hauseingang im Auge behalten. Das junge Pärchen war verschwunden, jetzt zahlte auch die ältere Frau und stand auf.

Sie wandte sich nach links und hatte den Straßenrand noch nicht ganz erreicht, als sie plötzlich von einer Gruppe junger Männer umringt wurde. Schwarze Lederjacken. Es waren vier oder fünf, sie umschlossen die Frau wie ein menschlicher Ring und trieben sie vom Café weg. Barbara sah, dass die Frau versuchte, sich zu wehren, hörte einen Schrei und sah kurz eine Hand, die durch die Luft fuhr, dann war die Gruppe aus dem Lichtkreis des Cafés verschwunden.

Barbara reagierte, bevor sie nachdenken konnte. Sie rannte los, sprang den einen der Männer von hinten an, schlug die Handkante gegen seinen Hals und kickte gleichzeitig dem zweiten die Beine weg.

Die Männer wehrten sich nicht. Sie ließen sofort von der Frau ab und rannten davon in die Dunkelheit. Barbara wollte sich um die Frau kümmern, aber die hielt nur ihre Handtasche fest an sich gepresst und eilte in die andere Richtung davon, laut vor sich hinschimpfend.

Viel zu spät registrierte Barbara, dass einer der Männer ein Mädchen war, dass sie und einer der anderen das Pärchen gespielt hatten.

Eine Falle. Die hatten sie absichtlich von Elenas Haus weggelockt. Barbara rannte zurück. Keine Zeit für das Handy, keine Zeit, auf den Lift zu warten. Sie raste die Treppen hoch, nahm drei Stufen auf einmal und wunderte sich nicht einmal, wieso die Haustür unten sich so leicht hatte öffnen lassen.

Vor Elenas Wohnungstür zwang sie sich zur Ruhe. Klopfte nur leicht. „Elena? Dagmar? Ich bin's,

Barbara!"

Die Tür wurde vorsichtig einen Spalt weit aufgezogen. Dagmar mit einem Pfefferspray in der vorgestreckten Faust. „Bist du allein?"

„Ja", Barbara hielt beide Hände hoch. Dagmar machte die Tür gerade soweit auf, dass sie sich hineinschieben konnte. Schloss sofort wieder ab. „Was ist passiert?" Barbara folgte Dagmar in die Küche. Dort saß Elena am Tisch, bleich und zittrig. Vor ihr lag ein Kuvert und ein Din-A4-Blatt mit Computerschrift und einem dunkelroten Rosenstrauß in der oberen Ecke.

Dagmar nahm das Blatt mit einer Pinzette auf und hielt es Barbara hin. „Das hat jemand unter der Tür durchgeschoben. Hast du einen Mann gesehen, der ins Haus ging?"

„Die haben mich mit einem Trick weggelockt. Das heißt, sie beobachten uns." Barbara nahm Dagmar das Papier vorsichtig ab. Der Text war in Brush Script, einer Schreibschrift:

Du bist meine Königin. Vergiss das nie!

Der Kontrast zwischen der altmodischen Grafikschrift und dem Text war nicht zu übersehen, ebenso wenig die Ausrufungszeichen am Anfang und Ende. „Trotz der Rosen. Das klingt ja eher wie eine Drohung." Barbara legte den Brief auf den Tisch zurück, und Dagmar schob Kuvert und Papier in eine Plastikmappe.

„So ist das auch gemeint. Eindeutig."

„Ihr vermutet, dass Adrián das geschrieben hat?"

„Wer sonst!" Dagmar sah kurz zu Elena hinüber.

„Er war es“, sagte sie leise. „Seine Schritte. Er war es.“

„Aber er liegt im Hospital del Mar. Schwer verletzt. Er kann nicht hier herumlaufen und Briefe einwerfen. Er kann sie nicht mal selber schreiben.“

„Er war es.“ Elena begann stärker zu zittern. „Seine Schritte.“

Barbara wechselte einen kurzen Blick mit Dagmar. „Ich bleibe hier“, Dagmar zögerte. Barbara wusste, was sie dachte. Jemand musste ins Hospital hinüber gehen, und Dagmar befürchtete, dass Barbara, die dort lange Wochen und Monate mit schwersten Verbrennungen gelegen hatte, davor zurückscheute.

„Kein Problem“, beruhigte sie Barbara. Die haben mir das Leben gerettet. Und ich kenne noch einige von den Schwestern und Pflegern dort.“ Sie dachte an die autoritäre Stationsschwester Hilária. Und den großen blonden Hünen. Sven? Oder Jan? „Ich werde Janet mitnehmen.“

„Gut. Und Pia soll sich um den Brief hier kümmern. Ich glaube zwar nicht, dass man noch irgendetwas feststellen kann, dazu sind die zu raffiniert. Aber das ist Pia auch, und dazu noch in den neuesten kriminalistischen Techniken bewandert.“

Elena hatte sich nicht bewegt. Schwieg. Dagmar brachte Barbara zur Tür, sicherte wieder mit dem Pfefferspray ab. Barbara grinste. „Sei bloß vorsichtig, das sind Einwegsprays, du hast nur einen Schuss frei!“

„Ich hab noch fünf von den Dingern.“ Dagmar lächelte. „Und grüß meine Süßen, wenn sie noch wach sind.“

Natürlich waren die noch wach. Mitternacht war keine Schlafenszeit für Barcelona in den Sommerferien. Barbara kam aus dem Haus und sah ein Taxi. Widerstand dem ersten Impuls, zu winken, und trat noch einmal in den Hauseingang zurück. Die Lektion hatte sie gelernt. Saura und seine Helfer spielten mit harten Bandagen.

Sie wartete ein paar Minuten, ging weiter bis zur Comerc und nahm sich erst dann ein Taxi. Der Fahrer war einer von der muffigen Sorte. Er fuhr schweigend los, und Barbara war nicht mal sicher, ob er sie überhaupt verstanden hatte. Sie starrte auf seinen speckigen Kragen und die langen grauen Haarsträhnen, die unter einer ebenso speckigen Baskenmütze herunterhingen.

Sie war heilfroh, dass er sie nicht anquatschte. Sie hatte genug mit ihrem schlechten Gewissen zu tun. Sie hatte versagt. Sie hatte Scheiße gebaut. Schon wieder. Sie war auf die billigsten Tricks reingefallen. Sie hatte sich ablenken und weglocken lassen, ausgerechnet sie, die einstmals beste Taschendiebin Barcelonas. Einstmals. Die Betonung lag auf Vergangenheit.

Das tat weh. Barbara hatte lange nicht mehr an Pablo el Rey und die Jahre mit ihm gedacht. Den Mann, der sie damals gefunden und aufgenommen hatte, als sie sich halb verhungert am Bahnhof versteckt hatte. Vor der Polizei ebenso wie vor den Zuhälterscouts auf dem Babystrich. Den klugen und gebildeten Mann, der ihr alles beigebracht hatte, was er selber wusste. Nicht nur Literatur, Geschichte, Philosophie und Sprachen. Auch die hohe Kunst der

Taschendiebe. Und daneben auch alle die Tricks, die einem helfen, in einer Großstadt zu überleben.

Aber sie hatte alles vergessen und missachtet. Barbara gab dem Taxifahrer ein viel zu hohes Trickgeld, der reagierte mit einem leichten Anheben der rechten Schulter.

Barbara lief hinüber zum Pati Llimona und wartete ungeduldig auf den Lift. Es duftete nach Lavendel und den würzigen Curryblümchen, aus einem Fenster beim Kulturinstitut kam Klaviermusik, die Pastorale von Liszt.

Es war wunderschön hier, das war jetzt ihr zweites Zuhause. Aber Barbara hatte das Gefühl, alles nicht verdient zu haben. Der Lift kam und sie fuhr hinauf. Sie hatte einen Schlüssel, aber sie läutete. Als wäre sie ein ganz gewöhnlicher Besucher. Und auch nicht das Signal, sondern einfach nur einmal.

Aber dann hörte sie innen schon das laute Mienzen von Fritz the cat. Anna riss die Tür auf. „Der blöde Kater steht schon an der Tür, seit er den Lift gehört hat."

„Der ist eben alles andere als blöd." Barbara nahm Fritz hoch und kraulte ihn, bis er sich vor lauter Schnurren fast verschluckte. Sie war kein Besucher. Sie gehörte hierher, basta!

Aus der Küche kamen Männerstimmen. „Luis ist da. Und Josep", flüsterte Anna ihr zu. „Er wollte unbedingt auf dich warten."

Barbara setzte Fritz wieder ab. Was konnte Josep von ihr wollen? Garantiert nichts Gutes. Alle mochten Josep. Aber *el capitán* Josep Bonet schätzte nur

Pia, bewunderte Janet und akzeptierte Dagmar. Anna war für ihn immer noch die kleine Fixerin, und Barbara die meistgesuchte Taschendiebin Barcelonas. Er hatte schon große Mühe allein damit, dass Pia in der Laietana aufgehört hatte, um Llimona 5 zu gründen. Dass sie eine Journalistin wie Janet und eine Anwältin wie Dagmar zu Ermittlerinnen gemacht hatte, nahm er gerade noch zähneknirschend hin. Aber dass Pia auch noch Anna und Barbara als gleichberechtigte Partnerinnen aufgenommen hatte, das stank ihm ganz gewaltig. Und das ließ er sie immer wieder spüren.

Im offenen Durchgang zur großen Küche blieb Barbara stehen. Sie standen alle an der Theke. Pia, eine Frau, die Barbara nicht kannte, Luis, Janet und Josep. Pia schob gerade ein großes Brett voller gerösteter Brotscheibchen mit Knoblauch, Öl, Tomate und Serranoschinken auf den Tresen, Luis öffnete eine neue Flasche Rotwein, Josep hatte ein Bier vor sich stehen, Janet wie immer einen Whisky auf Eis, Pia und die fremde Frau tranken Cava.

„Da ist sie ja!" Luis rutschte von seinem Barhocker und kam Barbara entgegen. Er umarmte sie, was er so noch nie getan hatte, drückte sie und flüsterte ihr ins Ohr: „Du bist die Größte!"

Barbara hätte sich gern an ihm festgehalten. Sie mochte Luis gern. Sein Vater war ein Freund von Pablo el Rey gewesen. Und Luis war seit diesem Brand im Raval so etwas wie ihr selbsternannter Mentor geworden. Luis schob sie auf den Hocker zwischen sich und Josep. Dafür musste Janet mit Aschenbecher und

Whisky einen Hocker weiterrücken. Alle grinsten. Sogar Josep.

Pia goss ihr ein Glas Cava ein. „Gibst du mir ein Autogramm?"

„Hoffentlich kennst du uns dann noch." ergänzte Janet. Eine für sie sehr ungewöhnliche Bemerkung. Aber Barbara verstand sowieso nicht mehr, wovon die anderen sprachen.

„So ein Leben als Promi kann sehr einsam sein ..." grinste Anna. Sie trank Fanta, am Alkohol konnte es also nicht liegen.

Irgendein Streich. Die hatten sich was ausgedacht, um sie reinzulegen. Barbara beschloss, sich nicht verrückt machen zu lassen. Sie holte den Plastikumschlag mit dem Brief an Elena hervor. „Diesen Brief hat jemand bei Elena Saura unter der Tür durchgeschoben. Und das war nicht nur einer. Die haben mich regelrecht von Haus weggelockt. Mindestens drei Männer und eine Frau."

Pia nahm den Umschlag, sah sich den Brief kurz an und schob ihn zu Josep hinüber. „Kannst du das im Labor prüfen lassen?"

Josep schob den Brief zurück, ohne ihn auch nur anzusehen. Er grinste. „Du kannst dir schon mal den Sonntag Abend freihalten. Da ist dein erster großer Auftritt."

„Da hat ganz kurzfristig jemand abgesagt. Deine Chance. Casting und erste Probe für die große Show sind morgen um elf." Luis merkte, dass sie nur Bahnhof verstand. „Du kennst doch ‚*Greif dein Glück*'? Diese Show wird von den *abc*-Studios für TV3 produziert. Das sind Spanier, Holländer und Amerikaner. Ich kenne einen der Chefs, Félix Cueto. Ihm gehört das Restaurant Sa Finca, und er ist ein Freund vom großen Adriá."

„Komm zum Punkt, Luis", lachte Pia, „sonst denkt Barbara ja noch, sie müsste kochen ...

„Das trau ich ihr auch noch zu!" Luis lächelte lieb, er meinte, was er sagte. Barbara fand nur Pias Lacher ziemlich unpassend. Obwohl, okay, zugegeben, außer Spaghetti, Rührei oder Tütensuppen bekam sie nicht viel hin. Immerhin, bei ihrem Salat hatte sogar Dagmar mal nach dem Rezept für das Dressing gefragt. Aber Dagmar war eben lieb.

Luis merkte, dass er sich da etwas verrannt hatte und sah hilfesuchend zu Josep. „Wie heißt dein Kollege nochmal?"

„Pepe Basset." Josep drehte sich zu Barbara herum, beugte sich leicht vor, und sie hatte das Gefühl, dass er sie zum ersten Mal, seit sie sich kannten, richtig ansah. „Er leitet unter anderem das Ressort Betrug und Eigentumsdelikte. Und er arbeitet seit einiger Zeit mit unserer Pressesprecherin, Isabel Vidal an einem neuartigen Präventivprogramm. Josep grinste plötzlich. „Er kennt dich!" Aber es war kein herablassendes Grinsen. Es war freundlich und fast bewundernd. „Du hast ihm wohl früher das Leben ziemlich schwer gemacht." Verstärktes Grinsen. „Aber er meint, du hättest dich immer an so einen altmodischen Ehrenkodex gehalten?" Josep zog die Brauen hoch, aber auch diese Geste schien durchaus positiv gemeint.

Barbara blieb trotzdem auf der Hut. „Pablo el Rey hat mir das eingeschärft: Vergreif dich nie an Armen und Hilflosen. Nütze nie die Schwäche alter oder gebrechlicher Menschen aus. Spiele nie selbst Gebrechen oder Krankheiten vor. Setze nie Kinder für deine Zwecke ein, und so weiter ... meint er das?"

„Vermutlich. Pepe schätzt dich auch fachlich sehr hoch ein. Und er hat mir versichert", Josep wurde plötzlich verlegen, „dass du heute absolut ehrlich bist. Weil alles andere diesem Kodex widersprechen würde."

Schlüpfe nie in fremde Rollen, um Ehrbarkeit vorzutäuschen. Barbara dachte an Pablo und musste lachen. Der alte Mann hatte sich an Regeln gehalten und an sie weitergegeben, die noch aus einem vergangenen Jahrhundert stammten. Und vermutlich auch da nur aus der Literatur. Taschendiebstahl als reine Kunstform gesehen.

Josep griff in die Brusttasche seiner abgewetzten Fliegerjacke, die unter ihm auf dem Hocker hing und zog ein Kuvert hervor. „Alles etwas knapp, aber du schaffst das schon. Das hier ist ein Vorvertrag mit der Produktionsgesellschaft. Du läufst da als freie Mitarbeiterin der Laietana."

Barbara bewegte sich nicht. Sie als Mitarbeiterin der Kripo. Offiziell in einem Vertrag festgehalten. Sehr zögernd nahm sie Josep das Kuvert ab und zog zwei Blatt schweres Hundertgrammpapier heraus. Der Briefkopf war schwarz. Nur *abc* in Kursiv und allen Regenbogenfarben. Sie war nicht in der Lage, den Text darunter zu lesen.

Luis half ihr. „Barbara, mein kleiner Kobold. Du sollst in dieser Fernsehshow auftreten. Als schöne und kompetente Fachfrau für Taschendiebstahl. Du sollst den Leuten im Publikum und den Zuschauern daheim zeigen, wie diese Diebe vorgehen, wie man sich vorsehen muss, und wie man sich schützen kann. Und du sollst während der Show Beispiele deiner Kunst zeigen. Indem du zum Beispiel dem Moderator die Uhr klaust, oder einem Zuschauer die Brieftasche."

Barbara schwieg. Schielte zu Anna und zu Pia. Hatten die etwas damit zu tun? Keine Reaktionen. Sie starrte wieder auf das steife Papier mit dem regenbogenbunten Briefkopf in ihren Händen. Sah die hellrosa Narben. Angst. Sie konnte doch nichts mehr, sie würde versagen. Aber dann meldete sich ein neues Gefühl. Vorfreude. Sie konnte ihre Hände trainieren, sie konnte ihre alten Fähigkeiten wieder erwecken. Und sie würde endlich zeigen können, was sie konnte und wer sie war. Ganz legal und sogar gut bezahlt.

Barbara umarmte Josep und wusste nicht, worüber sie sich mehr wundern sollte. Über diese spontane Geste oder darüber, dass Josep es sich gefallen ließ, ohne schreiend wegzurennen. Hastig ließ sie ihn wieder los. „Danke."

Joseps zerknittertes Gesicht verzog sich plötzlich zu einem vielfaltigen Lächeln. „Freunde?" Er hielt ihr die Hand hin, und sie schlug dagegen.



„Freunde!"

Luis drückte sie kurz, die anderen klatschten, und Pia machte eine neue Flasche *cava* auf. Sie stießen an.

Und Barbara gestand sich erst jetzt ein, wie wichtig ihr diese Anerkennung von Josep gewesen war.

# 11.

Janet bestand darauf, ein Taxi zu nehmen, obwohl Barbara lieber gelaufen wäre. Natürlich. Knapp Mitte zwanzig, schlank, zäh und durchtrainiert; rauchte nicht, trank nicht. Da kam ihr die Strecke vom Pati Llimona bis ans Meer wie ein Katzensprung vor. Janet winkte das erste Taxi, das sie sah, als sie zur Placa del Regomir kamen. „Das ist nicht die Tageszeit, durch die Altstadt und den Park zu joggen", sie versuchte, dabei fürsorglich zu klingen. Barbara sah sie von der Seite her an, bevor sie ihr den Vortritt ins Taxi ließ.

„Hast du eigentlich jemals versucht, mit dem Rauchen aufzuhören?"

„Wieso sollte ich?"

Barbara sah so anders aus, hübsch. Riesige Augen unter dunklem Haar. Sie strahlte richtig. Offensichtlich hatte Joseps Nachricht von der TV-Show ihr Adrenalin in Wallung gebracht. „Dann hättest du jedenfalls mehr Luft und könntest weiter laufen."

Janet war allergisch gegen diese Art von Belehrung. „Und wozu sollte das gut sein? Ich bin diese Woche schon mal überfallen worden!"

Barbara lachte und Janet verzichtete auf weitere Argumente. Sie hätte sich jetzt gern eine Zigarette angesteckt, aber natürlich war das ein Nichtrauchertaxi. Anscheinend gab es nur noch Nichtrauchertaxis in Spanien. So wie man jetzt auch sonst schon nirgends mehr rauchen durfte, nicht mal in Cafés und Bars. Und vermutlich grübelten einige Bürokraten schon an den Möglichkeiten, wie sie einem auch noch das

Rauchen an der frischen Luft oder sogar in den eigenen Privaträumen verbieten könnten. Und das in Spanien, diesem extrem traditionellen Raucherland, in dem die Babies früher schon mit einer Filterlosen im Mundwinkel auf die Welt gekommen waren.

Früher. Janet neigte wirklich nicht zu Sentimentalitäten. Aber wenn sie an die Zeit zurückdachte, als sie zum allerersten Mal nach Barcelona gekommen war, dann konnte sie durchaus schwach werden. Klar, sie war jung gewesen, die Söhne noch klein und unkompliziert und die Männer wild und leidenschaftlich. Damals war Barcelona eine katholisch verklemmte reine Machostadt gewesen. Und sie die Queen der neuen Zeit.

Sie fuhren ein kurzes Stück durch die Ferran und dann die D'Avinyó zum Meer hinunter. Die Fassaden der Häuser waren schon lange nicht mehr rußgrau, und die Stromleitungen hingen auch nicht mehr in dicken Bündeln vor den Hauswänden. Viele alte *tiendas* und *tallers* waren verschwunden und durch schrille oder edle Boutiquen ersetzt worden, alte Cafés und Kneipen durch hip aufgemachte Bars und Discos. In den Straßen gab es nachts nicht mehr nur Männer und wenige alte Frauen. Es gab das quirlige Leben junger Leute aus vielen Ländern. Fernsehlärm dröhnte aus offenen Türen und Fenstern. An allen Ecken standen Musikanten und spielten. Aus Spaß und für einen Euro in den Hut. Pop, Jazz, Sevillana und Klassik. Nebeneinander, durcheinander. Diese Stadt hatte sich in den letzten Jahrzehnten verdammt verändert. Aber Janet liebte sie immer noch.

Das Taxi bog am Kolumbusdenkmal nach links ab und fuhr weiter auf die Ronda Litoral. Es war fast Mitternacht, aber die Straßen und Plätze waren so voll und lebendig wie am Tag. Die bunten Lichter im Hafen spiegelten sich im Wasser, auf der Strandpromenade trafen sich Gruppen junger Leute, und sogar unten am Strand gab es noch jede Menge Musik, späte Sportler und Liebespaare.

Das Taxi hielt vor dem Hospital del Mar. Barbara sprang fast fluchtartig hinaus. Wurde ihr schlecht im Auto? Janet konnte sich nicht erinnern. Sie zahlte die Fahrt, fand zwölf Euro zuviel für die kurze Strecke und verlangte eine Quittung. Der kahlrasierte Fahrer hob die Schultern. „Ich verstehe nicht ...", sagte er auf *catalán*. Soviel katalonisch konnte Janet auch. Sie insistierte, aber der Fahrer blieb hartnäckig. Er hatte ein stilisiertes FC-Barcelona-Tattoo im Nacken. Sie versuchte es auf englisch. Der Fahrer drehte sich abrupt um, zeigte ihr sein Lippenpiercing und einen kleinen Rubin im Schneidezahn, strahlte. „You inglés? Beck-ham was not so bad!" Sie verließ das Taxi mit einem etwas langatmigen Vergleich spanischer und englischer Fußballkünste und der auf die abgerissene Hälfte einer Bäckertüte improvisierten Quittung. Einen Preisnachlass konnte ihr auch Beckham nicht verschaffen.

Barbara wartete vor dem gläsernen Eingang. Sie stand seitlich im Schatten der grellen Außenbeleuchtung und schaute zu einer Palme hinüber, unter der sich ein Paar innig küsste. Eine zierliche Südländerin mit einem Wall dunkler Locken und ein blonder

Hüne von Mann. „Ich will nicht, dass die mich sehen“, sagte sie. Janet verkniff sich jeden Kommentar.

Endlich trennte sich das Paar und setzte sich eng umschlungen in Bewegung. Barbara kam aus dem Schatten hervor. „Das war Jan, er ist Pfleger im Hospital, und er hat mir damals sehr geholfen. Oder Sven?“

„Aha.“ Janet war richtig stolz auf ihre Einsilbigkeit. Barbara kannte sie zu gut.

„Nein. Nicht, was du schon wieder denkst.“

„Was denke ich denn?“ Janet kramte eine Zigarette aus ihrer Tasche und steckte sie hastig an, bevor sie die nikotinfreie Zone Krankenhaus betraten. „Du erinnerst dich ja nicht mal an seinen Namen.“

„Jan. Und bei ihm war das vielleicht ein bisschen mehr, aber ich mochte ihn. Er hat mir immer Zeitschriften und CDs gebracht. Und man konnte gut mit ihm reden. Ich hab ihn rauskommen gesehen. Und ich dachte, ich könnte ihn jetzt ein bisschen über Saura ausquetschen. Aber in sein aufregendes Liebesleben möchte ich natürlich auf keinen Fall eingreifen!“ Barbara lachte kurz auf und wedelte Janets Rauchwolken weg.

„Kein Problem“, Janet ging ein paar Schritte von Barbara weg und schaute durch die Glastüren in den Empfangsraum der Klinik. Wich sofort wieder zurück. Um diese Zeit war nicht viel los. Umso mehr fielen die drei Männer neben dem Kaffeeautomaten auf. Muskulös, Tattoos, Piercings, schwarze Jeans. Und Lederjacken trotz der Hitze. Janet wich zurück. „Die Männer da drin. Die haben mich überfallen.

Das sind Sauras Schläger."

Barbara reagierte sofort, schob sich selbst vorsichtig nach vorn und schaute hinein. „Stimmt. Diese abrasierten Locken. Und ich wette, der eine hat hinten auf der Jacke so einen roten Adler." Wie abgesprochen, drehte sich einer der Männer halb um und zeigte Teile eines roten Emblems.

„Haben die dich auch gesehen?"

„Vielleicht nicht in unserem Patio. Da ist es sehr dunkel, und die sind ja auch gleich abgehauen. Aber ganz sicher vorhin am Arc de Triomf." Barbara versuchte vergeblich, ein Kichern zu unterdrücken. „Den einen hab ich ziemlich genau in die Zwölf getroffen ..."

„Was ist mit der Schwester am Empfang?"

Wieder schob sich Barbara leicht nach vorn. Kam zurück. „Noch nie gesehen", sie verzog leicht das Gesicht, „aber hier unten im Empfang war ich ja auch nur einmal, und das sehr kurz."

„Allright", Janet hatte die Schwester auch noch nie gesehen. Rund und sehr jung mit einer rechteckig roten Brille und einer kastanienroten Zottelfrisur voller kleiner bunter Klämmerchen. „Dann geh ich eben allein rein und ..."

„Nein", unterbrach sie Barbara, „Die kennen uns, die kennen uns beide. Du kommst da nicht vorbei. Ich werde sie ablenken."

„Das ist viel zu gefährlich!"

„Dem zweiten schulde ich noch ein Küsschen." Barbara wollte schon losstürmen, bemerkte Janets Zögern und kam noch einmal zurück. „Janet, die werden mir hier nichts tun, viel zu viele Menschen. Ich kann sie aber solange ablenken, bis du an der Schwester vorbei bist.“ Barbara wartete Janets Gegenargumente nicht mehr ab, sondern stieß die Glastür auf und ging hinein in die hell erleuchtete Eingangshalle.

Sie blieb kurz wie zögernd stehen und ging dann langsam auf die drei Männer zu. Alle sahen ihr entgegen. Breites Grinsen. Drei Wölfe witterten ein Lämmchen. Und nahmen sonst nichts mehr wahr.

Janet wartete nicht länger. Sie trat ihre Zigarette aus und ging auch hinein. Sie blieb vor dem Empfangstresen stehen und drehte Barbara und den Männern den Rücken zu. „Senor Saura, mein Chef liegt hier. Auf der IT/3. Er hat mir die Todesstrafe angedroht, wenn ich ihm seine Post nicht bringe.“

„Das glaube ich sofort!“ Die Schwester füllte einen Passierschein aus. „Er ist aber nicht mehr auf der Intensivstation, er ist verlegt worden. Zimmer 304.“

Die Schwester hieß laut Brustschildchen Alida Ménendez. Janet senkte die Stimme: „Sagen Sie, Alida, ist zufällig Doktor Délano im Haus?“

„Nein, *lo siento*. Schulferien, und er hat vier Kinder. Der ist in Urlaub. Unbezahlten Urlaub. Der muss es ja haben!“ Alida sah aus, als wäre sie selber auch gern mit dem Doc im Urlaub.

„Unbezahlt? Délano ist doch noch sehr jung. Ist er denn reich?“

Alida hob die Schultern, beugte sich tief über das Besucherformular und machte so deutlich, dass von ihr keine weiteren Indiskretionen zu erwarten waren.

Janet hörte hinter sich Barbaras Lachen. „Hola,

*chicos*, tut mir leid, wegen vorhin. Ich wollte dir deine Kastagnetten nicht ruinieren ..."

Ein Knurren war die Antwort.

Janet nahm den rosa Passierschein. „Danke Alida!" und war schon auf dem Weg nach hinten, zu den Fahrstühlen. Der rechte ging abwärts, Janet sprang hinein. Nur erstmal raus aus der Eingangshalle.

Im Untergeschoß schob ein sehr junger Pfleger einen Rollstuhl herein. Der Mann darin sah gruselig aus. Uralt, über und über blutüberströmt, ein zerrissener Pyjama unter einem offenen Klinikbademantel. Blindweiße Augen starrten sie an, sein Atem kam in keuchenden Stößen, die Abstände zwischen den einzelnen Keuchern waren erschreckend lang. Der Pfleger versuchte eine Erklärung. „Er reißt immer wieder aus und versucht, sich umzubringen. Diesmal mit zerbrochenen Reagenzgläsern aus dem Labor ..." Er schluckte, Schweißperlen auf der Stirn. Janet war froh, dass die beiden im zweiten Stock den Lift verließen.

Im dritten Stock blieb Janet erstmal neben dem Lift stehen und verschaffte sich einen Überblick. Düstere Nachtbeleuchtung. Stille. Ein Vorraum, Gänge nach zwei Seiten. Zu 301 bis 329 ging es nach rechts. Links vorne die verglaste Ecke der Stationsschwester. Hell erleuchtet. Drin eine Schwester und ein Pfleger. Sie tranken Kaffee, quatschten, lachten und schauten nur ab und zu auf den Gang heraus.

Vor der vierten Tür auf der rechten Seite saß ein Mann in Khaki. Es war nicht der, den sie bei ihrem ersten Besuch gesehen hatte, er trug nur die gleiche

Uniform. Saura beschäftigte einen privaten Sicherheitsdienst und diese Motorradschläger. Was immer er vorhatte, er betrieb es mit ziemlichem Aufwand.

Janet wartete, bis die Schwester sich zur Kaffeemaschine umdrehte, und sich und dem Pfleger nachschenkte. Schlüpfte dann lautlos an der hellen Glaszelle vorbei in den düsteren Gang. Sie spürte, dass der Mann vor 304 sie beobachtete, schaute ihn aber nicht an, sondern sah nur zu den Zimmernummern. Bei 307 blieb sie stehen, klopfte kurz gegen den Türrahmen und öffnete die Tür. Schlüpfte hinein.

Ein dumpfer Geruch von Kampfer und menschlichen Ausdünstungen. Die Dunkelheit wurde von zwei kleinen Nachtlampen kaum erhellt. Zwei Betten. Im ersten ein extrem übergewichtiger Mann, der mit offenem Mund auf dem Rücken lag und laut schnarchte. Das zweite Bett war leer.

Janet überlegte. Sah die Alarmklingel am Bett des Schnarchers. Nahm sie und drückte hektisch. Dann huschte sie zur Tür und stellte sich dahinter. Fast sofort wurde die Tür aufgerissen, Schwester und Pfleger kamen hereingestürmt. Keiner bemerkte Janet, die hinter den beiden wieder auf den Gang hinausschlüpfte.

Der Khakimann vor 304 war aufgesprungen und schaute jetzt auch alarmiert zu ihr her. Janet senkte ihre Stimme: „Die Gasleitung ist defekt! Durch die Klimaanlage kommt Gas! Alle Zimmer sind betroffen!“

Khakimann reagierte sofort, wandte sich um und riss die Tür zu 304 auf. Janet schaute ihm über die

Schulter. Auch hier waren zwei Betten, und nur eins besetzt. Licht. Der schnauzbärtige Adrián Saura lag halb aufgestützt in seinen Kissen und las Dan Brown. „Was ist da los, verdammt?!“ hörte sie noch, dann war sie schon wieder bei den Fahrstühlen. Sie nahm den nächsten Lift nach unten. Es gab weder Gasleitungen noch eine Klimaanlage hier. Janet freute sich auf die nächste Zigarette.

## 12.

„Ich meine, Sie können jetzt ruhig heimfahren. Ich würde gern zu Bett gehen." Elena hatte sich etwas beruhigt und nahm sofort wieder diesen herablassenden Arbeitgeberton an.

„Gehen Sie nur schlafen. Sie müssen sehr müde sein." Dagmar schielte auf die Uhr. Kurz nach zwölf, eigentlich noch ziemlich früh. Sie begann, das Kaffeegeschirr von der blankstählernen Theke abzuräumen.

„Bitte, nein!" Elena sprang auf und riss ihr eine Tasse aus der Hand. Die Tasse rutschte ihr weg und zerknallte auf dem Boden. „Da sehen Sie, was Sie angestellt haben!" Ihre Stimme wurde schrill. „Ich brauche weder Sie noch Ihre Kolleginnen hier in meiner Wohnung." Sie holte eine silberblanke kleine Schaufel und einen Besen und begann die Scherben zusammen zu kehren. „Niemanden! Ich brauche niemanden!"

In dem Moment meldete sich Dagmars Handy. „Digame?" meldete sie sich. Janet.

„Adrián Saura liegt immer noch im Hospital del Mar. Eindeutig, ich habe ihn mit eigenen Augen gesehen. Allerdings ist er ganz offensichtlich nicht sonderlich schwer verletzt. Und der junge Arzt, der ihn diagnostiziert und behandelt hat, ist ganz plötzlich in Urlaub gegangen."

„Das scheint mir normal im Sommer, oder?"

„Dr. Délano ist höchstens mal dreißig. Der verdient doch so gut wie nichts. Und er hat vier Kinder. Aber er hat sich einen ganzen Monat unbezahlten Urlaub genommen." „Du meinst, Saura hat ihn eingekauft?"

„Und dann weggeschickt" bestätigte Janet, „so sieht es aus."

Dagmar schaltete das Handy aus und wandte sich wieder Elena zu. „Adrián liegt immer noch im Krankenhaus. Meine Kollegin hat ihn gesehen."

Elena schwieg.

„Er kann Ihnen den Brief also nicht selbst gebracht haben."

Elena wischte die letzten Scherben auf und warf sie in den stahlmatten Designermülleimer.

„Damit will ich nur noch einmal betonen, dass er nicht allein arbeitet. Er hat Handlanger, die er bezahlt. Die vor nichts zurückschrecken. Sie haben meine Kollegin überfallen. Seine Schläger bewachen die Klinik. Er hat den Klinikarzt bestochen."

„Die Schritte", Elena richtete sich auf, „es waren seine Schritte!"

„Die Schritte eines großen Mannes. Elena, das Haus ist alt, ich hab mir den Flur draußen angesehen. Er gibt an manchen Stellen nach und knarzt; das hast du gehört!"

Elena schüttelte nur den Kopf, erstarrte plötzlich. Lauschte. Dann hörte es Dagmar auch. Das dumpfe Ächzen des Fahrstuhls. Er hielt an. Die Tür quietschte leise beim Öffnen.

Das plötzliche Läuten erschreckte sie. Sie bewegten sich nicht. Wieder läutete es. Sturm diesmal. Elena wollte aufstehen, aber Dagmar schob sie zur Seite. Nahm ihr Pfefferspray in die Hand und hielt die andere Hand an den Türknauf.

Elena war im Wohnzimmer geblieben. „Keine Schritte", sagte sie leise, „keine Schritte diesmal."

Wieder Läuten. Dagmar öffnete vorsichtig die Tür.

Der dunkelrote Rosenstrauß war so gewaltig, dass sie den jungen Mann dahinter nicht erkennen konnte. Erst, als er sich etwas bewegte, sah sie ihn. Groß, dünn, blondiertes Haar. Er trug ein grünes Poloshirt und ein Blumenemblem auf der linken Brust.

Dagmar brauchte beide Arme, um den Strauß zu umfassen, sie reichte ihn etwas unbeholfen an Elena weiter.

„Von wem sind die Blumen?" fragte sie, aber der junge Mann war schon halb die Treppe hinunter, ohne zu antworten.

In dem Moment kam der Lift wieder ächzend nach oben. Barbara. Hastig drückte sie ihr das Pfefferspray in die Hand. „Schnell! Der Blumenbote!"

Barbara fragte nicht. Sie rannte los, die Treppe hinunter. Sie flog förmlich.

Dagmar schloss die Tür und lief nach hinten ins Wohnzimmer und ans Fenster. Schob vorsichtig den Vorhang zur Seite.

Unten kam der junge Mann auf die Straße und sprang auf ein Moped. Gleich darauf kam Barbara aus dem Haus. Er fuhr los, aber sie stellte sich vor sein Moped und packte den Lenker. Er versuchte, ihre Hände vom Lenker zu wischen, als sie nicht nachgab, umfasste er ihre Hände und hielt sie fest. Die Rangelei schien plötzlich in eine ganz freundschaftliche Unterhaltung umzukippen. Der junge Mann nahm sein Handy heraus und tippte etwas ein. Barbara trat von seinem Moped zurück, er fuhr los, und sie winkten sich zu.

Dagmar drehte sich um. Elena hatte die Rosen in einer gewaltigen Glasvase arrangiert und saß davor auf dem Boden. In den Händen ein längliches Kuvert. Als Dagmar zu ihr kam, schaute sie hoch und reichte ihr das Kuvert.

„Er liebt mich." Tränen in den Augen.

Das Kuvert war verschlossen. Dagmar zögerte nur kurz, dann riss sie es auf. Innen eine gefaltete Doppelkarte.

Und zwei Fotos.

Der Text auf der Karte war wieder in Schreibschrift:

Du bist meine Königin.

Das Foto zeigte Elena. Nachts. Von außen durch das Wohnzimmerfenster fotografiert.

Es läutete an der Tür, das Signal: kurz kurz lang. Barbara. Dagmar lief zur Wohnungstür, die Faltkarte mit den Fotos in einer Hand, in der anderen ein zweites Pfefferspray. „Barbara?"

„Ja. Mach auf!"

Sie öffnete die Tür und schloss sie hinter Barbara sofort wieder ab. „Und?"

„Der Junge ist harmlos. Seine Mutter hat einen Geschenkladen. Blumen und Pralinen mit Tag- und Nacht-Service. Sie nennt sich Flora Golosina. Der Sohn nennt sich Chip. Der Auftrag kam durch einen mit Computer geschriebenem Brief und Bargeld. Ein Senor Herero. Ein anonymer Herr Schmidt sozusagen. Totaler *fake*, schätze ich mal."

„Du hast diesem Chip immerhin deine Telefonnummer gegeben." Dagmar mochte Barbara gern, konnte sie aber am wenigstens von allen Llimonas einschätzen. Sie war sehr intelligent, sie war schnell und absolut zuverlässig. Aber sie war auch sehr verschlossen. Und Dagmar verstand nicht, wieso ihr die Männer nicht dutzendweise nachliefen, so hübsch wie sie war. Gut, da war diese etwas seltsame Geschichte mit Felip, dem Trompeter. Aber wirklich gut lief das schon lange nicht mehr. Vielleicht lag es ja an Barbaras Verhalten, ihrer Angst, andere Menschen nahe an sich ran zu lassen. Umso befremdlicher, dass sie diesem Blumenboten einfach so ihre Nummer gegeben hatte.

Barbara grinste. „*Fake*, alles *fake*. Das war die Nummer von diesem altmodischen Laden in der Avinyó. Strohhüte, Strohschuhe, *alpargatas* und so. Keiner im Laden unter achtzig." Sie nahm Dagmar die Fotos aus der Hand. „War das dabei?"

„Ja, mit der Karte. Wieder ‚Du bist meine Königin'. Und diese beiden Fotos. Siehst du auch, was ich sehe?"

Barbara nahm ihr die Fotos aus der Hand. Wurde blass. „Scheiße!"

Auf einem Foto stand Elena nahe dem Fenster und hielt den kleinen Isi auf dem Arm. Sie trug ein weißes Kleid und sah liebevoll zu ihm herunter, ihr Haar leuchtete im Licht der Deckenlampe. Auf dem zweiten Foto war Elena allein. Sie trug dieselben Sachen wie jetzt auch und schaute etwas panisch hinter sich. Beide Fotos waren extrem körnig, das zweite mehr als das erste. Beide mit Extremzoom aus dem gleichen

Winkel aufgenommen.

Nicht von unten nach oben. Fast aus gleicher Höhe. Wie von einem Fenster auf der gegenüberliegenden Straßenseite aus.

Aber auf der anderen Straßenseite gab es keine Häuser. Nur den Park.

# III. Zoom

## 13.

Die Tote war fast überirdisch schön. Ein schmales ebenmäßiges Gesicht, langes schneewittchenschwarzes Haar, eine gerade Nase. Dunkle Wimpern über den geschlossenen Augen. Die vollen Lippen wächsern gelblich mit einem leichten Blaustich, wie der restliche Körper.

Pia hatte schon viele Leichen gesehen, aber selten hatte sie etwas so berührt wie diese junge Frau. Das Gesicht war völlig unbeschädigt, der Körper hingegen zerfetzt und zerfleischt. Ein Arm fehlte, der linke Unterschenkel und das rechte Bein bis weit hinauf über die Hüfte. Tiere und vermutlich eine Schiffsschraube. Die Männer eines Fischerbootes hatten sie am frühen Donnerstag Morgen knapp außerhalb des Hafens aus dem Meer geholt.

„Sehr lange kann sie da noch nicht tot gewesen sein." Luis zog seinen Kittel aus und wusch sich in dem kleinen Kabuff neben der Tür, ohne die Schiebetür zuzumachen. „Das Wasser ist warm im Juli. Vor allem so nah am Hafen. Über zwanzig Grad. Das verfälscht die Körpertemperatur natürlich. Andererseits gibt es da im Hafen eine Menge Fische und sehr viel Verkehr. Auch nachts. Teile des Körpers sind noch völlig unberührt. Das und die geringen Verfärbungen sprechen für einen eher kurzen Aufenthalt im Meer."

„Das Gesicht."

„Es ist schön."

„Ja, sehr."

„Ich schätze zwei bis höchstens drei Stunden. In

den frühen Morgenstunden, so zwischen zwei und vier. Der Körper war noch nicht richtig abgesunken. Lag aber mit dem Gesicht nach unten." Luis hielt einen Kamm unter den Wasserhahn und fuhr sich damit sorgfältig durch die spärlichen Haare. „Was meinen Sie, Verónica?"

„Hm ...", Verónica zog mit einer Pinzette einen kleinen Fetzen von der zerrissenen Brust. Hielt die Pinzette unter die Lampe. „Das war kein Bikini. Spitze. Sie hatte nur Unterwäsche an."

Pia wandte sich ab. Sie versuchte, die Luft anzuhalten. Der Geruch war das Schlimmste. Er durchzog alles und drang schon nach wenigen Minuten in die Haut ein. Chlor und der scharfe Chemieduft eines Desinfektionsmittels konnten weder die Fäulnis noch das Blut überdecken. Das Licht der hellen Leuchtröhren brach sich in den durchsichtigen Kunststoffbahnen, die den Bereich mit den stählernen Arbeitstischen vom vorderen Teil der Pathologie trennten. Der Durchgang zum Labor, die deckenhohen Schubladen für die Toten, die Karteischränke, der Schreibtisch von Luis und die Garderobe mit seiner beigefarbenen Freizeitjacke.

„Kommst du allein zurecht?" Luis kam frisch gestriegelt aus der Kammer und zog seine Jacke über ein kurzärmeliges Hemd in winzigkleinen hell- und dunkelbeigen Karos.

„Kein Problem." Verónica sah nicht von ihrer Arbeit auf. Pia schätzte sie auf Ende zwanzig, Anfang dreißig, und hatte sie immer als sehr hübsch eingestuft und Luis mit ihr aufgezogen. Aber jetzt, neben dieser unglaublich schönen Frau aus dem Meer sah sie fast grob aus. Aber gleichzeitig auch konzentriert, professionell und sicher. Und sehr lebendig.

„Adiós Verónica“, sagte Pia, Verónica nuschelte einen Gruß zurück, ohne aufzusehen.

„Sie ist so gut, dass ich mir vermutlich bald einen neuen Job suchen muss ...“ Luis nahm Pia leicht am Ellbogen, als müsste er ihr durch ein gefahrvolles Labyrinth hindurchhelfen und nicht einfach nur durch die kahlen Flure der Gerichtsmedizin, die Pia seit vielen Jahren kannte.

Pia liebte diese kleinen Zeichen der Fürsorge. Sie waren selten genug in ihrem Leben. „Was hast du rausgefunden?“

„Ich hatte gehofft, du fragst jetzt, wohin gehen wir?“

„Und was hättest du dann gesagt? Zu mir oder zu dir?“

„Aber doch nicht so plump! Ich hätte für dich einen Teppich aus weichen Kissen und Rosenblüten vorbereitet und Ferran Adriá gebeten, uns ein Menu zuzubereiten, das bei uns beiden bisher völlig unbekannte Geschmacksknospen zum Leben erweckt!“ Er drückte sie kurz und ließ sie dann los. Die drei Stufen zum Hinterausgang waren zu schmal, um nebeneinander zu gehen. Pia lachte.

„Und wie heißt dein Ersatzprogramm für Adriá?“

„Meson del Café?“

„Um halb acht? Da schläft Gabriel doch noch.“

„Dann wecken wir ihn eben auf. Er macht schließlich den besten Kaffee.“

„Er schreibt Kriminalromane. Hast du nicht Angst, dass du mal in einem vorkommst?"

„Ich wäre geschmeichelt."

Die Sonne ließ die obersten Fenster aufblinken, kam aber noch nicht zwischen den Häusern auf die Straßen herunter. Es war kühl und roch frisch nach Meer und feuchtem Asphalt. Luis ging schnell, er war ein geübter Flaneur in Barcelonas Straßen. Sie schwiegen, liefen nebeneinander her und Pia genoss die klare Luft in ihren Lungen, die Bewegung und die friedliche Nähe von Luis.

Von der Placa de L'Angel bogen sie in die enge Llibreteria und stiegen die enge Gasse hinauf. Bis hierher war der Morgen noch nicht wirklich vorgedrungen. Verschlossene Türen und Fenster, der Geruch von abgestandenem Bier und Abfällen. In einer Ecke zwei blonde Jungen, die sich in einen Hausgang gedrückt hatten und schliefen. Eine Isomatte, ein Parka, zwei schmuddelige Rucksäcke. Ein Berg leerer Bierdosen und zwei ebenso leere Wodkaflaschen. Offenbar hatten die beiden sich an der Hauswand erleichtert. Daneben lag ein zerrissener Pizzakarton, von dem eine fette weiße Katze kurz aufsah, bevor sie sich sehr zögernd ein Stückchen zurückzog. Fauchte. Pia ging schneller, Luis hielt das Tempo.

„Wenn die erwischt werden, dann gibt's eine saftige *multa*."

„Die haben ihr letztes Geld für Alk ausgegeben. Da wird nicht mehr viel zu holen sein."

Gabriel war schon wach. Er hatte sein Café vom Nachtbetrieb gesäubert und stellte zwei hohe Bartischchen vor die Tür. „Hola Pia, *guapissima*, meine Schöne. Sag mir jetzt bitte nicht, dass du die Nacht mit diesem alten Leichenfledderer verbracht hast!"

Gabriel wartete nicht auf eine Antwort. Er ging in die schmale düstere Bar, und Pia und Luis folgten ihm. Ein hölzerner Kokon außerhalb der Zeit. An der Bartheke standen zwei Arbeiter in Overalls, schweigend über ihre *carajillos* gebeugt. Pia und Luis wählten einen Ecktisch ganz hinten bei den bunten Zirkusplakaten. Gabriel brachte ihnen Kaffee und einen Korb mit frischen Croissants und ging wieder auf die Straße hinaus.

„Wer ist die Tote?" Pia nahm einen Schluck und verbrannte sich die Lippen. Luis stippte sein Croissant in den Kaffee und nuckelte es genüsslich aus.

„Das wissen wir nicht. Bisher wissen wir nicht mal, woran sie gestorben ist. Sie war sehr dünn, aber nicht unterernährt. Gesund, wenn man das so sagen kann. Wir haben noch keine genau definierbaren Wunden gefunden, keine Einstichspuren, auch nicht in der einzig übrig gebliebenen Armbeuge. Die Finger an der Hand sind auch beschädigt, aber immerhin haben wir einen brauchbaren Daumenabdruck. Verónica muss sie erst genau untersuchen, Mageninhalt, Gift, Drogen ..."

„Sie könnte von einem vorbeifahrenden Schiff gefallen sein. Oder von einer der Yachten."

„Josep geht gerade die Vermissten durch."

Pia schwieg. Der Kaffee war endlich etwas abgekühlt, aromatisch, würzig. Das Croissant luftig und knusprig. Sie würde nie verstehen, wieso man zwei einzeln so köstliche Geschmackserlebnisse zu einem unkenntlichen Bröselbrei vermantschen konnte. Luis nahm einen Schluck von seinem verkrümelten Kaffee und griff sich das nächste Croissant, um es in die Tasse zu stippen.

Pia zögerte einen Moment. „Hast du etwas über den Brief rausgefunden?"

„Wieso hat Josep das nicht gemacht?"

„Er weigert sich, die Wahrheit zu sehen. Du warst ja dabei, er hat den Brief gar nicht beachtet."

„Was ist los mit euch beiden?" Er sah sie nicht an, schien vollkommen mit seinem Kaffee und dem Croissant beschäftigt.

„Er ist ein Mann."

„Das bin ich auch. Habe ich jedenfalls bisher angenommen."

„Ein richtiger Macho."

„Auch das trifft auf mich zu, hoffe ich mal."

„Und manchmal sogar ein übler Chauvinist!"

„Ich fürchte, Pia, *mi corazón*, auch das bin ich manchmal."

Pia gab sich Mühe, nicht zu lachen. Sie liebte den unglaublich klugen rundlichen Luis. Aber es stimmte, er konnte durchaus mal abwertende Bemerkungen über Frauen machen, meistens waren es allerdings Zitate aus Literatur und Philosophie, die alten Griechen oder sogar Nietzsche, da war er nicht wählerisch. Er ging regelmäßig ins *barrio chino*, und erfreute einige Damen dort mit seiner Großzügigkeit und Hilfsbereitschaft.

Er verachtete die Frauen nicht, er liebte sie. In

Wahrheit war er eigentlich fast ein Frauenversteher. Aber so etwas hätte er nicht mal unter Folter zugegeben.

„Sagen wir es mal so", begann Pia vorsichtig, „der Typ wohlhabende Gattin, die sich von ihrem Kerl aushalten und dafür prügeln lässt, gehört nicht zu deinen Favoritinnen."

Luis verzichtete auf das dritte Croissant. Treffer. Gabriel brachte ihnen unaufgefordert zwei frische Kaffees, Pia dankte und wartete, bis er wieder außer Hörweite war.

„Aber du sagst wenigstens nicht, geschieht ihr ganz recht."

Luis sah sie nicht an, kramte etwas umständlich ein zusammengefaltetes Papier aus seiner Jackentasche. „Ich musste lügen. Ich musste mir eine Geschichte ausdenken, wieso ausgerechnet ich als Rechtsmediziner mit so einem Scheiß komme und nicht einer aus der *brigada criminal*. Noch dazu mitten in der Nacht!"

„Ich werde versuchen, es wieder gut zu machen." Pia schnappte nach dem Papier, aber Luis zog es zurück.

„Was schwebt dir da vor? Hochzeit in Las Vegas? Honeymoon in Dubai?"

„Ein exquisites Drei-Gänge Menu in der Llimona 5."

„Fünf."

„Fünf was?"

„Fünf Gänge."

„Gib das Papier her!"

Luis gab ihr den Zettel. Außer ein paar hingekritzelten Krakeln war nichts darauf. „Muss ich das erst dechiffrieren?!"

„Es gibt nichts. Das Papier bekommt man überall, auch das Kuvert ist Standard. Es gibt keinerlei Spuren. Auf Papier sowieso extrem schwer festzustellen, aber hier hat jemand wohl mit Vorsicht und Handschuhen gearbeitet."

„Saura schickt seiner Frau eine Nachricht, die für mich eindeutig bedrohlich klingt, nach außen hin aber völlig harmlos scheint. *Du bist meine Königin.* Und dazu zieht er Handschuhe an?"

Luis schwieg, sah sie aber wieder an. Als sich Pias Handy meldete, nahm er sich das dritte Croissant. Pia meldete sich. Barbara.

„Dagmar und ich sind jetzt wieder in der Llimona 5, Janet und Anna haben Elena übernommen." Dann berichtete sie von den Rosen, dem neuen Gruß: *Du bist meine Königin* und den Fotos. „Dagmar und ich haben versucht, etwas zu erkennen, aber falls da wirklich einer eine winzigkleine ferngesteuerte Kamera auf einer der Platanen versteckt hat, wir konnten nichts entdecken."

„In einem Baum gegenüber! Das ist ja nicht zu fassen! Natürlich werden wir diese Flora Golosina und den Brief mit den Fotos überprüfen. Aber der Typ ist verdammt gerissen." Pia hörte Barbara gähnen. „Du hast überhaupt nicht geschlafen, oder?"

„Der Tag ist ja noch lang."

„Du weißt aber schon, was das heute ist?"

„Samstag?" Barbaras erneutes Gähnen zerriss die

Silben.

„Der Tag vor Sonntag, genau. „Morgen ist dein großer Fernseh-Auftritt, und heute hast du Casting und Probe, soviel ich weiß, von elf bis abends."

Barbara stieß einen unverständlichen Laut aus und schaltete ihr Handy aus. Pia wandte sich wieder Luis zu. Das dritte Croissant lag unversehrt neben seiner Kaffeetasse. Er hatte zugehört. „Was war da im Baum?"

„Das wissen wir nicht genau. Aber irgendjemand hat offenbar Elena von außen durchs Wohnzimmerfenster hindurch fotografiert. Von gegenüber. Sie wohnt im fünften Stock. Und auf der anderen Seite der Straße gibt es kein anderes Haus, nur ein paar Peitschenlampen, Palmen und Platanen."

„Platanen können ziemlich alt und sehr hoch werden." Luis versenkte das dritte Croissant im Kaffee.

## 14.

Das Risiko schien überschaubar. Janet hatte auch nicht wirklich ein schlechtes Gewissen. Anna war zwar jetzt allein bei Elena, aber sie war schlau und wusste sich ganz gut zu helfen. Außerdem hatte sie das Handy, und Janet war ja nicht weit weg.

Halb neun. Die Sonne stand hoch genug, um auch die letzte Frische der Nacht zu vertreiben. Der Verkehr staute sich hupend auf dem breiten Passeig de San Juan, unter den Platanen parkten die Autos dicht bei dicht, Lieferwagen hielten in zweiter Reihe und wurden be- oder entladen.

Das kleine Café am Arc de Triomf war noch von der Nacht gezeichnet. Ein mürrischer Kellner schloss die Eisbox neben der Tür auf, spannte umständlich die weißen Sonnenschirme auf und wischte mit einem Lappen sehr dubioser Herkunft auf den roten Coca-Cola-Tischen herum. Er arbeitete langsam und bedächtig, und ließ sich auch nicht durch Janets lautes Verlangen nach einem Kaffee aus der Rhythmus bringen.

Manel war natürlich auch noch nicht da. Über das Festnetz hatte sie ihn nicht erreicht, bei seinem Handy meldete sich nur die Mailbox. Janet hinterließ mehrere Nachrichten und versuchte es immer wieder. Manel war ein ausgefuchster Privatdetektiv, der für einige der besten Anwälte Barcelonas arbeitete. Seit der gemeinsamen Aktion im November auf Mallorca zur Rettung von Dagmars Kindern waren sie sich etwas näher gekommen. Manel, vom lieben Gott nicht eben mit überirdischer Schönheit, Lockenpracht und Sixpack ausgestattet, hatte sogar ein bisschen mit ihr geflirtet und Janet hatte vor, dieses marginale Interesse gnadenlos auszunutzen.

Endlich ging er ran. Das war vor knapp einer Stunde gewesen. Und sie hatte das peinliche Gefühl, ihn bei einem Schäferstündchen gestört zu haben. Es gab Hintergrundgeräusche. Musik, eine Frauenstimme, Kichern. Und Manel brauchte ein paar Minuten, bis er verstand, wer sie war und was sie wollte. Immerhin sagte er zu.

Der lahme Kellner war endlich mit dem letzten Tisch fertig und bereit, ihr einen Kaffee zu bringen. Dreiviertel neun. Da endlich. Rund, kahl, Gesicht, Hose und Hemd völlig verknautscht, die Pfeife im Mund kalt. „Manel! Schön, dass du es doch noch geschafft hast!"

Er kam zu ihrem Tisch geschlurft, ließ sich wortlos auf einen Stuhl fallen und stellte eine Adidas- Sporttasche neben sich. Der Kellner brachte Janets *cortado,* Manel bestellte einen *café con leche* im Glas.

Schwieg.

Janet gab ihm die Zeit. Steckte sich eine Ducado an. Er war ein Mann. Wenn er auf ihren Charme nicht reagierte, dann garantiert auf eine technische Fachfrage. Sonst wäre er um diese Tageszeit gar nicht hier. Lang musste sie nicht warten. Er trank den Kaffee aus, stopfte seine Pfeife und steckte sie an.

„Bist du sicher, dass du das ganz allein machen willst?"

„Ganz sicher. Es könnte eine Spur neben der Legalität sein, und da will ich dich nicht mit reinziehen."

„Das Zeug ist teuer, Janet. Wenn da was passiert …"

Sie legte ihm eine Hand auf den Arm.

„Es wird nichts passieren!"

Er zögerte einen Moment, dann holte er ein kleines Kästchen mit Scala und Antenne aus der Sporttasche. „Das ist ein Breitbandscanner. Damit stellst du dich unter die Bäume vor dem Haus und scannst verschiedene Frequenzen durch. So. Siehst du das? Und wenn du die Sendefrequenz der Fernsteuerung erwischst, dann schlägt der Zeiger hier aus. Ich habe auch einen Störsender dabei. Damit könntest du die Fernsteuerung überdecken, also ausschalten. Und wenn, was ich annehme, die Bilder von der Kamera durch Funkwellen auf einen Recorder übertragen werden, könntest du auch dieses Signal mit dem Scanner aufspüren und stören."

„So ein Fernsteuersender arbeitet im Mega-Hertz-Bereich, richtig?"

„Genau", Manel war sichtlich beeindruckt, „so um die 100 MegaHertz. Und die Kamera im GigaHertzbereich. Zwei GigaHertz ungefähr." Manels Augen, eben noch kaum zu erkennen, begannen zu leuchten. Er sprang auf, trank seinen letzten Kaffeerest und packte die Sporttasche. „Janet, versteh das bitte nicht falsch. Natürlich kannst du das auch allein, dir trau ich ja sowieso alles zu. Aber das würde mir jetzt selber Spaß machen. Und im Graubereich der Legalität bin ich sowieso zu Hause. Los, komm!"

Janet konnte gerade noch die Zigarette ausdrücken

und das Geld für die zwei Kaffees hinlegen. Dann lief sie mit pfeifenden Bronchien hinter Manel her, der plötzlich alle Schluffigkeit verloren hatte.

„Manel, verdammt! Bist du verrückt geworden?! Warte auf mich!“

Ihre Stimme war nicht viel mehr als ein Keuchen, aber er konnte sie sowieso nicht hören, er war schon viel zu weit weg. Janet blieb stehen und pumpte Luft nach. Bei der Comtal blieb Manel dann doch stehen und wartete, bis sie ihn erreicht hatte: „Nur eine Frage. Wenn da einer mit versteckter Kamera in eine geschlossene Wohnung reinfotografiert, dann ist das doch eigentlich ein Fall für die Polizei. Wieso hast du nicht Josep angerufen?“

„Ist ein Foto eine Straftat? Manel, du kennst Josep. Er nimmt das alles nicht wirklich ernst. Er steht auf Seiten des Mannes, den die eigene Frau krankenhausreif geschlagen hat.“

Manel zog etwas zu hektisch an seiner Pfeife und hustete. Von ihm war kein Verständnis zu erwarten. Janet hängte sich bei ihm ein, um ihn abzulenken, und um sein Tempo zu drosseln. „Ich werde Josep ganz sicher anrufen. Aber vorher will ich Bescheid wissen.“ Manel ging jetzt deutlich langsamer, er dachte nach.

„Du hast Angst, Josep könnte etwas unterschlagen?“

„Nein, das nicht. Ich habe Angst, Saura könnte die Kamera entfernen, wenn die Polizei da auftaucht. Wenn er das nicht schon längst getan hat.“

„Du hat doch die Fotos als Beweis.“

„Manel, du weißt selber, was ein Foto heute wert

ist."

„Vielleicht sind das ja sowieso Computerfakes."

„Eben. Dazu brauch ich jetzt dich. Als Fachmann und als Zeugen." Sie drückte seinen Arm leicht, aber Manel war im Moment nicht an ihren Reizen interessiert. Er blieb stehen und hängte die Sporttasche auf die andere Schulter, um seinen Arm frei zu bekommen. Sie waren kurz vor dem Platz zur Comerc.

„Welches Haus? Welche Wohnung?"

„Gleich hier, über dem Telefonladen. Fünfter Stock."

Das Haus war eher eins der kleineren. Die Nachbarhäuser hatten sechs, sieben, sogar acht Stockwerke. Aber es war auch eins der elegantesten. Im ersten Stock gab es einen verglasten Säulenvorbau, darüber filigran gewölbte Balkone über die ganze Hausbreite. Vor französischen Fenstern und über dem fünften Stock üppige Ornamente und ein reich verzierter Dachaufbau.

Die Platanen auf dem Gehweg waren noch jung, aber vor dem Haus selbst stand keine. Sie gingen zur Ampel und überquerten die Straße. Hinter dem Arc de Triomf bis zum Markt standen Palmen, aber davor hohe Platanen in zwei Reihen. Eine war besonders alt und sehr hoch. Sie stand fast genau dem Haus gegenüber.

Manel schaltete seinen Scanner ein und richtete die Antenne aus. Der Zeiger begann sofort wie wild auszuschlagen. „Ha!" Manel schrie so laut, dass ein englisches Touristenpaar stehen blieb.

„You need some help?"

Sofort näherten sich weitere Touristen in der Hoffnung auf ein Ereignis, von dem sie zu Hause berichten konnten. Janet zeigte sich hilfreich. „Da drüben im Justizpalast wird gerade über diesen berüchtigten Serienmörder geurteilt. Er hat Barcelona monatelang in Furcht und Schrecken versetzt. Ja, dieser riesige burgähnliche Bau mit den viereckigen Türmen dort hinter den Bäumen. Beeilen Sie sich, das Fernsehen ist auch da!"

Manel wartete, bis sie wieder allein waren. „Was für ein Serienmörder?"

„*Fake*. Alles *fake*. Das ganze Leben ist ein *fake*." Janet steckte sich eine neue Zigarette an. Stundenlang rumzustehen hasste sie fast ebenso wie überflüssige Sprints. Manel verrenkte sich den Kopf, um am Stamm der alten Platane hinaufzuschauen.

„Ich kann nichts erkennen. Aber da oben ist sie!"

„Diese Kameras sind winzig." Janet winkte den englischen Touristen nach, die sich noch einmal bei ihr bedanken wollten.

„Soll ich stören!" Manel fummelte an seinem Kästchen herum, eifrig wie ein kleiner Junge.

„Nein. Auf keinen Fall!" Janet zog seine Hand vom Schalter und schaute zu dem Haus hinüber. „Ich sage es nur ungern. Aber jetzt müssen wir erstmal Josep eine Chance geben."

## 15.

„Auf keinen Fall Jeans!“ Im Radio sangt Juanes von der *camisa negra*. Anna hockte auf dem Bett und kraulte Fritz, während Barbara frustriert eine Hose nach der anderen aus dem Schrank zog.

„Das ist doch heute nur eine Probe!“

„Aber sie lernen dich zum ersten Mal kennen. Überleg doch mal. Du trittst da als Taschendiebin auf. Als *rata*, als Ratte, vor der die Touristen auf Plakaten gewarnt werden! Du musst seriöser aussehen als die Gattin vom Intendanten.“

„Den schwarzen Hosenanzug wollte ich für die Aufzeichnung aufheben.“

„Schwarz geht gar nicht. Das verschwimmt ja alles zu einer Soße vor der Kamera. Grau oder blau. Mit hellen Akzenten. Und du musst schon auch sexy aussehen.“

„Seriös und sexy gleichzeitig. Hahaha.“ Barbara warf die letzte Hose auf den Boden und ließ sich neben Anna auf das Bett fallen. Fritz klemmte sich zwischen beide und schnurrte wie eine defekte Dampfheizung.

Anna war erstaunt wie wenig Klamotten Barbara in ihrem Schrank hatte. Auch ihre kleine Wohnung war nur mit dem Nötigsten möbliert. Nicht ärmlich, aber schon extrem minimalistisch. Es war, als hätte Barbara irgendwann ein Bescheidenheitsgelübde abgelegt.

Seit sie alle für Llimona 5 arbeiteten, verdienten sie regelmäßig und meistens auch ganz gut. Pia und

Janet kümmerten sich um diese Dinge. Das eingenommene Geld wurde nach Abzug der Steuern und aller Unkosten für die Detektei genau durch fünf geteilt. Pia stellte die Wohnung und die Büroräume, Janet hatte Geld in den Umbau investiert. Aber dafür gab es einen Extravertrag.

Anna hatte von dem Vater, den sie kaum kannte, und der sie nie als Tochter anerkannt hatte, eine ganze Menge Geld geerbt. Janet hatte ihr geholfen, das Geld anzulegen, aber das tägliche Leben bestritt sie mit ihren Einnahmen. Sie wohnte zwar auch in der Pati Llimona 5, aber sie zahlte Miete. Sie kaufte sich jede Menge Klamotten, CDs und DVDs, und sie liebte technischen Schnickschnack und verrückte Sportgeräte. Und trotzdem blieb ihr am Monatsende immer noch etwas übrig. Vielleicht war das alles für Barbara nicht so wichtig.

„So geht das nicht!" Anna stand auf, suchte aus dem kleinen Haufen eine schwarze Leinenhose heraus und dazu ein türkisgrünes Top. „Das hier für heute. Und für die Aufzeichnung besorgen wir etwas Neues."

„Das geht nicht", Barbara zog die Jeans aus und die Leinenhose an. Kramte ein enges rotes T-Shirt aus dem Haufen und ein schwarzes Westchen. Grinste. „Ich brauche eine Weste oder eine Jacke. Sonst kann ich meine Beute nicht verstecken."

„Ja, aber ..." Anna fand, Barbara sah ziemlich unseriös aus. Barbara zog die Schnürsenkel ihrer roten Sneaker an und knüpfte sie sorgfältig zu.

„Kein Aber. Ich trete als Taschendiebin auf. Nicht, weil ich eine Taschendiebin spiele, sondern weil ich eine bin." Fritz begleitete sie bis zur Wohnungstür, dann schubste Barbara ihn vorsichtig zurück. „Du hast den Weg durch das Fenster und über die Dächer, da gibt es wenigstens keine Hunde und Autos!"Sie schloss die Tür hinter sich ab und lief hinter Anna die Treppe hinunter. „Jetzt bin ich endlich mal so groß wie du." Sie lachte.

Anna blieb stehen und drehte sich zu ihr um. Sie war fast eins achtzig, aber wenn Barbara zwei Stufen über ihr stand, war sie sogar etwas größer. „Mach dir mal keine Hoffnungen, das ist nur äußerlich!"

„Nicht nur!" Barbara wurde plötzlich ernst. „Hör zu, ich finde es cool, dass du hergekommen bist und sogar mitkommen willst, aber ich schaff das auch allein."

„Aber ich ..." Anna wusste, das Barbara seit gestern nicht mehr geschlafen hatte. Dass sie außerdem panische Angst vor der Begegnung mit den Fernsehleuten hatte. Barbara ließ sie nicht aussprechen.

„Nein. Du musst sofort wieder zurück zu Elena." Sie gingen zusammen hinaus und die Libreteria hinunter zur Placa de l'Angel und zur Laietana. „Was soll mir denn groß passieren. Entweder die nehmen mich oder sie lassen es. Aber Elena ist in Gefahr."

„Janet ist ja da."

„Anna, verdammt, du hast diese Scheißlederjacken doch erlebt!"

„Meine Bescheidenheit verbietet mir eigentlich, das nochmal zu erwähnen. Aber ich habe letzte Woche den schwarzen Gürtel gemacht." Anna war stolz darauf, aber auch hier war Barbara weiter, sie ging schon an die neun Meistergrade des DAN.

„Ja, du. Gratuliere übrigens. Aber Janet hält Tae Kwon Do eher für etwas, das man mit Stäbchen isst." Barbara lachte. Ihr Bus kam, und sie lief los. Winkte noch einmal über die Schulter zurück und stieg ein.

Der Morgen hatte die letzte Frische verloren, der Berufsverkehr seinem Höhepunkt erreicht. Nichts ging mehr. Die Autodächer flimmerten in der Sonne, und Dieselwolken stiegen in bunten Schlieren hoch. Anna beschloss, gar nicht erst auf ihren Bus zu warten, sondern zu Fuß zu laufen. Sie bemerkte den Expressboten, der sich mit seinem Fahrrad in die Spur hinter Barbaras Bus einfädelte, beachtete ihn aber nicht weiter.

Sie lief los. Dachte nur kurz daran, ihr eigenes Fahrrad endlich in Ordnung zu bringen, die Gangschaltung klemmte, und vorne brauchte sie einen neuen Schlauch. Einerseits kam man mit so einem Ding sofort überall durch, andererseits konnte es auch gewaltig stören, wenn man plötzlich die Strategie ändern musste. Ein Auto wäre oft besser. Sie war nicht so schnell wie Barbara, aber fit und ausdauernd. Als sie beim Arc de Triomf ankam, schwitzte sie, atmete aber nicht viel heftiger als vorher.

Janet und Josep standen unter den Platanen dem Haus der Sauras gegenüber. Josep trug mit beiden Händen einen schwarzen Kasten vor sich her, etwa so groß wie ein DVD-Player. „Kein Pieps. Da oben ist nichts!" sagte er, offenbar nicht zum ersten Mal.

„Dein Scanner taugt nichts!" Janet schaute in die Krone der alten Platane hinauf. „Da oben ist eine Digitalkamera! Das ist Fakt. Manel hat sie sofort gefunden. Vor noch nicht mal drei Stunden."

„Dann hat sie jetzt eben Feierabend und ist auf einen *cortado* in die nächste Bar. Janet, hier ist absolut *nada*!"

Die beiden starrten sich wütend an. Anscheinend war Josep allein hier. Entweder, weil er unauffällig bleiben wollte, oder weil er Janets Verdacht für Weiberkram und Einbildung hielt. Eher das zweite. Anna räusperte sich. „Ist jemand bei Elena oben? Soll ich hoch?"

„Toni." Josep öffnete kaum die Lippen.

„Dieser Lackaffe." Janet spuckte fast.

„Die beiden verstehen sich bestens. Toni kommt gut bei den Damen."

„Der soll nicht bei ihr kommen, der soll auf sie aufpassen!"

Die zwei begannen plötzlich zu lachen. Anna hörte nicht mehr zu, sie kannte dieses Geplänkel zwischen Josep und Janet zur Genüge.

Sie schaute sich den Baum an, vom gefleckten Stamm bis hoch zur dichten Baumkrone. Die ersten Äste begannen sehr weit oben. Sie unterbrach Josep. „Hast du ein Seil im Auto?"

Eins sprach für Josep. Kein großes Zögern und Hinterfragen. Ein kurzer Blick zu Anna und zum Baum, dann rannte er los. Er fuhr einen neutralen Renault, den er allerdings mitten im Halteverbot quer über den Bürgersteig geparkt hatte.

Er kam mit seinem Abschleppseil zurück und knüpfte schon im Zurücklaufen eine Schlaufe in ein Ende. Er warf die Schlaufe über den untersten Ast, zog sie auf der anderen Seite wieder herunter und hielt sie Anna einladend hin. „So?"

„So etwa", Anna sah ihn nicht an. Dem würde sie es zeigen. So wie sie es den spanischen Machojungs schon als Kind gezeigt hatte. Sie zog sich die Schlaufe in die richtige Höhe, packte das Seil mit beiden Händen, stellte den Fuß in die Schlaufe und schwang sich hoch. „Los!"

Josep zog an dem Seil und hob sie so etwas an. „Weiter!" Das Seil war zu dick und sehr rau, sie konnte es nicht richtig festhalten. „Noch ein Stück!" Dann war sie hoch genug, unter dem ersten Ast, umfasste ihn mit beiden Händen und stemmte sich mit den Füßen am Stamm hinauf. Zog sich ganz hinauf. Von hier aus war es ein Kinderspiel. Trotzdem musste Anna ziemlich weit klettern, bis sie die Kamera endlich fand. Die Reste der Kamera.

An einer Stelle waren alle Blätter zum Haus hinüber entfernt worden, dicht am Stamm war noch eine fest verschraubte Rundklemme aus Metall, an ihr eine Gewindefassung. In der steckte ein blind angelaufenes viereckiges Ding aus matt silbernem Material.

Sie berührte nichts. Kletterte vorsichtig wieder hinunter und hangelte sich am Seil ab, ohne auf Joseps Hilfe zu warten. „Säure, schätze ich mal", sagte sie. „Die Kamera ist jedenfalls total zerstört. Es muss da sowas wie einen Zeitzünder geben oder sowas. Ich hab nichts angefasst."

„Okay", Josep holte sein Handy heraus und ging ein paar Schritte zur Seite. Kein *danke*, kein überraschtes *das hast du gut gemacht*, einfach nur *okay*. Immerhin.

## 16.

Pia klingelte das Signal, bevor sie die Wohnungstür aufschloss. Kein hungriges Begrüßungsmienzen, kein Fritz the cat. Dafür Stimmen und der Duft von frisch gebrühtem Kaffee aus der Küche.

Der runde Tisch war gedeckt. Kaffee, Tee, Brot, Saft, Wurst, Käse, Marmeladen und Früchte. Sara hockte auf dem Boden und fütterte Fritz mit Schinken, Quim war auf der Terrasse und versuchte, die Wetterstation zu aktivieren, die irgendjemand irgendwann mal mitgebracht hatte, und sie seitdem da draußen ziemlich nutzlos herumstand.

Dagmar schnitt auf der Theke eine Honigmelone auf. Bei ihr stand mit einer dampfenden Kaffeetasse Mónica Vidal.

„Pia, gut, dass du kommst!" Ihr blaues Meckihaar blinkte metallen, dazu trug sie heute einen ethnisch bunt gemusterten Wickelrock und ein Samtwestchen mit kleinen eingenähten Spiegeln.

„Genau richtig", Dagmar strahlte. „Einen schönen starken Kaffee?"

„Hola. Danke, bloß keinen Kaffee! Ich war gerade mit Luis im Meson del Café. Für mich nur ein Wasser und etwas herzhaftes zu Essen." Sie trug die Platte mit den Melonenscheiben zum Tisch. „Melone ohne Schinken?" Sie sah zu Fritz, der gerade die letzte Schinkenscheibe verschlang. Lachen. Fritz verdrückte sich, er hasste es, wenn über ihn gelacht wurde.

Erst, als sie endlich alle um den runden Tisch saßen, wandte sich Pia an Mónica. „Das hat doch einen bestimmten Grund, dass du hier bist. Elena?"

„Isidre, um genau zu sein." Mónica trank ihren Kaffee schwarz. „Ich war bei Elena, aber die ist ja nur schwer zugänglich."

„Sie war doch nicht allein?!"

„Naja, bei ihr war so ein junger Mann, Toni sowieso, angeblich *inspectór* bei der *brigada criminal.*"

„Angeblich?"

„So ein gelackter Gockel, ich hab ihn noch nie gesehen. Aber ich hab mir auch nicht seinen Ausweis zeigen lassen, falls du das meinst."

„Toni Botía", Pia verzog das Gesicht. „Ein früherer Kollege. Feine Familie und Studium. Unsäglich eitel und brunzdumm."

„Genau. Schien sich aber sehr gut mit Elena zu verstehen."

„Kann ich mir gut vorstellen bei Elena", sagte Dagmar. „Es gibt so Frauen. Die vergessen alles, sobald ein Mann auftaucht."

„Er hat für sie gesprochen. Spielte sich quasi als ihr Anwalt auf. Verlangte von mir, den Aufenthalt vom kleinen Isi bekannt zu geben."

„Und?"

„Sie sind beide in Gefahr. Elena und Isi. Aber Isi kann sich überhaupt nicht wehren. Er war zuerst in einem Heim, aber das ist natürlich keine Lösung. Jetzt habe ich erstmal eine Pflegefamilie für ihn gefunden. Gute Leute. Den Namen wird niemand erfahren. Ich habe versucht, Elena dazu zu bringen, mit mir zu kommen. Aber gegen diesen Toni hatte ich keine Chance."

„Du wolltest sie in so ein Frauenhaus bringen?" Pia kannte die Treffpunkte und Telefonnummern in Barcelona, unter denen sich Frauen in Not melden konnten.

Mónica goss sich Kaffee nach. „*Lo siento*, aber du wirst von mir nichts erfahren. Unsere Adressen sind außerhalb von Barcelona. Und wirklich anonym. Nicht so, wie in Deutschland", kurzer Blick zu Dagmar, grüne Augen, „wo durch Indiskretion die Adresse eines Frauenhauses an die Boulevardpresse verraten wurde. In München war das, oder?"

„Ja, stimmt." Dagmar war stocksauer. „Willst du vielleicht unterstellen, ich könnte mich verplappern? Ausgerechnet ich! Weil ich ja auch aus München komme?"

„Nein. Natürlich nicht. Entschuldige, das war mehr als gedankenlos." Mónica wollte nach Dagmars Hand greifen, Dagmar wich aus. Goss den Kindern Tee nach und schob ihnen Melone und Käse hin.

Pia schaltete sich hastig ein, bevor noch mehr gesagt wurde. „Schluss jetzt! Darum geht es doch gar nicht. Wir wollen nicht wissen, wo Isi ist, und wir wären selber heilfroh, wenn Elena endlich sicher in einem Frauenhaus wäre. Ich finde in diesem Zusammenhang nur eins interessant. Elena hätte die Möglichkeit, sich selbst in Sicherheit zu bringen, und dabei noch ihr Baby zu sich zu nehmen."

„Das würde ich ihr sofort bringen. Es wäre für beide das Beste. Und deshalb bin ich auch hier. Ihr müsst mit ihr reden. Vielleicht hört sie auf euch!"

Pia dachte nach. „Elena liebt ihr Kind. Nur wegen

dem kleinen Isi hat sie es ja wohl zum ersten Mal überhaupt geschafft, sich gegen Saura zu wehren. Aber jetzt bleibt sie stur in der Wohnung am Arc de Triomf. Warum?"

„Diese Frauen sind oft auf eine uns unverständliche Art von ihren Männern abhängig. Erniedrigt, gequält, geschlagen, aber sie denken, es sei Liebe."

„Ja, sicher", Pia nickte. „Aber das ist es nicht allein. Wieso hat man Elena so plötzlich entlassen?"

„Um sie weiter terrorisieren zu können!" sagte Mónica.

„Und wieso bleibt Elena trotzdem?" Pia stand auf. „Nein, da stimmt etwas nicht." Sie stellte ein paar Teller zusammen und trug sie zur Theke hinüber. „Ich werde sofort noch mal zu Elena hinüberfahren. Dagmar, du musst dir diesen Carod vorknöpfen. Von Anwalt zu Anwalt. Er wird garantiert lügen, du musst eben zwischen den Zeilen lesen."

„Tut mir leid, aber wir wollten zusammen ..." Dagmar sah Pia und Mónica nicht an, sie war immer noch verletzt. Mónica hob beide Hände.

„Bitte, Dagmar, es tut mir wirklich leid. Ich bin etwas überarbeitet. Das sollte ganz bestimmt keine Anspielung sein. Eigentlich nur ein bisschen Stolz auf den Vorteil unseres Systems." Sie hielt ihr noch mal die Hand hin, Dagmar schlug ein.

Sara warf Quim einen schnellen Blick zu. „Mama, wir wollten eigentlich zu diesem Theaterworkshop." Quim holte hastig einen bunten *flyer* aus der Hosentasche.

„Hier. Für Schüler zwischen zehn und sechzehn.

Da machen ganz berühmte Leute mit. Schauspieler, Sänger. In diesem Jahr wird ein Musical einstudiert, *Cats*." Er grinste zu Fritz hinüber, der völlig überfressen an der Terrassentür lehnte und sich trotzdem von Sara und einem Stückchen Käse näher locken ließ.

„Wir kommen zur Premiere." Pia stand auf und hielt Mónica die Hand hin. „Ich melde mich."

Das Telefon läutete, Dagmar nahm ab. *Deine Mutter*, signalisierte sie. Pia hob abwehrend beide Hände, winkte ihr und den Kindern noch einmal zu und war draußen.

Sie ertrug es nicht. Sie schämte sich, aber sie ertrug es nicht. Es war kurz nach elf, und die eine Straßenseite lag immer noch im Schatten. Vor der Jugendherberge lud ein Bus junge Franzosen aus. Ein spanischer Reiseführer diskutierte auf englisch mit zwei deutschen Lehrern über die verschiedenen Sehenswürdigkeiten für ihre Abiturklasse. Pia lief weiter bis zur Kathedrale und nahm sich erst dann ein Taxi. Sie fröstelte in der klimatisierten Kühle.

Auf dem Grünstreifen unter den Platanen parkten zwei Polizeiautos quer. Pia sah Josep Bonet unter einer der Platanen. Bei ihm waren zwei Männer vom Technikerteam, die sie noch von früher kannte. Tino und Paco. Sie hatten ganz offensichtlich gewisse Probleme damit, eine nagelneu blinkende Aluleiter auf ihre volle Länge auszuziehen.

Pia zahlte ihr Taxi und wollte schon zu ihnen hinübergehen, als sie die Männer mit dem Sarg bemerkte. Es war ein ziemlich auffälliger Mahagonisarg mit einem Glasdeckel und goldenen Beschlägen.

Die Männer trugen dunkle Overalls und zogen den Sarg aus dem schwarzen Kombi einer Bestattungsfirma. Ein Mann im dunklen Anzug stand schon beim Haus und hielt ihnen die Tür auf.

Pia rannte hinüber, und schob sich gerade noch vor den Sargträgern durch die Tür. „Wohin wollen Sie?“ fragte sie. Der Mann im dunklen Anzug hatte die typische Schleimstimme eines professionellen Bestatters. musste aber doch noch kurz auf seinen Spickzettel schauen.

„Elena Saura. Fünfter Stock.“

## 17.

Die alten Tennisschuhe waren zum Laufen und nur dazu gedacht. Und der alte Hosenanzug war einfach nur bequem, Dagmar hätte ihn niemals zu einem wichtigen Gespräch angezogen. Die Hosen waren ausgebeult und zu kurz, die Jacke zu weit, und der ursprüngliche Naturton war nach unendlich vielen Reinigungen ausgeblichen. Der Obstfleck auf dem Revers hingegen hatte seine Leuchtkraft behalten.

Sie lehnte sich zurück und versuchte ihre Atmung zu beruhigen. Im Taxi waren alle Fenster geöffnet, es roch nach kaltem Zigarrenrauch, aus dem Radio sang Tamara *abrázame* und der Taxifahrer summte hingebungsvoll mit. Er hatte es nicht eilig, das wenigstens passte. Sie bogen auf die Placa de Catalunya und steckten sofort im dichten Verkehr fest.

Nach den Stunden bei Elena war sie erstmal in ihre Wohnung gefahren, um sich frisch zu machen. Ihr Plan war eigentlich, wenigstens den Vormittag mit den Kindern zu verbringen. Sie war noch zweimal in die Wohnung zurück gelaufen, weil sie einmal das Handy vergessen hatte und einmal ihre Notizen. Auf dem Weg zum Pati Llimona wollte sie noch ein paar Dinge für das Frühstück einkaufen. Als sie kurz das Signal läutete und aufschloss, rechnete sie nicht damit, dass die Kinder schon wach waren. Aber nicht nur Fritz begrüßte sie begeistert, sondern auch Sara, die sie jubelnd umarmte, und Quim, der halb angezogen aus dem Bad gerannt kam. Diese erste Stunde allein mit den Kindern war wieder ein Geschenk.

Und fast bedauerte sie es, als erst Mónica Vidal dazukam und dann Pia.

Aber die Kinder waren glücklich und hatten ihr Leben und ihre eigenen Pläne. Das war gut. Das war wichtig. Das musste so sein. Dagmar wiederholte es wie ein Mantra. Es konnte ja gar nicht besser laufen. Ihre Verlustängste waren ihre Sache, ihr ureigenstes Problem.

Trotzdem hätte sie lieber etwas anderes angezogen, wenn sie schon diesen Carod traf. Wenn sie als seriöse und erfolgreiche Anwältin auftreten sollte. Aber die Zeit reichte nicht. Und vor den Kindern wollte sie sich ihre Unsicherheit auch auf keinen Fall anmerken lassen.

Sobald Pia und Mónica weg waren, hatte sie Fusté angerufen und ihn gebeten, einen Termin bei Carod zu vereinbaren. Fusté spielte in der obersten Liga, und selbst Carod würde es nicht wagen, eine Anwältin aus seiner Sozietät hinzuhalten oder abzuweisen. Sie hatte natürlich nicht damit gerechnet, dass Carod jetzt sofort Zeit für sie hatte.

Als Tamara mit *un poco de dolor* fertig war, bogen sie in die Diagonal ein. Der Taxifahrer hatte die Hausnummer vergessen und hielt erst, als Dagmar ihn laut anschrie. Hier konnte er weder wenden noch zurückfahren. Dagmar brachte es trotzdem nicht fertig, den Fahrpreis nicht aufzurunden. Er musste bei der nächsten Fußgängerampel halten, Tamara begann mit *vida mía*.

Die Diagonal lag in der prallen Sonne. Breit und mächtig. Von der anderen Straßenseite waren über den Baumkronen nur die Dächer der Stadtpaläste und hohen Bürgerhäuser zu erkennen. Verspielt, verziert, verschnörkelt zwischen der kühlen Sachlichkeit des späteren Jugendstils.

Die Kanzlei von Jorge Carod war in einem aufwendig renovierten Eckhaus. In den unteren fünf Stockwerken hatte man die Jugendstilfassade erhalten, Balkonreihen vor den hohen Fenstern, strenge Ornamente im Putz. Die obersten drei Stockwerke waren extrem modernisiert. Stufenförmig nach oben verjüngt, breite Fensterfronten unter vorspringenden Terrassendächern und ganz oben ein Penthouse mit Dachgarten.

Ein blau verstaubter Mercedes stand quer vor dem Eingang, und Dagmar putzte unfreiwillig seinen Kotflügel mit ihren Hosen ab, als sie sich daran vorbei schob. Carods Name stand neben den beiden obersten Klingeln. Dagmar schwitzte von dem kurzen Fußmarsch. Sie versuchte, die Hosen länger zu ziehen und zog das Baumwolltop unter der Jacke etwas vom Körper ab. Es klebte sofort wieder fest. Sie läutete.

„Si?“ Die Stimme eines jungen Mannes.

„Warwitz. Ich habe einen Termin mit Senor Carod.“ Sie musste ihren Namen dreimal wiederholen, bevor der Türsummer sie hineinließ.

Ein kühler Innenhof, drei Marmorbrunnen plätscherten über drei nackten Grazien. Der Fahrstuhl war an drei Seiten verglast und fuhr an der einen Außenseite des Patios hinauf. Von den Innenbalkonen auf den anderen Seiten hingen blühende Pflanzen herab; üppig wie in den Gärten der Semiramis. Oder im Hyatt.

Im achten Stock hielt der Lift in einem kleinen offenen Vorhof. Rundum hüfthohe Terrakottabecken mit Zypressen und Oleander. Ein hübscher junger Mann in Chinos und Polohemd wartete auf sie. Musterte sie kurz. „Frrrau Warrrwitz?"

„Dagmar Warwitz", Dagmars Spanisch war perfekt, ihr deutscher Akzent kaum wahrnehmbar. Auch *catalán* sprach sie fließend, und hier schien es ihr angebracht. „Doktor Warwitz. Ich habe einen Termin mit Jorge Carod."

„Kommen Sie ..." Der junge Mann ging voraus, durch eine Glastür in einen quadratischen Flur mit sechs weiteren Türen. Milchglas diesmal. Ein Schreibtisch mit Telefonanlage und Computer und eine kleinen Sitzecke aus Rattanmöbeln. Er wies kurz auf die Stühle und nahm den Telefonhörer hoch.

Dagmar blieb stehen. „Und Sie? Haben Sie auch einen Namen?"

Der junge Mann starrte sie verständnislos an, wandte sich dann wieder dem Telefon zu. „Sie ist jetzt da." Er lachte leise, legte auf und winkte sie zu einer der Türen hin. Die Verachtung in seinem Blick war jetzt kaum noch kaschiert.

„Das muss hart sein, so ganz ohne Namen." Dagmar griff an ihm vorbei, bevor er klopfen konnte und öffnete die Tür. Sie dachte an ihren ersten Besuch bei Fusté, als sie sich so unsicher gefühlt hatte. Aber Mercedes in Fustés Vorzimmer war wenigstens immer höflich und zuvorkommend gewesen.

Jetzt war Dagmar nur noch wütend. Der Junge

wollte mit ihr durch die Tür, sie schlug sie ihm vor der Nase zu. Stand in einem Büro, das dem von Fusté in der Größe kaum nachstand. Ein bis zwei Fußballfelder.

Zwei Wände aus Glas, in der Ecke davor ein mehrstöckiger Designerschreibtisch aus Plexiglas. Blankpoliert und vollkommen leer. Auf dem Boden Bambusparkett, an den Wänden weiß gemauerte Regale mit Fachbüchern, ein antikes Bücherregal aus dunklem Mahagoni mit gelben und roten Butzenscheiben.

Jorge Carod saß auf einem Drehsessel aus schwarzem Leder. Ein hellgrauer Dreiteiler saß etwas zu locker um seine gespensterdürre Gestalt, das blaue Hemd hatte noch die Verpackungsfalten, die Krawatte hatte die Schrägstreifen in den Farben Oxfords. Oder so ähnlich. Ein schütterer Rest von hellbraunem Haar gab eine knochige Stirn frei, das Gesicht wirkte unter der übergroßen Hornbrille fast eingefallen. Bernsteingelbe Basedowaugen. Carod war sichtlich um Eleganz bemüht, aber irgendwie passten die Einzelteile nicht wirklich zusammen. Wenn er mit Saura auf die Schule gegangen war, musste er ja auch in dessen Alter sein, Mitte, höchstens Ende vierzig. Aber er sah gut zehn Jahre älter aus.

„Nun?“ Er lächelte schief, als er Dagmar bei dem langen Weg von der Tür bis zu seinem Schreibtisch entgegensah. Der Besucherstuhl war tief nach hinten geneigt. Dagmar blieb daneben stehen und stützte sich auf seinen blankgläsernen Tisch. Hinterließ schweißnasse Handabdrücke.

Früher wäre sie vor Verlegenheit im Boden versunken. Heute steigerte das nur ihre Wut. „Ich bin wegen Elena Saura hier. Adrián Saura, Ihr Mandant, hat sie regelmäßig erniedrigt und geschlagen. Als er sich auch an ihrem gemeinsamen Sohn Isidre vergreifen will, wehrt sie sich. Da plötzlich zeigt er sie wegen versuchten Totschlags an. Erst legt er sich schwer verletzt ins Krankenhaus, dann plötzlich erholt er sich wunderbarerweise und zieht die Anzeige noch in derselben Nacht zurück."

„Er liebt sie." Carods schmales Gesicht blieb unbewegt.

„Er liebt sie?" Dagmar richtete sich auf und sah zufrieden, wie die Sonne ihre Handabdrücke aufzeigte. Carod machte eine Bewegung, als wollte er sie wegwischen, unterließ es dann aber doch.

„Adrián liebt Elena." Er nahm die Brille ab, putzte sie mit dem unberührten Brusttuch und setzte sie wieder auf. Lächelte. „Er betet sie an. Sie ist seine Königin, seine Göttin. Das ist *passión*, das ist Leidenschaft." Carods Stimme klang monoton, als würde er über Hundefutter referieren, aber *passión* sprach er mit drei messerscharfen s und drei harten n am Schluss. Dagmar versuchte ihn sich in einer leidenschaftlichen Umarmung vorzustellen, mit wem auch immer, es gelang ihr nicht.

„Das ist Ihnen natürlich unbekannt", fuhr er trocken fort. „Ihr Deutschen seid ja wohl eher für Fleiß und Pünktlichkeit bekannt als für Emotion und Leidenschaft." Jetzt waren Hohn und Herablassung in seinem Tonfall kaum noch zu überhören.

Dagmar wusste, wie sie aussah. Sehr deutsch. Blond, blauäugig und etwas zu üppig gerundet. Sie kannte alle Vorurteile der Spanier gegen die Deutschen, und die meisten hatte sie schon öfter zu hören bekommen. Gerade von Männern wie Carod, der nun selber auch nicht eben ein Antonio Banderas war. Es traf sie immer wieder.

„Kann ich Ihnen etwas anbieten?" Carods Stimme veränderte sich kaum. „Türkischen Kaffee?"

Wie auf ein Signal kam der junge Mann von vorhin herein und brachte ein silbernes Tablett mit zwei dampfenden Kaffeetässchen herein. Stellte es auf dem leeren Schreibtisch ab, tauschte ein Lächeln mit Carod und schwebte wieder hinaus.

Carod nahm ein Tässchen mit beiden Händen - lange knochige Finger - trank einen Schluck, schmatzte genüsslich. Nickte zu dem zweiten Tässchen hinüber.

War der Kaffee vergiftet? Wieso glotzte er sie so abwartend an? Dagmar wusste nur eins. Wenn sie jetzt diesen Kaffee trank, dann würde ihr Gesicht tomatenrot anlaufen, und der Schweiß käme aus allen Poren gleichzeitig geschossen.

Sie griff neben sich in ihre Tasche, zog einen knallroten Fächer heraus und ließ ihn aufschnalzen. „Danke, nicht jetzt, Herr Kollege. Wie Sie vielleicht wissen, gelten wir Deutschen auch als klug, integer und zuverlässig. Und wo Ihre erotischen Präferenzen auch liegen mögen ...", er fuhr hoch und versuchte, sie zu unterbrechen, sie ließ es nicht zu. „Keine Angst, mein Besuch bei Ihnen hat damit ganz sicher nichts zu tun.

Ich bin als Anwältin hier und nur als Anwältin."

Das hagere Gesicht von Carod arbeitete. Seine Lippen bewegten sich, noch stumm. Unter den blankrasierten Wangen tobten die Kaumuskeln. Die leicht vorstehenden Augen hinter der Hornbrille schienen bis an das Glas zu quellen. Für so einen so hässlichen Vogel hatte er erstaunlich lange Wimpern.

„Was immer Sie sagen wollen, sagen Sie es lieber nicht!" Dagmar beugte sich plötzlich vor und schlug ihren zusammengeklappten Fächer scharf auf die Kante seines Glastisches. „Ich könnte es als persönliche Beleidigung werten." Sie lehnte sich wieder zurück. Ihr Top spannte unter der Jacke, aber das war ihr egal. So einer wie Carod nahm sie als Frau sowieso nicht wahr. Wenn er nicht auf Knaben stand, dann zumindest auf knabenhafte Mädchen. „Für Ihren alten Schulfreund und Mandanten Adrián Saura haben Sie seine Frau Elena Saura des versuchten Totschlags beschuldigt. Sie haben, zusammen mit dem Staatsanwalt Sanz Lleida dafür gesorgt, dass Elena ohne jede Voruntersuchung sofort ins Gefängnis kam. Jetzt ist sie aber ebenso plötzlich wieder entlassen worden. Und ich vermute, Sie werden die Anklage stark abmildern oder ganz fallen lassen." Dagmar lächelte hinter dem Fächer hervor. Carod machte keinen Hehl aus seinem Widerwillen.

„Soll ich die Klimaanlage höher drehen lassen?"

„Nein danke." Dagmar schnurrte den Fächer zusammen und schlug ihn sich in die linke Hand, um die einzelnen Punkte zu unterstreichen. „Ich will jetzt nicht unterstellen, dass Sie von allen Aktionen Sauras unterrichtet waren", kleine Pause, „*senor colega.*"

Erstens. Saura hat seine schweren Verletzungen nur vorgetäuscht. Dr. Délano wird in spätestens vier Wochen aus seinen so wundersam finanzierten Ferien zurückkommen. Und ich bezweifle stark, dass er unter Druck noch bei seiner ersten Diagnose bleiben wird.

Zweitens. Saura lässt ein paar Schläger für sich arbeiten, die vor nichts zurückschrecken. Schwere Körperverletzung ist nur eins der Delikte. Auch die werden womöglich unter dem Druck einer Gerichtsverhandlung ihren Auftraggeber preisgeben.

Drittens. Saura hat seine Frau jahrelang geschlagen. Regelmäßig und brutal. Das ist mehrfach bezeugt und erwiesen. Und auch jetzt setzt er sie nach wie vor massiv unter Druck. Psychoterror, Nachrichten, Drohungen."

„Ach du liebe Zeit!" Carod gähnte und zeigte ihr ein paar Goldkronen im hinteren Kieferbereich. „Er schickt ihr Liebesbriefe und rote Rosen. Er liebt sie eben. Das ist *passión.*"

„Wie Sie wissen, wird im Moment - übrigens ganz ähnlich wie auch in Deutschland - über ein neues Gesetz verhandelt, das Stalking-Opfer besser und vor allem früher schützen soll. Wenn Sie also eine langwierige Gerichtsverhandlung mit garantiert hohem Medieninteresse vermeiden wollen, werden Sie auf Ihren Mandanten einwirken müssen. Ich verlange, dass er sich meiner Mandantin ab sofort nicht mehr nähert. Ich schlage einen Umkreis von mindestens achthundert Metern vor, der nicht unterschritten werden darf." Dagmar stand auf. „Elena Saura ist nicht mehr allein. Sie hat eine Anwältin.“ Sie schlug den Fächer noch ein letztes Mal auf den Tischrand. „Und zwar eine, die ihren Beruf mit großer *passión* ausübt!“

## 18.

Der Sarg war nicht wirklich teuer, aber eine billige Kiste aus Spanplatten war es auch nicht gerade. Eher schwülstig. Tief dunkelrot poliert, mit goldblinkenden Griffen und Schnappverschlüssen wie die Schatzkiste aus einem Piratenfilm. Schnörkel und Verzierungen, ein rankenumrahmtes Goldkreuz und über spitzenbesetzten Satinkissen ein in der oberen Hälfte verglaster Deckel, der Janet an die halbhohen Türen von Pferdeställen erinnerte.

Elena weinte und zitterte und wurde etwas unbeholfen von Anna festgehalten, Pia debattierte mit den Männern, die den Sarg gebracht hatten, und ihn nicht wieder mitnehmen wollten. Josep schob entschieden Toni aus der Wohnung, der es sich mit einem eisgekühlten Gimlet an der Küchenbar bequem gemacht hatte und sich anscheinend als neuer Hausherr fühlte. Er versuchte, über Joseps Schulter Elena Zeichen zu machen, aber Elena beachtete ihn nicht mehr.

Noch vor einer halben Stunde hatte das ganz anders ausgesehen. Joseps Leute machten sich an der Platane zu schaffen, um längst verlorene Spuren zu sichern, und Janet hielt es für besser, wieder nach Elena zu sehen. An der Haustür traf sie Anna.

„Barbara meinte, das schafft sie auch allein."

„Sicher", Janet trat ihre Zigarette aus, und sie fuhren zusammen in den vierten Stock. Und stiegen zu Fuß weiter hoch. Janet informierte Anna etwas atemlos über die zerstörte Digikamera in der Platane bevor sie an Elenas Tür läuteten.

Es dauerte ziemlich lange, bevor die Tür geöffnet wurde, und es war nicht Elena, es war Toni *inspectór* Botía. Heute in weißem Seidenhemd und schwarzer 7/8-Cargo. Flip-Flops! Er hielt ein milchig beschlagenes Glas in der Hand. „Tut mir leid“, er wollte die Tür wieder schließen, aber Janet drückte ihn mitsamt der Tür auf die Seite und verschüttete dabei etwas von seinem Drink.

Elena lag halb hingegossen auf dem Sofa, auch sie hatte ein Glas vor sich stehen. Sie hatte sich weder umgezogen noch sonst irgendwie aufgebrezelt, aber sie sah plötzlich sehr jung und sehr sexy aus. Als sie Janet und hinter ihr Anna erkannte, richtete sie sich hastig auf und wurde wieder zur geschlagenen Graumaus.

Janet stellte sich zwischen sie und Toni, mustere sein Glas, seine Flip-Flops. „Bist du nicht im Dienst?“

„Das geht Sie ja wohl kaum etwas an!“ Er versuchte, an Janet vorbei zu Elena auf das Sofa zu kommen, Janet gab ihm etwas Spielraum, wartete, bis seine Ferse sich vom Flip-Flop löste und trat hastig auf die hintere Sohle. Toni stolperte und wäre gestürzt, wenn Janet ihn nicht wieder hochgerissen hätte. Jetzt war sein Glas endgültig leer.

„Tut mir ja so leid!“ Sie ließ ihn los, lächelte. „War das ein Gimlet? Mach dir doch einen neuen. Josep hat sicher nichts dagegen.“

Noch bevor Toni antworten konnte, wurde heftig an der Tür geläutet. Pia sah Elena an, setzte zu einer Frage an, zögerte. Erneutes Läuten. Pia ging in den Flur und öffnete die Wohnungstür. Sie sagte irgendetwas, aber das ging in dem Getöse unter, mit dem der Sarg gegen den Flurschrank gerammt wurde. Ein Mann im dunklen Anzug, zwei Männer in Overalls. Alle brüllten durcheinander. Dann wurde der Sarg etwas vorsichtiger zum Wohnzimmer gebracht.

Elena sprang auf.

„Elena Saura?“ fragte der Mann im dunklen Anzug. Elena nickte, starrte den Sarg an. Die Goldbeschläge blinkten. „Dann ist der Sarg für Sie.“ Er hielt ihr einen Block hin. „Unterschreiben Sie bitte!“

Elena schrie schrill auf, Anna sprang vor, nahm sie in den Arm und führte sie zum Sofa zurück, redete beruhigend auf sie ein. Toni stand an der Bar und mixte sich einen frischen Gimlet. Pia schrie die Männer im Overall an, sie sollten den Sarg wieder mit hinausnehmen, aber die bewegten sich nicht.

Janet nahm dem Mann im dunklen Anzug den Block aus der Hand. Das Beerdigungsinstitut hieß FERRER&COSTA&HIJOS und hatte auch auf dem Auftragsblock ein goldenes Kreuz. „Von wem haben Sie den Auftrag bekommen?“ fragte sie.

„Er weiß es nicht“, sagte Pia, „jede Wette. Anonymer Brief und Vorauskasse in bar. Richtig?“

Der Mann schien auch gegen Pias autoritären Tonfall immun zu sein.“Mein Name ist José Costa. Der Sarg *Aurora,* Modell II/A7 *gran lujo* ist für Elena Saura. Wir bedauern Ihren Verlust. Eine Bestattung ist nicht im Vertrag enthalten. Würden Sie jetzt bitte unterschreiben?“

„Nein!“ Pia riss Janet den Block wieder weg und drückte ihn Costa gegen die Brust. „Und Sie nehmen sofort diesen Sarg mit und verschwinden!"

„Bitte, canceln Sie den Auftrag", assistierte Janet, „da hat sich nur jemand einen Scherz erlaubt."

„Das ist kein Scherz!" Costa zeigte auf eine angekreuzte Zeile im Auftragsformular. „Wie die senora schon sagte, bar bezahlt!"

In dem Moment kam Josep die Treppe herauf und quetschte sich an den Männern und dem Sarg vorbei ins Wohnzimmer herein. Wollte etwas zu Janet sagen, bemerkte Toni an der Bar und polterte los. „Bist du noch zu retten? Raus hier!"

„Ich bin dienstlich hier, ich sollte Elena Saura bewachen!"

„Mit Cocktail und Badelatschen? Das könnte dir so passen!"

„Das haben Sie doch selber angeordnet, capitán!" Toni hielt immer noch sein Glas in der Hand. Josep machte ein paar Schritte auf ihn zu.

„Raus hier, aber sofort!"

Toni stellte das Glas ab und schluffte an Josep vorbei zur Tür. Janet verkniff sich jedes Grinsen. Durch ihren kleinen Tritt vorhin, war der Riemen seiner Gummisandale eingerissen, der arme Toni würde barfuss weitergehen müssen.

Endlich hatte Pia es geschafft, die Männer mit dem Sarg aus der Wohnung zu bugsieren. Elena schluchzte immer noch, Anna hielt sie im Arm, schaute aber hilfesuchend zu Pia und Janet her.

Josep lehnte sich an die Bar und klemmte sich einen der Hocker unter den Hintern. Sein graues Borstenhaar stand wirr ab, das Hemd war wie immer verdrückt, die Hosen sahen aus wie aus der Kleidersammlung zurückgeholt. Aber wie er da an dieser sterilen Stahlbar stand, wirkte er sehr lebendig. Und viril.

Janet drückte unwillkürlich den Rücken etwas durch. „Was hast du herausgefunden?“

„Nichts, das uns weiterhilft.“

„Es hat eine Kamera gegeben. Jemand hat Fotos gemacht. Und diese Fotos zusammen mit einer Karte an Elena Saura geschickt.“

„Das allein ist nicht mal eine Bedrohung. Geschweige denn eine Körperverletzung.“

„Josep, du weißt ganz genau, was das ist. Kein Mensch montiert nur aus Spaß eine Kamera im Baum und vernichtet sie dann!“

„Es gibt so Spaßvögel. Und Technikfreaks. Aber du hast recht, das ist etwas ungewöhnlich. Diese zeitlich programmierte Selbstzerstörung der Kamera durch Säure. Unser Labor wird sich darum kümmern, aber ...“

„Aber nichts herausfinden“, ergänzte Pia. „Wer immer das alles tut, er ist sehr intelligent und raffiniert.“

„Und er hat Geld.“

„Stimmt. Hat einiges gekostet. Alles in allem.“

„Auch der Sarg war im Voraus bezahlt“, erinnerte Janet. „Das ist nicht üblich bei dieser Art geschmackloser Scherze.“

„Auch das hilft uns nicht weiter.“

„Gehen Sie!“ Elena sprach so leise, dass sie zuerst niemand verstand. Dann wiederholte sie lauter:

„Gehen Sie! Gehen Sie doch endlich!“

Josep stieß sich von der Theke ab. „Rufen Sie mich an, falls noch etwas passiert.“

„Du meinst, wenn sie tot ist?“ murmelte Pia. „Endgültig ermordet?“

„Tut mir leid, aber ich meine es ernst.“ Josep legte eine Visitenkarte vor Elena auf den Tisch. „So können wir nichts für Sie tun. Aber rufen Sie uns an. Zu jeder Tages- und Nachtzeit. Wir sind auf dem Sprung. Ich werde die Streifen hier verstärken. Es werden immer Kollegen in der Nähe sein. Ein Anruf genügt.“

Elena stieß ein verächtliches Schnauben aus und schüttelte Annas Arm von ihren Schultern.

Josep nickte Janet, Pia und Anna zu. „Außerdem sind Sie ja bereits in besten Händen.“ Er ging zur Tür, blieb noch einmal stehen und wandte sich halb um wie Colombo. „Ich weiß, dass ihr alle mich für einen sturen Macho haltet. Aber, wenn Ihr wieder mal mögliches Beweismaterial untersuchen lassen wollt, Fingerabdrücke oder so, dann könnt Ihr euch ruhig trotzdem an mich wenden, ohne den Umweg über Luis Llobet.“ Er warf Pia ein angedeutetes Küsschen zu und ging endgültig hinaus. Sie sahen ihm nach, hörten auf das Klappen der zufallenden Tür und seine Schritte im Treppenhaus. Dann war es ein paar Sekunden lang still. Plötzlich schüttelte sich Elena wie im Fieber. Anna wich zurück und stand auf.

Mit einmal standen sie zu dritt um Elena herum, Elena saß und musste zu ihnen hochschauen. Sie merkten es gleichzeitig. Janet wandte sich der Bartheke zu und entdeckte erfreut einen Aschenbecher dem matt polierten Stahl, Anna ging zu den Fenstern und schaute hinaus, Pia setzte sich in den Sessel Elena gegenüber. „Der *capitán* hat leider recht“, begann sie, „die Polizei kann im Moment nicht mehr tun. Aber wir. Lassen Sie uns zusammen überlegen, wie wir am besten vorgehen ...“, als sich ihr Handy meldete. „Entschuldigung.“ Sie schaltete es ein und meldete sich. Hörte zu. „Ja. Gut. Danke.“ Sie schaltete das Handy wieder aus und beugte sich zu Elena hinüber. „Es sieht gut aus. Das war Dagmar. Sie hat mit dem Anwalt Ihres Mannes gesprochen, Jorge Carod. Sie versucht, außergerichtlich einen Gewaltschutzantrag zu erreichen, das heißt, eine sogenannte Bannmeile über Ihren Mann verhängen zu lassen. Er darf sich Ihnen dann nicht mehr nähern, nicht weniger als achthundert Meter.“

„Achthundert ist illusorisch.“ Janet hatte die Diskussionen der letzten Monate in den Medien verfolgt. „Hundert bis zweihundert sind eher realistisch. Es gab allerdings sogar schon Fälle, in denen hat der Richter angeordnet, dass der Mann ein GPS tragen musste, so ein elektronisches Gerät, damit man feststellen kann, ob er zu nahe kommt.“

„Das könnte Elena direkt mit ihrem Handy kontrollieren.“ ergänzte Pia.

Elena lachte plötzlich laut auf. „Und Sie meinen im Ernst, Adrián würde sich an so eine dämliche, wie sagten Sie - Bannmeile? - halten? Da kennen Sie ihn aber schlecht.“ Sie stand auf und war plötzlich wieder die stolze Spanierin. „Ich danke Ihnen für Ihre Hilfe, aber jetzt möchte Sie bitten, zu gehen. Sie alle.“

„Elena", Pia reagierte immer etwas allergisch auf diesen Ton, „wollen Sie denn Ihren kleinen Isidre nicht wiederhaben? Wollen Sie nicht wissen, wie es ihm geht, wo er ist?"

„Natürlich. Wo ist er?"

„Ich weiß es selbst nicht, ich darf es nicht wissen. Aber es geht ihm gut. Mónica Vidal hat ihn aus dem Heim geholt und zu einer Pflegefamilie gebracht. Aber das sollte doch nur eine Übergangslösung sein."

Für einen Sekundenbruchteil bröckelte die kühle Fassade von Elena, aber sie fing sich sofort wieder. „Sie meinen, ich soll mitkommen, in eins von diesen anonymen Frauenhäusern irgendwo außerhalb von Barcelona, und da würde ich Isi dann wiederbekommen."

„Ja. Genau so."

„Und dann? Wie soll es dann weitergehen?"

„Sie müssen sich von Adrián trennen. Es wird eine Verhandlung vor dem Familiengericht geben, eine Scheidung. Klare Verhältnisse ..."

„Sie haben nichts verstanden, absolut nichts!"

„Elena, wir müssen das ernst nehmen ..."

„Nochmals, ich danke Ihnen für Ihre Hilfe. Aber Adrián hat Isi niemals angefasst. Er ist stolz auf seinen Sohn, er liebt ihn. Und er liebt mich."

„Und um das zu beweisen, schickt er Ihnen einen Sarg?"

„Das hat er nicht getan. Niemals. Die Karten, die Rosen, ja. Das war er. Aber mit dem Sarg hat er nichts zu tun."

„Und wer war das, Ihrer Meinung nach?" Anna drehte sich vom Fenster her um.

„Wie Ihr Kollege schon sagte, irgendein Witzbold. Adrián ist sehr erfolgreich, das ruft Neider auf den Plan. Wie auch immer, das alles ist nicht mehr Ihr Job. Bitte gehen Sie jetzt und lassen Sie mich allein!"

„Bitte Elena, wir wollen doch nur ..." Pia kam nicht weiter, Elenas Ton wurde schärfer.

„Muss ich noch deutlicher werden? Ich bitte Sie, sich ab sofort aus meinem Leben rauszuhalten. Sofort. Und zwar vollständig. Wenn ich auch nur eine von Ihnen da unten auf der Straße sehe, rufe ich die Polizei."

Janet schubste die Zigarette, die sie schon aus der Packung geklopft hatte, wieder zurück. „Zur Not können Sie ja den kleinen Toni auch privat anrufen."

„Könnte ich." kühle Verachtung. „Er ist zumindest charmant. Und sehr kompetent."

„Und Sie haben auch seine Privatnummer?"

„Schicken Sie mir Ihre Rechnung."

Elena war nicht sehr groß. Sie trug nur Jerseyshorts und ein altes T-Shirt, und sie war nicht geschminkt. Aber sie wirkte absolut überlegen. Keine Spur mehr von der armen kleinen gedemütigten und geschlagenen Frau.

Sie musste auch nichts mehr sagen. Alles klar, der Auftrag war beendet.

## 19.

Die Almogàvers war eine Einbahnstraße, der Bus fuhr durch die Pere IV ins Poblenou, und Barbara wusste nicht genau, wann sie aussteigen musste.

Die meisten Regionalsender wie canal 33 und TV3 saßen noch in Sant Joan D'Espi an der Diagonal. Diese nagelneu entworfenen und gebauten Stadtviertel hier aber kannte sie kaum und im EL 22@, dem neuen centro *tecnológico y audivisual*, dem neuen Medienzentrum von Barcelona war sie noch nie gewesen. Sie hatte Berichte darüber im Fernsehen gesehen und sie wusste, dass BTV und viele andere Sender und Produktionsfirmen hier ihre Studios hatten.

Sie war nervös. Sie wusste nicht genau, was auf sie zukam, und was von ihr erwartet wurde. Der Stolz und die freudige Erwartung waren in Angst und Unsicherheit umgeschlagen. Vor ihr stand mit dem Rücken zu ihr ein Mann in Jeans und T-Shirt, mit einer dick aufgeblähten Gesäßtasche. So einer forderte Taschendiebe geradezu heraus. Ein kurzer Rempler bei der nächsten Haltestelle, und er hätte nicht mal etwas gemerkt. Im Moment traute sich Barbara nicht einmal so eine Kinderaufgabe zu. Sie würde versagen, sie würde sich lächerlich machen. Ihre Hände hinterließen Schweißschlieren an der Haltestange. Sie stieg zu früh aus.

Dreimal bog sie falsch ab, einmal musste sie sogar fragen, bis sie endlich beim El 22@ war. Dabei war es wirklich nicht zu übersehen. Ein riesiges Areal mit neuen Bauten. Glas, Beton, Farben. Modern, witzig, urban. Sie hatten sich mit Anna ausgemalt, wie sie die Kulissen zu einigen *soaps* und Serien auskundschaften oder bei den Dreharbeiten zu einem Historienschinken kiebitzen würden. Sie hatten sich schon in der Cafeteria gesehen, zusammen mit all den berühmten Schauspielern, Sängern und Moderatoren. Anna schaute viel fern, Anna kannte sich aus.

Es gab keine Monster, keine Ritter oder Rokokodamen, es gab keine Stars oder überhaupt irgendein Filmteam. Die Wege zwischen den Gebäuden waren bis auf einen Fahrradboten leer, die Sonne stand fast im Zenit, und die Hitze ließ die Luft vor den abgedunkelten Glasscheiben vibrieren wie bei einer Fata Morgana. Die gefliesten Wege sahen aus wie von einer spiegelnden Wasserschicht bedeckt.

Es war kurz vor zwölf, zu früh für Mittagspause oder *siesta*. Barbara blieb vor einer meterhohen Wegweisertafel stehen und versuchte, sich zu orientieren. Die *abc*-Studios waren am hintersten Ende der Anlage. Barbara ging auf dem Hauptweg weiter. Langsamer und immer langsamer. Dort hinten musste die Tànger sein, und ganz sicher gab es dort auch eine Busverbindung. Zurück in die Innenstadt, zum Arc de Triomf und zu Elena.

Sie war doch kein Fernsehstar, das war doch alles dummes Zeug. Sie würde sich doch nicht mit ein paar Taschenspielertricks zum Affen machen. Das interessierte doch sowieso niemanden wirklich. Sie war doch kein Pausenfüller! Ihr Platz war jetzt in der Llimona 5, bei Anna, Dagmar, Pia und Janet.

Der Entschluss war gefasst, Barbara ging wieder

schneller. Erleichterung. Direkt vor ihr tauchte plötzlich das regenbogenbunte Logo der *abc*-Studios auf. Es war keines der neuen Gebäude, sondern ein langer schmuckloser Lagerbau aus den Zeiten, als hier noch Hafen- und Industrieanlagen waren. Graue Fassaden, kaum Fenster, nur die breite Eingangstür war verglast.

Barbara zögerte. Wenigstens reingehen konnte sie ja mal. Es wäre ja auch mehr als unhöflich, wegzubleiben, ohne abzusagen. Sie öffnete die Glastür. Innen war es fast genauso heiß wie draußen. Gleich links neben dem Eingang saß ein weißhaariger Pförtner hinter einem kleinen Rundpult. „Guten Tag, kann ich Ihnen helfen?“

„Mein Name ist Barbara Dyckhoff ....“

„Dick ...?“ er nahm einen Klemmblock hoch und ging mit dem Finger eine lange Liste durch.

„Dyckhoff. Ich sollte ...“

„Duck-Off. Barbara. Das sind Sie!“

„Ja, aber ich wollte nur sagen, dass ich nicht ...“

„Sie werden schon erwartet!“ er strahlte sie an, und sein Gesicht überzog sich mit hunderten feinster Plisseefalten. Er telefonierte und winkte ihr mit einer Hand, zu warten. Legte auf, strahlte immer noch. „Sie kommt gleich!“

Jetzt war es zu spät. Jetzt konnte sie nicht mehr abhauen. Der alte Pförtner behielt sie im Auge, aber so bewundernd, als wäre sie wichtig und berühmt. Das Gefühl war nicht wirklich unangenehm. Sie lächelte zurück.

Eine junge Frau kam die Treppe herunter und eilte auf sie zu. Turnschuhe mit dicken Sohlen zu einem weiten Rock und einer flatternden Bluse, die ihre üppigen Formen eher betonten als verbargen. Ein wilder Wust schwarzer Haare und ein herzförmiges Gesicht. „Barbara? Ich bin Catalina Polanco, Lina. Toll, dass du bei uns mitmachen willst!" Sie umarmte sie, als wäre sie alte Freundinnen und nahm sie mit zur Treppe. Redete ohne Punkt und Komma. „Ich bin Produktionsassistentin, also Mädchen für alles. Wir produzieren *Greif dein Glück*, das läuft jetzt schon seit zwei Jahren mit großem Erfolg auf TV3. Bei uns treten berühmte Stars auf, aber auch ganz normale Leute, die einfach etwas besonderes können. Pepe Basset hat dich empfohlen, und der ist ein Freund vom Chef. Félix Cueto. Kennst du sicher, *Sa Finca*, das tolle Restaurant. Immer wieder im Fernsehen, wegen der vielen Promis. Und der guten Küche natürlich ..." Sie waren im zweiten Stock, Lina lief einen langen breiten Gang entlang. Abblätternder Putz, Gerahmte Namensschilder an grau lackierten Türen. Es hätte irgendeine Behörde sein können. Lina blieb vor einer Tür stehen. Senkte plötzlich die Stimme. „Marí Revilla wird auch da sein. Sie ist die zuständige Redakteurin. Tut sich wichtig und zickt immer rum. Sie ist die einzige, die immer versucht, quer zu schießen. Also, sei nur höflich und hör am besten gar nicht hin." Sie klinkte die Tür auf, und sie kamen in ein ganz normales Büro. Zwei Schreibtische mit Computern, einer leer, hinter einem ein junger Mann. Pickel, Übergewicht und Hornbrille. „Das ist Jorge. Können wir rein?"

„Die warten schon", Jorge musterte Barbara, seine

Kiefer bearbeiteten einen Kaugummi. „Sie sind die Taschendiebin? Krass!“ Er drehte seinen Stuhl zu ihr herum und wippte zurück. Barbara überlegte, wie sie Anna später diesen absoluten Mangel an Glanz und Glamour glaubhaft machen sollte. Lina klopfte kurz an die Tür zum Nebenzimmer, und Barbara folgte ihr, ohne Jorge zu antworten.

Das nächste Büro war nur unwesentlich größer. Alle Möbel waren ursprünglich schwarz aber so abgenutzt, dass an vielen Stellen das helle Furnierholz hervorkam. Es gab einen mit bunten Schnellheftern und Mappen überladenen Schreibtisch, ein Sideboard mit schiefen Bücherstapeln und einem Fernseher darauf, ein rundes Tischchen vergraben unter Zeitungsbergen mit vier Freischwingern, die in dieser Enge nur wenig Platz zum Schwingen hatten. An den Wänden jede Menge gerahmte Fotos von internationalen Stars und anderen Berühmtheiten aus Hollywood und Europa. Einige davon schon lange tot.

In einem der Freischwinger saß eine Frau von etwa fünfzig. Tief gebräunt, hager und grau in grau. Die grauen Haare zu einer raffinierten Frisur nach hinten gedreht, die schwere silberne Kette und das dazu passende Armband vermutlich von einem jungen preisgekrönten Schmuckdesigner, der Hosenanzug aus grauer Seide war sicher teuer gewesen, und die Schuhe waren nicht für lange Fußmärsche gedacht. Alles, was man mit Geld machen konnte, hatte diese Frau getan, aber sie wirkte unsicher und frustriert. Nicht gerade wie die maßgebliche Redakteurin eines großen Fernsehsenders, höchstens wie eine Sachbearbeiterin beim Finanzamt.

Der Mann neben ihr hatte ein anderes Kaliber. Er hatte sich den Drehstuhl vom Schreibtisch mitgenommen, und saß daher auch noch höher als sie. Er war weder sehr groß, noch sah er besonders gut aus. Mit dem runden Gesicht, seinen dunklen Kohleaugen und dem schwarzen Haarkranz über einer blankpolierten Glatze sah er eher aus wie der Gemüsehändler an der Ecke. Aber er sah nur so aus. Als er aufsprang, füllte er den Raum.

„Du musst Barbara Dyckhoff sein. Freut mich sehr! Ich bin Félix Cueto, Félix für meine Freunde." Er nahm Barbaras rechte Hand in seine Hände und hielt sie einen Moment lang fest. „Luis Llobet schwärmt richtig von dir, jetzt verstehe ich auch warum. Du bist sehr hübsch. Und sehr fotogen. Das ist Mari Revilla, unsere Redakteurin." Er ließ ihre Hand los, aber die graue Marí machte keine Anstalten, sie zu ergreifen.

Sie musterte Barbara nur kühl von oben bis unten. „Ich sage es Ihnen ganz ehrlich. Ich war von Anfang an gegen diese Idee, und bin es noch immer. Ich sehe keinen Sinn darin, eine bekennende Taschendiebin in unserer Sendung vorzustellen. Wir haben eine Vorbildsfunktion. *Greif dein Glück* ist nicht nur Unterhaltung, sondern auch und vor allem eine Wohltätigkeitsveranstaltung. Sie sind immerhin eine Diebin, eine Verbrecherin", kleine Pause, „auch, wenn die Polizei Sie bisher wohl noch nicht erwischt hat."

Mit so einem Frontalangriff hatte Barbara nicht gerechnet. Sie wollte heulen, schreien, zuschlagen, rausrennen. Cueto legte ihr eine Hand auf die Schulter und dirigierte sie zu einem der Freischwinger. Sie musste so nah an dieser grauen Marí vorbei, dass sie fast über sie stolperte. Cueto hielt sie fest. „Hör nicht auf sie.“ Er rollte seinen Drehstuhl um Marí herum neben Barbaras und schaute zu Lina hinüber, die immer noch neben der Tür stand. „Könntest du uns einen Kaffee besorgen, bitte? Jorge soll das machen, ich brauch dich hier!“

Lina ging hinaus, und Cueto wandte sich wieder Barbara zu. „Du kennst unser Konzept? Wir haben eine Show mit Musik, Artistik und prominenten Talkgästen, ein interaktives Quiz, bei dem die Zuschauer anrufen und gewinnen können und zweimal im Jahr die große Spendengala für Kinder in Not.“

„Wir werden von der Kirche unterstützt und von verschiedenen Wohlfahrtsverbänden. Da liegt auch unsere Verantwortung.“ Marí Revillas Ton wurde schärfer. Cueto drehte seinen Stuhl wie zufällig so, dass er ihr den Rücken zuwandte und Barbara so abschirmte.

„Die Sendung ist sehr erfolgreich. Und das liegt an unserem Konzept. Unterhaltung und Spannung. Und immer ein paar Promis mit dabei. Im Moment stehen wir zum Beispiel unter anderem mit Pedro Almodóvar und Pelélope Cruz in Kontakt. Wenn sie gerade in Barcelona sind, werden sie auch mitmachen“, er lachte, „dabei können sie über den neuen Film reden!“

Lina kam zurück, hinter ihr Jorge, der etwas mühsam ein großes Tablett mit Kanne und Tassen balancierte. Kurz bevor es zu rutschen begann, sprang Cueto auf, nahm es ihm weg und stellte es auf das Tischchen. „Danke Jorge." Jorge blieb stehen und starrte Barbara an. Lina setzte sich auf einen Freischwinger, Cueto verteilte den Kaffee. Schaute hoch. „Jorge, ich glaub, bei dir draußen läutet ein Telefon!"

Jorge bewegte sich nicht. Die graue Marí hüstelte leise. Cueto fuhr mit seinem Drehstuhl zu ihr herum und bot ihr die erste Kaffeetasse an. „Bitte, meine Liebe. Und verzeihen Sie meine Hast. Aber morgen ist Sendung, und wir müssen noch eine Menge vorbereiten." Wieder sah er zu Jorge auf. „Hatten wir nicht noch Gebäck?" Jorge zuckte die Achseln und blieb stehen, wagte es aber nicht, sich auf den letzten freien Freischwinger zu setzen. Cueto stellte eine Tasse vor Barbara hin. „Pep Bassets ist mein guter Freund aus der Laietana. Eigentumsdelikte und Öffentlichkeitsarbeit. Er hilft uns, wenn wir ein Präventivprogramm in der Show mit drin haben. Verkehrserziehung, Sicherung von Wohneigentum oder so wie jetzt: Wie arbeiten Taschendiebe, und wie kann ich mich dagegen schützen."

Die graue Marí stieß einen kleinen Laut aus, der wie ein Husten klang, aber wohl ein Lacher sein sollte. „Ursprünglich war an dieser Stelle ja ein Einbrecher vorgesehen, der zeigen sollte, wie leicht man ungeschützte Türen und Fenster aufbrechen kann. Dummerweise wurde er vorgestern bei einem Einbruch gefasst und sitzt schon wieder in Can Briant." Barbara versuchte, ganz ruhig zu atmen. Lina blinzelte ihr kurz zu und fuhr hastig fort.

„Das Studio ist ab zwei Uhr fertig für die Stellprobe. Wir haben knapp fünfzig Schüler und Studenten als Publikum."

„Sehr gut", Cueto sah auf seine Uhr. „Das läuft so ab: Lina zeigt dir unsere Studios und alle anderen Räume. Dann sind Ton, Licht und Kamera bereit. Und hoffentlich auch Gustavo Maynar, unser Regisseur. Und wir können deinen Einsatz ein paar Mal durchgehen und proben."

„Heißt das", die Stimme der grauen Marí stieg an, „dass ihr die Nummer mit dieser Taschendiebin durchziehen wollt, ohne auf meine Einwände auch nur zu hören?!"

„Ich bin keine Taschendiebin!" Barbara sprang auf, „Ich war eine. Ich habe die Ausbildung und das Können. Aber ich setze es schon lange nicht mehr ein, um Verbrechen zu begehen. Im Gegenteil. Ich bin Ermittlerin, Detektivin. Ich helfe, Verbrechen aufzuklären." Sie griff in ihre Westentasche, holte das schwer klimpernde Silberarmband hervor und hielt es Marí hin. „Sonst hätte ich Ihnen auch noch die Kette dazu abgenommen."

Marí starrte das Armband an, fasste sich an das leere Handgelenk. Cueto begann laut zu lachen. „Bravo!" Er klatschte, auch Lina und Jorge applaudierten begeistert."Ich verstehe", Marí riss ihr das Armband aus der Hand, „und wie hoch ist ihr Honorar?" Sie funkelte Cueto an, dem die Lachtränen aus den Augen liefen. Er konnte nicht antworten.

Das Telefon läutete. Draußen im Vorzimmer und auch auf Cuetos Schreibtisch. Drei verschiedene Pieptöne. Jorge bewegte sich nicht, Lina machte immerhin Anstalten, aufzustehen, Cueto war schneller. Er sprang auf, fegte einen Mappenstapel beiseite und schnappte sich das Telefon. „Si?“ Dann hörte er zu. Wurde schlagartig ernst, schaute zu Barbara. „Wir kommen.“ Er legte auf.

Schweigen.

Cueto sah nur Barbara an, stand langsam auf, hinter ihm drehte sich der Bürostuhl leer weiter. „Das war unser Pförtner unten. Bei ihm wurde ein Päckchen abgegeben. Wir hatten ein paar Bombendrohungen in letzter Zeit. Deshalb hat er auch sofort die Polizei verständigt.“

# IV. Glasherz

## 20.

Wie alle Katzen, interessierte sich Fritz vor allem für den Inhalt der Töpfe und nur marginal für die Laune der Köchin. Heute schien das anders. Er ließ sich nicht blicken.

Dagmar melierte die Kabeljaufilets und legte sie in das brutzelnd heiße Olivenöl. Die Tomaten waren mit Zwiebeln und Knoblauch angedünstet, die Paprikaschoten gehäutet und mit den Auberginen zusammen im Ofen gebacken, die Hühnerleber mit kleinen Chilischoten gebraten, und der Salat mit den Brotwürfeln vorbereitet. Weißbrot war geschnitten, *cava* und Rotwein zur Genüge vorhanden.

Dagmar kochte für ihr Leben gern. Aber, wenn Pia, warum auch immer, sauer war, dann lief sie durch die Märkte und kaufte ein und kaufte ein. Das beruhigte sie. Und irgendjemand musste diese Mengen danach zubereiten. Meistens war das Dagmar. Ob sie nun in Stimmung war oder nicht.

Heute war sie das nicht. Das Gespräch mit Carod hatte sie zutiefst frustriert, schon eine halbe Stunde danach war ihr klar, dass sie gegen ihn kaum eine Chance hatte. Als sie zum Pati Llimona zurückkam, traf sie auf Janet, Pia und Anna, und die hatten eine noch schlechtere Laune als sie.

Elena Saura hatte den Auftrag gecancelt und Llimona 5 praktisch vor die Tür gesetzt. Sie hatte ihnen sogar eine Beobachtung des Hauses von der Straße aus untersagt. Josep wusste Bescheid und hatte verstärkte Streifen versprochen. Aber jede von ihnen wusste, dass die Polizei in dieser Situation nicht viel ausrichten konnte, selbst wenn sie guten Willens war.

Sara und Quim kamen erhitzt und aufgeregt von ihrem ersten Tag in der Theaterwerkstatt zurück und bestritten erstmal die gesamte Unterhaltung. Sie waren etwas zu spät dran gewesen. Die großen Rollen waren schon verteilt. Aber Sara war jetzt Regieassistentin und Quim baute am Bühnenbild mit. Und das war auch viel viel interessanter, weil sie nämlich eigentlich beide eher schüchtern waren und nicht wirklich singen konnten ...

Janet rauchte eine Zigarette nach der anderen und war schon beim dritten Whisky, Anna deckte den Tisch und zerbrach einen Teller, Pia machte noch eine Flasche roten Marques de Caceres *gran reserva* auf, obwohl schon eine offen auf dem Tisch stand. Dagmar wendete den Fisch, holte die in Salz perfekt geschrumpelten Kartöffelchen aus dem Topf, und die rote *mojo*, die höllenscharfe Soße dazu vom Feuer.

Sie nahmen sich zusammen und spielten normal, bis die Kinder endlich nach hinten unter der Dusche verschwanden. Sofort unterbrachen sie ihre Tätigkeiten und redeten durcheinander.

Janet: „So eine Scheiße!"

Pia: „Sie schwebt in höchster Lebensgefahr und will es nicht wahrhaben, verdammt!"

Anna: „Und wenn sie doch Recht hat? Wenn Adrián sie wirklich liebt?"

Höhnisches Lachen.

Janet: „Liebe ... ach du liebe Zeit!"

Pia: „Er liebt sie schon, auf seine Art. Er sieht sie

aber als seinen Besitz an. Wisst ihr, wie viele Frauen in Spanien jedes Jahr von ihren Männern oder Lebenspartnern ermordet werden? Über neunzig! Und immer sagen die Typen: *La maté, porque era mia*. Ich habe sie getötet, weil sie mir gehörte."

„Aber seit 2004 gibt es immerhin das neue Gesetz ..." begann Dagmar, Pia ließ sie nicht aussprechen.

„Ja. Gewalt zwischen Lebenspartnern. Da gibt es Gesetze, vor allem was die Gewalt des Mannes gegenüber der Frau angeht. Und das soll noch erweitert werden. Aber uns nutzt das jetzt nichts. Und vor allem Elena nicht. Die sich weigert, mit Mónica Vidal in eins der Frauenhäuser zu gehen, die uns rausschmeißt, die jede Hilfe ablehnt."

Es läutete an der Tür, Anna lief hinaus und kam mit Luis zurück, der noch eine dritte Flasche *gran reserva* auf die Theke stellte. „Was für wundersame Düfte des Wohlbehagens!" Er umarmte Pia und warf Dagmar ein Luftküsschen zu. „Aber was für eine schrecklich traurige Stimmung!" Er nahm die eben von Pia geöffnete Weinflasche, sie gab ihm ein Glas, und er schenkte sich ein. „Vier schöne junge Frauen, gutes Essen, feiner Wein, und eine Atmosphäre zum Eiswürfel frieren!" Er nahm einen kleinen Schluck, dann einen größeren. „Glaubt es mir. Auch wenn ihr meint, gute Gründe zu haben, das Leben ist viel zu kurz für so einen Durchhänger. Ich weiß, wovon ich spreche." Er sah zu Pia hinüber. „Wir kennen jetzt den Namen der schönen jungen Frau aus dem Meer. Berta Roldán. Studentin und Model, sie war erst dreiundzwanzig Jahre alt."

Anna kam an die Theke, Luis strich ihr kurz über das Haar. Wenn er auf dem Barhocker saß, hatte er fast ihre Größe. Sie schnitt ihm eine Grimasse und nahm die ersten Schüsseln. Luis schnappte sich eine der heißen Schrumpelkartoffeln, stippte sie kurz in die scharfe Soße und verbrannte sich die Schnauze. Pustete hilflos und blähte die Backen. Trank hastig Wein hinterher.

Dagmar lachte schadenfroh. „Was noch dampft ist meistens heiß! Hat dir das deine Mama nie gesagt?"

„Die mallorquinische Küche hat ein paar absolute Höhepunkte. Diese Kartoffeln mit roter *mojo* gehören dazu. Da kann ich nicht widerstehen!"

„Ich dachte, das Rezept kommt ursprünglich von den Kanaren?" Dagmar war auf Widerspruch und Streit aus, aber Luis blieb gelassen.

„Oder so."

Wieder läutete es, das Signal diesmal, und gleichzeitig wurde der Schlüssel im Schloss gedreht. Fritz kam von der Terrasse hereingeschossen, rannte in den Flur hinaus. Und kam auf Barbaras Arm zurück. Bis zur Theke ließ er sich tragen, dann sprang er herunter und kam zu Dagmar herum, um sich endlich seinen wahren Leidenschaften zu widmen. Fisch, Hühnerleber & Co.

Barbara sah nicht gut aus. Blass, verschwitzt und sehr müde. Sie hielt die Reste eines kleinen Päckchens in der Hand. Legte es auf die Theke. Es war ursprünglich in Goldfolie eingepackt gewesen, jemand hatte sowohl die Folie als auch die innere Schachtel mit einem diagonalen Schnitt geöffnet. Innen lag ein dickes, handtellergroßes Herz aus rubinrotem Glas. Darunter eine Karte mit einem ziemlich kitschigen Rosenmotiv. Und der handgeschriebenen Botschaft:

Barbara, du bist der Star.
Toi toi toi und viel Glück!
Con besos y amor

Dein Felip.

Die Kinder kamen frisch geduscht zurück, und alle setzten sich an den großen Tisch. Begannen zu essen und zu trinken. Mit den Kindern und Luis hob sich die Stimmung etwas, und auf Annas wiederholte Aufforderung hin erzählte Barbara von ihrem Ausflug in die Welt der Schönen, Reichen und Berühmten.

„Von wegen Hollywood! Es war einfach nur wie in einer ganz gewöhnlichen staubgrauen Behörde. Und dann saß da diese obergraue Fernsehtante. Und hat mich angepöbelt. Das war so eng da, ich bin über sie drüber gestolpert und hab ihr halt das Armband abgenommen. Eigentlich war das eher so ein Reflex. Du stolperst, du berührst jemanden, und schon hast du seine Uhr in der Hand. In diesem Fall ein Armband." Barbara grinste. „Noch dazu so ein hässliches Designerteil aus klobig schweren Gliedern."

Dagmar bemerkte die bewundernden Blicke von Sara und Quim, aber bevor sie eingreifen konnte, wechselte Barbara von selbst das Thema. „Und dann dieser Anruf. Scheiße, ich bin doch kein Promi, und kein Schwein kennt mich. Wieso ist dann ein Päckchen für mich beim Pförtner? Das war grauenhaft. Die Guardia war da, eine Antiterroreinheit, jede Menge Spezialisten und ein Sprengstoffteam. Die haben alles abgeriegelt, wie bei einem ETA-Anschlag. Mich haben sie durchleuchtet, als wäre ich die Tochter vom Al Quaida persönlich. Die Metallfolie galt als besonders clever und verdächtig. Dann haben sie so einen kleinen Roboter ausgepackt. Auch nicht wie im Kino. Nur so ein Metallkasten mit Krakenarmen auf Rädern. Wir mussten alle weg, das Goldpäckchen lag einsam und winzig klein auf einem freien Platz hinter den Gebäuden."

Barbara trank gierig ein Glas Wasser leer, ein zweites, dann nahm sie den *cava*, trank einen Schluck, sah ihre gespannten Gesichter, zwinkerte Sara und Quim zu und grinste wieder. „Und dann nahm einer von dem Sprengstoffteam die Fernsteuerung, und dieser komische Kasten mit seinen Krakenarmen setzte sich in Bewegung. Ruckelte, rollte hin, tastete das Päckchen ab, schnitt ritsch-ratsch die Folie auf und zerquetschte die Verpackung. Und dann war da nichts drin außer diesem dämlichen Glasherz. Gott, war mir das peinlich!"

Sie lachten. Barbara hatte das alles wie einen Witz erzählt, Pia schenkte ihr *cava* nach. Aber Dagmar sah die Unsicherheit hinter Barbaras Fröhlichkeit.

Sie musste an Elena denken. Sie konnten doch nicht einfach hier sitzen bleiben, essen, lachen und *cava* trinken. Während Elena ganz allein in ihrer Wohnung war. Sie brauchte nur einen Grund, einen Vorwand. Sie war ja nicht nur Detektivin, sie war ja auch Elenas Anwältin. Sie hatte eine Idee.

„Leute, ich muss nochmal weg!“ sie stand auf, Pia schaute fragend hoch. „Hab ich ganz vergessen. Für den Antrag auf eine Bannmeile brauche ich ja die Unterschrift von Elena. Ich muss dringend nochmal hin.“

„Genau“, Janet drückte ihre Zigarette aus und stand auf, Pia gab Luis die Rotweinflasche, aus der sie gerade nachschenken wollte.

„Richtig!“ Sie lief in den Flur nach hinten zu ihrem Schlafzimmer. Als sie zurückkam, hatte sie eine Weste über ihrem T-Shirt. Sie trug das Schulterholster mit der Pistole nur sehr selten. Aber wenn, dann versteckte sie es unter der Weste.

Barbara und Anna machten Anstalten, auch aufzustehen. „Ihr bleibt bitte da“, sagte Pia. Und zu Luis: „Es dauert nicht lang.“

Dagmar umarmte kurz die Kinder und lief dann hinter Pia und Janet her. Pia nahm die Treppen hinunter zu Fuß, Dagmar wartete mit Janet auf den Fahrstuhl. Er brauchte wie immer ewig. Janet und sie schwiegen. Pia war schon vorausgelaufen und hatte an der Placa del Regomir ein Taxi angehalten.

Samstag Nacht. Barcelona funkelte. Es war immer noch heiß, die Plätze vor den Cafés und Bars waren voll. Musik in voller Lautstärke, im Moment gerade verpoppter Flamenco. Junge Leute flanierten in dichten Pulks durch die Straßen, Autos schoben sich Stoßstange an Stoßstange von Ampel zu Ampel, durch die offenen Fenster riefen die Fahrer sich Kommentare oder Infos zu.

Ihr Taxi war klimatisiert, das heißt, die Fenster blieben geschlossen, und der Fahrer hatte nur sie als Publikum. Ihn schien das nicht zu stören. Er erzählte langatmig einen zweideutigen Witz in *catalán*, den Dagmar nicht richtig verstand, und über den selbst Pia nur gequält lachte.

Der Arc de Triomf ragte angestrahlt in den nachtblauen Himmel, das Grün der Palmen und Platanen leuchte grell, die Straßen vibrierten bunt.

Pia zahlte das Taxi, und einen Augenblick lang blieben sie vor dem Haus der Sauras stehen. Kein Streifenwagen fuhr vorbei, kein Polizist stand Wache. Dagmar läutete bei Elena.

Nichts.

Janet nahm ihr Handy heraus. „Ich ruf sie mal an." Sie ließ es läuten. Schüttelte den Kopf.

Ein alter Mann mit Hund kam aus der Haustür, Dagmar grüßte ihn höflich und ging an ihm vorbei ins Haus. Pia und Janet überquerten dicht hinter ihr den Patio. Der Lift war unten, Dagmar und Janet stiegen ein, Pia lief die Treppen zu Fuß hoch. Ruckeln, Keuchen, endlich setzte sich der Lift in Bewegung. Janet hatte eine Zigarettenschachtel in der Hand, steckte sie aber wieder weg, als der Lift oben ankam. Noch ein Stockwerk zu Fuß.

Pia stand seitlich vor Elenas Wohnungstür. Sie hielt ihre Pistole mit beiden Händen. So hatte Dagmar sie noch nie gesehen. Sie fror. Und fummelte ihr Pfefferspray aus der Tasche. Janet schnaufte, winkte Dagmar mit dem Kopf hinter sich und stellte sich auf die andere Seite der Tür.

„Ist ja schon gut!“ flüsterte Dagmar und schob sich wieder nach vorn. Klopfte an die Tür. „Elena? Ich bin's, Dagmar. Ist alles okay?“

Schweigen.

„Elena?“ Dagmar sah nur Pia vor sich mit der gezückten Pistole. „Ich brauch nur eine kleine Unterschrift. Darf ich kurz reinkommen?“

Keine Antwort.

Pia bückte sich und untersuchte das Türschloss. Es schien unversehrt, keine Kratzspuren im Metall, keine Splitter im Holz.

„Wir müssen Josep anrufen!“ Dagmar hörte hinter sich ein Feuerzeug schnippen, Tabakrauch quoll durch das Treppenhaus. Janet kam wieder nach vorn.

„Das dauert viel zu lang.“ Sie hatte die Zigarette im Mund und einen Dietrich in der Hand. „Pia, gib mir Deckung!“

„Ja, aber ...“ Pia sah ebenso verwundert wie Dagmar, mit welcher Affengeschwindigkeit Janet die Tür öffnete. Sich wieder aufrichtete und lächelnd zurückwich.

„Die Tür war schon offen.“

Pia schwieg. Hob wieder beide Hände mit der Pistole und ging vorsichtig in die Wohnung. Sicherte rundum, ging dann weiter. Dagmar und Janet folgten ihr.

Die Wohnung war leer. Die Küche, das Schlafzimmer, das Wohnzimmer. Aufgeräumt, blankgeputzt, spurenlos sauber. Einzig auf der mattstählernen Bartheke standen ein Glas und ein Aschenbecher. Ein milchiger Cocktailrest und ein Stummel mit

Goldmundstück.

„Könnte ein Gimlet gewesen sein“, meinte Janet. Pia senkte ihre Pistole.

„Und Angeber wie Toni rauchen Benson&Hedges, zum Beispiel.“

Dagmar stieß die Tür zum Badezimmer auf. Sie schrie nicht, sie war nicht wirklich überrascht.

Elena hockte unter der Dusche. Zusammengekauert, das Gesicht nach hinten geneigt. Man sah nicht alle Einstiche und Schnitte. Nur den durch die Kehle, der ihr fast den Kopf abgetrennt hatte. Die Wand, die Glastüren der Dusche, die weißen Handtücher auf dem Trockner daneben, alles war mit Blut bespritzt. Aber das meiste Blut war abgelaufen.

## 21.

Das Schulterhalfter mit der Pistole erschien ihr schwer und unhandlich, vor allem, nachdem sie es so lange nicht mehr getragen hatte. Aber jetzt fand Pia das Gefühl beruhigend.

Sie fror. Trotz der Julihitze, die auch nachts in den Zimmern brütete. Sie stand in der Badezimmertür, berührte nichts, schaute nur. Elena war ihre Klientin. Gewesen. Eben noch quicklebendig. Jetzt blutleer und verzerrt. Tot. Und nicht einfach nur ein Schuss ins Herz oder ein Schlag auf den Kopf. Der Mörder hatte sich ausgetobt. Perverse Leidenschaft und unmenschlicher Hass hatten ihr das Ende sehr schwer gemacht.

Janet und Dagmar warteten im Flur auf die Polizei. Janet hatte in aller Eile den Tatort untersucht, Dagmar hatte vorsichtig in Elenas Papieren gekramt. Viel hatten sie nicht gefunden.

Pia hatte erst mit Josep gesprochen, dann Luis angerufen. Die beiden kamen fast gleichzeitig. Der Fotograf und der Erkennungsdienst kurz danach. Die eben noch so aseptisch leere Wohnung war plötzlich mit Licht, Lärm und Leben erfüllt.

Joseps Kiefer mahlten, als er auf Elena heruntersah. „Scheiße, verdammt!“ Er machte einen Schritt zur Seite, um Luis vorzulassen. „Was machst du denn hier? Hast du nicht dienstfrei? Ich hatte doch Ferrer angerufen.“

„Wir haben getauscht.“ Luis kniete sich neben Elena, bemüht, keine Spuren zu verwischen, und nicht mit dem Blut in Berührung zu kommen.

Pia wandte sich ab. Josep war plötzlich neben ihr und legte ihr einen Arm um die Schultern. „Es ist nicht deine Schuld!"

„Sondern?"

„Wenn, dann meine!"

„Sie war unsere Klientin. Wir waren für ihre Sicherheit verantwortlich." Sie schluckte. „Und für ihr Leben."

„So darfst du nie denken!" Er drückte sie noch mal kurz und ließ dann los. „Verdammt, ich hab das alles nicht wirklich ernst genommen."

„Naja, jetzt habt ihr ja endlich einen Grund, einzugreifen." Dagmars Stimme klang bitter vor Müdigkeit und Schuldgefühl. Janet stand neben ihr, steckte sich eine Zigarette an und schaute zu Pia.

„Hast du ihm von Toni erzählt?"

„Ja, hat sie", Josep wich etwas zur Seite, um zwei Leute von der Spurensicherung durchzulassen.

„Toni war hier. Seine Zigaretten, sein Drink. Und das war kein dienstlicher Besuch." Janet hustete.

„Er hat keinen Dienst. Aber zwei meiner Leute suchen ihn bereits. Zufrieden?"

„Und Adrián?"

„Er ist im Krankenhaus. Victor ist dort ..." Joseps Handy meldete sich, er schaltete es ein, hörte kurz zu und wich Pias Blick aus. „Verstehe. Sofort Fahndung einleiten! Landesweit. Straßen, Bahnhöfe, Flughafen."

„Lass mich raten", Pia spürte Übelkeit aufsteigen. „Adrián ist nicht mehr im Hospital del Mar. Er ist verschwunden. Und keiner hat etwas gemerkt."

Josep antwortete nicht. Das war auch nicht nötig. Luis kam aus dem Badezimmer und machte Platz für die Männer mit der grauen Plastikwanne. „Noch nicht lange. Eine halbe Stunde vielleicht." Luis sah auf die Uhr. „Jetzt ist es zehn Uhr vierzig. Um zehn, kurz davor oder danach ..." Zögern.

„Aber?" Pia kannte Luis gut genug, etwas irritierte ihn. Er hob die Schultern.

„Ich bin mir noch nicht ganz sicher. Aber so wie es aussieht, war gleich der erste Stich tödlich. Direkt ins Herz. Die anderen kamen hinterher. Auch, der, der ihr fast den Kopf abgetrennt hat. Da war sie schon tot. Sonst wäre hier noch viel mehr Blut. Alles wäre voll, die Tür, die Wände, der Boden ..."

„Der Mörder", sagte Josep heiser. Pia sah zu, wie die Männer die abgedeckte Plastikwanne in den Flur hinaustrugen. Etwas an der Bemerkung von Luis irritierte sie, aber sie kam nicht mehr dazu, den Gedanken einzukreisen.

Lärm im Treppenhaus. Eine wütende Männerstimme. Brüllte. Pia sah, dass Janet mit einem für sie erstaunlich sportlichen Satz von der Wohnungstür weg sprang. Und dass Dagmar grob zur Seite gestoßen wurde.

Adrián Saura. Er hatte einen Verband um den Kopf und eine bandagierte Schulter, verknautschte Anzughosen und ein blutiges T-Shirt mit aufgeschnittenem Ärmel. Er warf sich den Männern mit der Plastikwanne in den Weg.

Der erste Mann stolperte, fiel. Die Wanne rutschte

ihm aus den Händen, der zweite konnte sie nicht halten, sie krachte zu Boden und schlidderte auf die Treppe zu. Saura stürzte sich darauf, schrie. „Elena! Lena, *mi vida, mi amor*!“ Er versuchte, den Deckel aufzustemmen, schaffte es aber nicht, die Klemmverschlüsse zu öffnen. Schrie.

Dagmar stand ihm am nächsten. Sie beugte sich zu ihm hinunter und fasste ihn an er Schulter. „Bitte …“ Er war mit einem Satz auf den Beinen und griff sie an.

„Sie! Sie sind ja an allem schuld!“ Er packte Dagmars Hand und verdrehte ihr den Arm, während er mit der anderen Hand ausholte. Pia sprang vor und schlug ihm die Handkante auf den Ellenbogen, Janet trat ihm die Beine weg, und Josep stellte sich mit gezogener Pistole über ihn.

„Noch eine Bewegung, und das war Ihre letzte!“

Dagmar rieb sich die Schulter. Leise zu Pia und Janet: „Danke“, laut zu Saura: „Schämen Sie sich denn überhaupt nicht! In diesem Sarg liegt Ihre arme Frau. Und Sie können sie noch nicht mal im Tod in Ruhe lassen!“

„Aber ich will doch nur …“, Saura versuchte aufzustehen, aber Joseps Waffe hinderte ihn daran. Er stieß sie ihm grob gegen die Schläfe. Saura taumelte wieder zu Boden, Josep blieb über ihm.

„Ich kann auch auf Ihr Knie zielen“, zischte er leise. „Oder wäre Ihnen der Schwanz lieber?“

„Das habe ich gehört!“ Erst, als sie die Stimme hörte, registrierte Pia, dass soeben der Fahrstuhl keuchend gehalten hatte, dass sie dumpf das Quietschen der sich öffnenden Gittertür im Stockwerk unter ihnen gehört hatte.

Jorge Carod sah aus, als wäre er bei etwas ganz anderem gestört worden und habe sich in aller Eile angezogen. Er trug Mokassins ohne Socken, eine dunkelbraune Freizeithose mit einem lilablau gemusterten Baumwollhemd, ein Knopf falsch. Unter kurzen Ärmeln sehnig dürre Arme frei, erstaunlich braun gebrannt. Die spärlichen Haare standen verschwitzt vom Kopf ab, Jorge Carod hatte nicht mehr viel mit dem überkorrekten und geschniegelten Anwalt gemein, den Pia von einigen Prozessen her kannte.

„Polizeiwillkür der übelsten Sorte!" Carod stellte sich zwischen Josep und Saura und half Saura wieder auf die Beine. Saura wollte sofort wieder ins Treppenhaus, in dem die beiden Männer gerade die Plastikwanne am Lift vorbei die Treppe hinunter bugsierten.

„Lena!!!"

Er weinte, schrie, schlug um sich und warf sich schließlich heulend an Carods Brust. Die Theatralik dieser Situation war so grotesk, so übersteigert, dass nicht nur Pia Mühe hatte, sie einzuordnen. Keiner von ihnen bewegte sich, sie alle starrten nur auf Saura und Carod. Die Männer von der Spurensicherung und der Fotograf unterbrachen ihre Arbeit, Luis und Josep wichen ein paar Schritte zurück.

Carod redete beruhigend auf Saura ein, klopfte ihm auf die Schulter und schob ihn vorsichtig ins Wohnzimmer hinein. „Ist ja gut, Adi, ist ja schon gut ..." Er senkte die Stimme und sprach weiter auf Saura ein. Der riss sich plötzlich los und fuhr herum.

„Hombre, lass mich in Ruhe! Ich kann für mich selber sprechen!“

Josep machte einen Schritt auf ihn zu, noch einen. Er hielt immer noch die Waffe in der Hand, allerdings mit gesenktem Lauf.

„Tut mir leid“, knurrte Saura in Dagmars Richtung. Josep machte noch einen weiteren Schritt auf ihn zu.

„Immerhin ein Anfang. Sie vergreifen sich gern an Frauen, stimmt's? So wie an Ihrer Frau Elena. Bei ihr können Sie sich jetzt leider nicht mehr entschuldigen.“

„Sie haben kein Recht ...“, fauchte Carod, aber Saura brachte ihn mit einer Handbewegung zum Schweigen.

„Ist gut, er hat ja Recht.“ Tränen liefen ihm aus den Augen, aber er blieb ruhig. „Was ist passiert?“

„Das frage ich Sie.“ Josep schob die Pistole ins Halfter zurück. „Wieso sind Sie hier?“

Carod flüsterte auf ihn ein, aber Saura winkte wieder ab. „Sie hat mich angerufen. Sie hatte Angst. Sie hat mich schon einmal vorher am Abend angerufen. Sie hat mir gesagt, dass sie wieder allein sei. Dass sie mir verzeiht. Dass sie mich liebt.“ Er schluckte, wirkte aber jetzt beherrscht. „Wir wollten noch einmal neu anfangen.“

„Wenn sie auf Ihrem Handy angerufen hat, können wir das nachprüfen.“

„Bitte!“ Saura holte ein glänzendneues Blackberry aus der Tasche und reichte es Josep hinüber. Carod versuchte, ihm in den Arm zu fallen, das Handy rutschte, aber Josep fing es auf. Steckte es weg, ohne einen weiteren Blick darauf zu werfen.

„Und der zweite Anruf?"

„Vor einer Stunde oder so. Sie ... sie war seltsam, hat gemeint, sie habe Angst ... ich ...ich hab gemerkt, dass sie getrunken hatte. Aber ich war unruhig und habe noch paar Mal zurückgerufen. Sie ist nicht mehr drangegangen ... da bin ich sofort los, hab mir ein Taxi vor der Klinik geschnappt. Und unten vor dem Haus, da war schon die Polizei ... da wusste ich Bescheid."

„Immerhin hatten Sie noch die Zeit, vorher Ihren Anwalt zu verständigen." Josep sah zu Carod hinüber, der strich sich über die abstehenden Resthaare.

„Das war ja auch dringend notwendig, wie sich zeigt."

„Wer hat das getan?!" Sauras Stimme war kaum zu verstehen. Josep beugte sich zu ihm vor, auch er sprach sehr leise.

„Das fragen ausgerechnet Sie? Sie haben Ihre Frau geschlagen, bedroht und verfolgt. Wir können zwar nachprüfen, wann Sie telefoniert haben, aber wir wissen nichts über den Inhalt Ihrer Gespräche. Dafür haben wir nur Ihre Aussage. Und ich denke, Sie lügen."

„Ich lüge nicht! Und ich habe Lena nie verfolgt oder bedroht. Ich habe sie geliebt!"

Er schniefte auf, Carod gab ihm ein Taschentuch, und er schnäuzte sich. Er log verdammt überzeugend. Pia kramte die Kopien der Fotos von Elena am Fenster hervor und faltete sie auf. „Das würde ich aber schon als Bedrohung empfinden."

Saura wandte sich ihr zu, starrte die Fotos an, nahm sie ihr aus der Hand, schaute sich zu den Fenstern um und sah wieder auf die Fotos. Schüttelte den Kopf. „Was soll das sein? Ein Computerfake?"

„Nein, echte Fotos. Das hier sind nur die Kopien."

„Wer hat das gemacht?"

„Sie!"

„Nein. Nein, das war ich nicht. Das ist ja widerlich! Wie soll man denn so was machen? Aus dem Hubschrauber?!" Er schüttelte hilflos den Kopf und ging langsam auf die dunkle Fensterfront zu.

„Wir haben die Reste der Kamera gefunden." Josep stand jetzt dicht hinter ihm in der Balkontür. „Genau gegenüber in der Baumkrone dort. Der Auslöser konnte mit einem Sender ferngesteuert werden."

Saura lachte. Er drehte sich zu Josep herum und lachte. Leise und verbittert. „Sie sind ja völlig übergeschnappt. Ich bin absolut unfähig zu so einem technischen Schnickschnack. Da können Sie jeden fragen! Außerdem war ich bis vor einer viertel Stunde noch im Hospital del Mar."

„Das behaupten Sie", Pia ahnte, dass Josep begann, Saura zu glauben. „Sie waren aber auf alle Fälle am Nachmittag hier und haben die Karte unter der Tür hindurch geschoben. Elena hat Ihre Schritte im Flur erkannt."

„Lachhaft!" Das kurze Flackern in Sauras Augen war kaum wahrnehmbar. Er kam wieder ins Zimmer zurück und wandte sich direkt an Josep. „Ich habe Elena geschlagen, das kann und will ich nicht abstreiten. Aber ich habe sie nicht getötet. Niemals! Sie können mich und jeden meiner Schritte überprüfen. Alles. Aber bitte, suchen Sie auch in anderer Richtung. Finden Sie den Mörder meiner Frau!“

Überaus überzeugend. Josep nickte. Es hätte nicht viel gefehlt, und er hätte ihm beruhigend eine Hand auf die Schulter gelegt. Carod lächelte.

Pia riss Saura die Fotos aus der Hand.

„Wir werden nicht nur Sie und Ihre Schritte überprüfen, sondern auch Ihr gesamtes Umfeld.

## 22.

Die Calle de la Llibretería war an der Placa de Sant Jaume noch offen und hell, führte dann aber schmal und steil weiter zur Laietana hinunter. Barbaras Wohnung lag unter dem Dach und bekam nur dann richtig Licht, wenn sich die Sonne in den Fenstern des vierten Stockwerks im gegenüberliegenden Haus spiegelte. Im Juli war das morgens so etwa zwischen neun und halb zehn.

Als Barbara in die Wohnung eingezogen war, hatte sie ihr Bett extra so ans Fenster gestellt, dass sie die Reflexion abbekam. Und so ein Sonnenstrahl aus zweiter Hand traf jetzt ihr Kopfkissen und die sichtbare Hälfte ihres Gesichtes. Sie wurde nicht wach.

Etwas kitzelte sie an der Nase, am Ohr, sie grub sich tiefer in das Kissen. Auf der Straße brüllten sich zwei Männer an, eine Frau kreischte, ein Kind schrie, ein Automotor drehte durch, ein Moped jaulte auf, eine Polizeisirene hallte zwischen den engen Häuserwänden hoch. Barbara zog sich das dünne Laken, mit dem sie sich auch im heißesten Sommer zudeckte, über die Ohren.

Sie war so müde. Todmüde. Sie war doch eben erst ins Bett gekommen. Sie konnte nicht ... Das Kitzeln am Ohr verstärkte sich, dazu kam ein leises Schnurren, das sich langsam zu einem grellen Crescendo steigerte. Nein! Eine Plüschpfote tastete nach ihrem Gesicht. Noch weich. Dann kamen die ersten Krallen heraus und versuchten, das Laken wegzuziehen. Zupften, stießen. Traten rhythmisch in ihre Halsbeuge. Das Schnurren überschlug sich.

Fritz. Wabernde Hitze, und der Kater glühte dazu wie eine Wärmflasche. Barbara versuchte, ihn wegzuschieben. Als sie die Hand endlich unter dem Laken hervorgeholt hatte, war es zu spät. Sie war wach. Knuddelte den Kater, und versuchte, noch einmal einzuschlafen. Sinnlos. Fritz hatte Hunger.

Die drei Fenster der kleinen Wohnung waren offen, aber alle gingen auf eine Seite, nach Norden. Kein Durchzug, kein Lüftchen bewegte sich. Barbara rollte sich vom Bett und blieb erstmal sitzen. Völlig erschöpft. Die reflektierte Sonne blendete sie. Dem Bett gegenüber stand der alte Sekretär, den sie nach dem Tod von Pablo el Rey aus seiner Wohnung gerettet und aufpoliert hatte. Sie liebte die vielen kleinen Schubladen, das Geheimfach unter der Schreibplatte und die beiden geschnitzten Löwenköpfe daneben. Die ursprünglich einmal dunkelgrüne Ledermappe mit den Fotos und persönlichen Papieren, daneben der Stapel mit unerledigter Post und unbezahlten Rechnungen aus den letzten Tagen und Wochen.

Barbara hätte sicher nie einen Preis als Hausfrau des Monats gewonnen und sie hatte keine Ahnung, wann sie hier zum letzten Mal Staub gewischt hatte. Aber eine optische Ordnung war ihr sehr wichtig, vor allem, dass alle Dinge immer dort lagen, wo man sie sofort und zur Not auch blind finden konnte. Die grüne Mappe lag links in der Ecke, und die beiden Stapel mit den Briefen im rechten Winkel dazu.

Aber da gab es plötzlich einen staubfreien Raum neben der Mappe, einen staubfreien Wischer vor den

Briefen. Wann hatte sie zuletzt an dem Sekretär gesessen? Barbara konnte sich nicht erinnern. Fritz? Dann hätte sie die Spuren seiner Katzenpfötchen im Staub erkannt. Wer sonst … Blödsinn. Sie hatte den Sekretär nur lange nicht mehr im Sonnenlicht gesehen. Barbara stand auf und schleppte sich zum Fenster. Und war schlagartig wach.

Zwischen dem Flachdach und dem vierten Stock des gegenüberliegenden Hauses lief ein weißes Band fast über die gesamte Breite. In tiefem Rot darauf die Blockbuchstaben:

**TE QUIERO**, dann ein dickes Herz, wieder **TE QUIERO** und ein Herz und noch einmal **TE QUIERO**.

Auf mindestens drei der Balkone vor den Fenstern standen Frauen, winkten ihr zu, lachten. Barbara verstand nichts. Sie zog die Vorhänge zu und machte eine Dose Whiskas für Fritz auf. Stellte sich unter die lauwarme Tröpfeldusche und wartete darauf, endlich wach zu werden.

Vergeblich.

Sie hatten noch bis nach vier Uhr in der Llimona zusammen gesessen und versucht, eine Lösung zu finden. Es gab keine. Sie hatten versagt. Ihre Klientin war tot. Und so wie es aussah, würde ihr Mörder davonkommen.

Pia hatte ihnen alles berichtet. Auch, dass Josep umgefallen war, dass er mittlerweile Saura glaubte.

Heute Abend war ihr Fernsehauftritt. Aber Barbara konnte sich nicht mehr freuen. Zugegeben, Elena hatte sie praktisch vor die Tür gesetzt. Aber sie hätten sich das nicht bieten lassen dürfen. Sie wussten doch, dass sie in Gefahr war, sie hätten sie auch gegen ihren Willen weiter beobachten müssen.

Janet hatte heute Nacht dafür gesorgt, dass sie endlich aufhörten, immer wieder in derselben Suppe herumzurühren. Und schlafen gingen. Aber Barbara war sicher, dass die anderen nicht viel besser geschlafen hatten als sie.

Zehn Uhr Frühstück und Lagebesprechung. Barbara sah auf die Uhr. Kurz vor zehn. Sie zog die roten Leinencargos an und ein schwarzes Top. Fritz hatte das Töpfchen nur halb geleert und war wieder durch das offene Fenster abgehauen, ohne sich zu verabschieden.

Barbara schloss die Wohnungstür ab und wollte zum Fahrstuhl hinübergehen. Sah im Augenwinkel Schmutz auf der Treppe und drückte den Fahrstuhlknopf. Erst, als der Lift hielt, die Türen aufglitten, und sie bemerkte, dass der Boden mit roten Rosenblättern bedeckt war, erkannte sie, dass auch der so genannte Schmutz auf der Treppe aus Rosenblättern bestand. Welk die meisten und matt, aber doch noch rot und zu erkennen.

Barbara verstand noch immer nicht. Nicht wirklich. Wollte es nicht verstehen. Sie schob die Blätter etwas zur Seite und fuhr mit dem Lift nach unten. Als sie aus dem Fahrstuhl kam, wartete der alte Gomez aus dem Hinterhaus schon auf sie. Außer sich. „Und wer soll den Scheiß wieder wegmachen? Ich etwa! Mit den Händen?! Da braucht man ja einen Hochdrucksauger! Das ist eine unendliche Schweinerei!“

Barbara bezog seine Tirade noch immer nicht auf sich. Wollte einfach nur an ihm vorbeigehen. Aber Gomez ließ sie nicht vorbei. Er verzog leicht das Gesicht. „Ihr Liebesleben geht mich ja nichts an." Er fuchtelte wild mit den Armen. „Aber das geht entschieden zu weit!" Inzwischen hatte sie es selber gesehen. Der Patio war auch voll mit diesen roten Blättern, und dazu hing noch ein Riesenplakat an der Mauer.

BARBARA. TE QUIERO. ICH LIEBE DICH.

Dazu ein riesiges rotes Herz und in dessen Mitte ihr Foto. Eindeutig sie. Nur das Gesicht, ein Schnappschuss offenbar, aber doch eindeutig sie.

„Das sind Sie!" Gomez deutete mit dem Zeigefinger auf das Foto. Barbara erinnerte sich wieder daran. In den ersten Wochen ihrer Liebe. Sie hatten in einem Café in den Ramblas Eis gegessen, und Felip hatte sein Fotohandy herausgeholt.

Eigentlich hatte sie immer gedacht, dass der alte Gomez sie ganz gern mochte. Aber davon war im Moment nichts zu spüren. Da war nur Wut.

„Tut mir leid", sagte sie. „Das wollte ich nicht. Ich kann nichts dafür. Aber ich werde natürlich die Verantwortung übernehmen." Sie kramte ihre Geldbörse hervor, sie fand sechsundachtzig Euro und paar Cents. Sie gab Gomez alles, und immerhin verblüffte ihn das lange genug, um sie an ihm vorbei zu lassen, hinaus auf die Llibretería.

Sie ging ein Stück die Arlet entlang und begann zu laufen. Die Schatten hinter den Rathaus waren selbst jetzt noch kühl, und sie blieb einen Moment lang stehen, um einem jungen Musiker zuzuhören, der hier eigentlich nicht spielen durfte. Sehr jung, sehr dünn. Zu weite Jeans und ein T-Shirt mit Werbeaufdruck. Caixa Balear. Er hatte einen behelfsmäßigen Notenständer vor sich aufgebaut, lehnte halb gegen einen parkenden Streifenwagen spielte auf der Querflöte völlig versunken Mozarts Vogelhändler. Er spielte wunderschön.

Barbara verließ Musiker und Schatten und lief weiter. Nur ein paar Monate! Wo war nur die Zeit geblieben, in der sie und Felip sich kennen gelernt hatten, als sie jede freie Minute zusammen verbrachten. Als sie immer ganz vorne im Publikum saß, und er spielte wie einst Miles Davis.

Wo war dieser Moment gewesen, an dem die Liebe umschlug. Der Abend, an dem sie lieber allein blieb, als sich mit ihm zu treffen. An dem sie seine stündlichen Anrufe nicht mehr als Liebesbeweise verstand, sondern als Kontrollversuche. Der Tag, an dem er mit seiner Band, den *garapatas* zu einer kleinen Tour an die Costa del Sol aufbrach, und sie sich wie ein Schulkind auf die Ferien auf zwei Wochen Freiheit freute.

Lag es an ihr? Freiheit stand fraglos ganz oben auf ihrer Prioritätenliste. Nur so hatte sie die Jahre in den verschiedenen Heimen überleben können. Liebe kannte sie damals nicht, Freundschaft fand sie erst viel später. So wie Vertrauen und Integrität. Pablo el Rey, ihr väterlicher Mentor und Lehrer hatte es ihr vorgelebt. Die alten Frauen im Haus gegenüber hatten ihr so fröhlich zugewinkt. Sie fanden das sicher rührend, wenn ein Mann so phantasievoll seine Liebe kundtat. Vielleicht hatten sie als junge Mädchen von so einer Liebe geträumt? Freiheit hingegen hatten sie nie erlebt.

Felip hatte keine Freunde, und er war nicht besonders sportlich. Wie immer er es geschafft hatte, das Tuch nachts da oben an dem Haus anzubringen, er war ein hohes Risiko eingegangen.

Und dieser Teppich aus Rosenblättern. Juli in Barcelona! Das war weder das Klima noch die Stadt für ein üppiges Meer von Rosenblüten. Frische Rosen waren hier purer Luxus. Und Geld hatte Felip ganz sicher keins.

Barbara atmete schwer, als sie das letzte Stück über die Cometa zur Placa del Regomir und zum Pati de Llimona hochlief. Im Seniorencafé wurden gerade die Tische und Stühle herausgestellt, das Kulturinstitut war noch geschlossen.

Noch, als sie im Fahrstuhl hochfuhr, hatte sie vor, Pia und den anderen die Geschichte mit dem Transparent und den Rosenblättern sofort zu erzählen. Sie läutete das Signal und schloss die Tür auf.

Stille.

Nicht einmal Fritz begrüßte sie, er war noch nicht da. Auch die Kinder waren offenbar schon unterwegs zu ihrem Theaterworkshop. In der Küche blubberte einsam die Kaffeemaschine vor sich hin.

Die anderen saßen auf der Terrasse um den leeren Tisch herum. Das heißt, der Tisch war nicht leer, er war nur nicht zum Frühstück gedeckt. Er war mit Papieren übersät. Pia, Janet und Dagmar sahen nicht mal auf, als sie kam, nur Anna hob kurz die Hand.

Barbara zögerte einen Moment, nahm dann die Dose mit den dänischen Butterkeksen aus dem Schrank, stellte Kaffeebecher, Milch, Zucker und die Kanne auf ein Tablett und brachte es mit hinaus. „Tut mir leid, ich hab verschlafen."

„Lang kann das ja nicht gewesen sein." Vor Janet stand ein schon jetzt übervoller Aschenbecher.

„Wir sind gerade dabei, einen Plan zu machen." Dagmar schenkte den Kaffee aus und kleckerte daneben. „Wir dürfen auf keinen Fall zulassen, dass dieser verdammte Saura mit dem Mord davonkommt!"

„Einen Moment lang dachte ich ja noch, Josep sei auf unserer Seite." Pia rettete eins der Papiere vor dem Kaffee und nahm sich einen Keks. „Irrtum. Ich habe vorhin noch mal mit ihm gesprochen. Angeblich hat Saura ein bombensicheres Alibi."

„Und Toni?" Barbara setzte sich hin und zog einen Kaffeebecher zu sich heran.

„Der!" Pia lachte bitter. „Natürlich die personifizierte Unschuld. Ja, er war noch mal bei Elena. Er habe sich Sorgen gemacht. Ja, er habe einen Gimlet getrunken, sie habe ihn dazu genötigt. Ha! Und dann sei er aber gegangen. Vermutlich bevor sie ihn vergewaltigt hat. Arroganter Schnösel!"

Barbara schwieg. Josep konnte Toni nicht ausstehen. Sie war sicher, dass er seine Aussage sehr genau prüfen würde. Aber, wenn Pia in dieser Stimmung war, konnte man nicht mit ihr diskutieren.

Sie fühlte sich ganz besonders verantwortlich für Elenas Tod. Auf dem Papier waren alle fünf Llimonas zwar gleichberechtigt, aber in der Realität gab meistens Pia den Ton an. Sie war die einzige mit einer fundierten Ausbildung und jahrelanger Erfahrung. Sie hatte es als Frau zur inspectora gebracht, sie war Spanierin von Geburt, sie hatte alle Papiere und nur sie durfte eine Waffe tragen. Und es war ursprünglich ihre Wohnung.

Die Polizei hatte Elena nicht ernst genommen. Sie schon. Und doch war es ihr nicht gelungen, Elenas Leben zu schützen.

Dagmar litt vielleicht noch mehr. Sie neigte sowieso dazu, immer und überall alle Leiden dieser Welt auf ihre Schultern zu laden. Aber sie war auch Elenas Anwältin gewesen, sie hatte sie aus dem Knast geholt und sich gegen ihren Mann und seinen Anwalt gestellt.

Dazu kam noch ihre persönliche Geschichte. Auch Dagmar war von ihrem Ex-Mann jahrelang manipuliert und psychisch misshandelt worden.

Janet sah das Ganze wie immer pragmatisch. Es war passiert, es konnte nicht mehr geändert werden. Jammern und Wehklagen halfen da auch nicht weiter.

Barbaras Meinung war noch radikaler. Elena war eine erwachsene Frau gewesen. Schön, gesund, reich und arrogant. Sie war selbst für ihr Leben verantwortlich. Wieso war sie bei diesem Scheißkerl geblieben! Als es darauf ankam, hatte sie jede Hilfe zurückgewiesen. Und, was Barbara ihr wirklich übel nahm, war, dass sie Isi, ihren kleinen Sohn einfach dem Jugendamt überlassen hatte, statt mit ihm zusammen in ein Frauenhaus zu gehen.Anna schien das ähnlich zu sehen. Sie schaute zu ihr herüber und hob kurz die

Schultern. Räusperte sich und suchte einige der Papiere auf dem Tisch zusammen. „Ich bin die Jüngste hier, und sollte vermutlich erstmal die Schnauze halten."

„Dafür haben wir keine Zeit!" Janet grinste ihr aufmunternd zu und steckte sich eine neue Zigarette an. Anna holte tief Luft.

„Okay. Ganz ehrlich, ich mochte diese Elena Saura nicht. Ich finde, sie war eine aufgeblasene Oberklassentussi. Ihr Mann hat sie regelmäßig geschlagen. Sie hat es zugelassen. Vielleicht hat ihr das ja sogar irgendwie gefallen, verdammt! Dann hat sie sich ein einziges Mal gewehrt. Aber gleich darauf hat sie ihren kleinen Sohn einfach so zurückgelassen. Hat nicht mal nachgefragt. Sie hat weder die Hilfe von Mónica Vidal angenommen noch unsere. Stattdessen hat sie mit diesem dämlichen Toni Botía geflirtet. Und **sie** hat **uns** vor die Tür gesetzt." Anna holte Luft, schaute in die Runde, aber alle schwiegen. „Das war **ihre** Entscheidung. Nicht unsere. Hört endlich auf, euch die Schuld zu geben!"

Schweigen. Dann applaudierte Janet, Barbara fiel mit ein. Pia schloss kurz die Augen, dann lächelte sie, wenn auch noch etwas verkniffen. Dagmar schnaufte laut auf. „Vielleicht bist du wirklich noch zu jung, um so leichtfertig über Schuld und Verantwortung zu urteilen."

„Mag ja sein", Anna grinste zaghaft, sie liebte Dagmar ganz besonders und wollte am wenigsten sie verletzen. „Aber ich finde, wir dürfen uns doch gerade jetzt nicht hängen lassen. Wir müssen etwas tun! Wir müssen diesen Mistkerl überführen!"

„Gut gebrüllt, Löwin!" Obwohl Anna fast zwanzig Zentimeter größer war als sie, sah Barbara in ihr so eine Art kleine Schwester und war sehr stolz auf sie. Anna war eine Kämpferin. Sie fauchte, zeigte Zähne und krallte die Finger in die Luft.

„Ich habe heute Nacht unsere Unterlagen durchgearbeitet und etwas im Internet gestöbert. Und versucht, einen kleinen Plan aufzustellen."

„YES!" Janet drückte ihre Zigarette aus.

„Wenn euch das nicht passt, können wir das ja auch ganz anders angehen ..."

„Leg los!" Janet schenkte sich Kaffee nach, ohne eine neue Zigarette anzuzünden.

„Also gut. Zuerstmal müssen wir mehr über alle Beteiligten wissen. Elena Saura. Sechsundzwanzig Jahre alt, sie kommt aus einer Medizinerfamilie. Vater, Professor Doktor Doktor Silverio Vara, Internist, Chirurg, Chefarzt einer Privatklinik in Madrid, international anerkannt wegen irgendeiner innovativen Methode bei Lebertransplantationen. Die Mutter Antonia Muez kommt aus einer sehr wohlhabenden Bankerfamilie. Hausfrau. Elena hat noch zwei Schwestern und einen Bruder. Beide Schwestern sind unauffällig verheiratet, die eine mit einem Buchhalter in Sevilla, die andere mit dem Besitzer eines Autohauses in Bilbao. Der Bruder ist noch nicht vorbestraft aber mehrfach aktenkundig. Drogen, Schlägereien, einmal nicht nachgewiesener Missbrauch einer Minderjährigen. Nur Elena hat studiert, brach aber ihr Medizinstudium nach sechs Semestern ab und heiratete Adrián Saura. Der damals gerade den Nachwuchspreis für den Entwurf einer Schule bekam."

„Anna, das ist großartig." Pia vibrierte nervös, versuchte mühsam, höflich zu bleiben. „Aber Elena ist tot. Wir müssen nicht mehr in ihrem Leben herumstochern ..."

„Doch." Anna tat sich schwer, Pia Paroli zu bieten. „Wir müssen Elena doch verstehen. Wieso ist sie an diesen Saura geraten. Und wieso ist sie bei ihm geblieben. Ich gehe jede Wette ein, dass ihr Vater die Mutter geschlagen hat, dass die Kinder das miterlebt haben, dass die ganze Ehe und Familie seit Jahren nur noch auf dem Papier besteht. Ich habe Fotos von offiziellen Feiern gefunden, Vara war immer dort, und immer mit einer anderen Frau an seiner Seite. Alle sehr hübsch und sehr jung. Die eigene Frau war es nie."

„Die Eltern kommen her." Dagmar sah auf die Uhr. „Vermutlich im Taxi vom Flughafen zu Elenas Wohnung."

„Dagmar, bitte, das musst du machen!" Anna schob ihr die Computerausdrucke hinüber. „Versuch, soviel wie nur irgend möglich über Elena herauszufinden. Vorgeschichte und Ehe. Alles. Die Mutter wird weinen und kuschen, der Vater wird belfern und abblocken. Bleib trotzdem dran. Okay?"

„Okay", Dagmar sammelte die Blätter ein, strich einmal kurz über Annas Wange und stand auf. „Pia, das Mädchen hier hat gerade unseren Job gemacht."

## 23.

Dagmar winkte ihnen noch einmal zu, bevor sie ging. Sie sahen ihr nach, verlegenes Schweigen. Ich mach nur meinen Job, hätte Anna gern gesagt. Sie bekam plötzlich kein mehr Wort heraus. Sie verstand nicht, wie sie es geschafft hatte, eine so lange Rede zu halten. Und wie sie dazu kam, das Verhalten von Elenas Eltern so genau vorauszusehen. An ihrer Lebenserfahrung konnte es mit gerade mal achtzehn Jahren ja wohl kaum liegen.

Am liebsten wäre sie hinter Dagmar hergelaufen. Sie stand schon auf, da packte Pia sie heftig am Arm, zog sie zu sich herüber und drückte sie kurz an sich. Es war eine etwas unbeholfene Geste, so quer über den Tisch hinweg. Und Pia war auch nicht so ein mütterlicher Typ wie Dagmar, die sie alle am liebsten dauernd geknuddelt hätte. Sie war eher etwas burschikos und beschränkte Lob meistens auf Schulterknüffe oder witzige Bemerkungen.

„Danke“, sagte sie leise. „Dagmar hat völlig recht. Du hast unseren Job gemacht.“ Sie grinste und setzte sich wieder hin. „Eine zweisprachige Gerichtsreporterin, eine brillante Strafverteidigerin und eine altgediente *inspectora* bei der *brigada criminal* haben den Arsch nicht hochbekommen, weil sie sich in Selbstmitleid suhlten.“

„Diesen Schuh zieht sich die Gerichtsreporterin nicht an!“ Janet nahm sich eine neue Zigarette, steckte sie an und lehnte sich zurück. „Höchstens den der Trägheit. Aber da ich noch nicht an seniler Bettflucht leide, brauchte ich ein paar Minuten Schlaf, um mein Hirn wieder zu aktivieren. Da hat es die Jugend leichter." Sie sah zu Barbara und dann zu Anna. „Und ich wette eins zu zehn, dass sich die Eltern von Elena genau so verhalten werden."

„Die Wette gewinnst du", Pia zog ein Blatt Papier und einen Stift zu sich heran. „Anna ist noch sehr jung, aber sie hat viel erlebt und sie sieht genau hin." Sie sah auf und Anna direkt an: „Also was hast du noch?"

„Ich denke", Anna musste sich räuspern, „ich denke, wir können uns so nicht einfach auf Tonis Aussage verlassen, oder auf das, was Josep uns davon weitergibt. Irgendwas lief da zwischen Toni und dieser Elena. Und er wird den Teufel tun und seine Karriere gefährden. Also wird er lügen."

„Genau." Pia hob die Kaffeekanne an, sie war leer. „Ich werde ihn mir vorknöpfen. Und wenn ich ihn foltern und vierteilen muss, das wollte ich schon immer. Will noch jemand Kaffee?"

„Ich schätze, wir haben keine Zeit", Barbara hatte einen Blick auf die Papiere geworfen und erkannte das Logo vom Hospital del Mar. „Ich werde ins Krankenhaus gehen und dort noch einmal das Alibi von Saura überprüfen. Ich bin sicher, er war zwischendurch draußen.

Elena hat seine Schritte auf dem Flur erkannt. Das war echte Panik, das wirkte nicht gespielt!"

„Und versuch auch mal etwas mehr über diesen jungen Arzt Délano rauszufinden, der sich da auf einmal so einen teuren Urlaub leisten kann."

Barbara nickte und stand auf. „Und du?“

„Hintergrund Adrián Saura.“ Janet hatte sich schon ein paar von Annas Computerausdrucken zusammengelegt. „Ich werde den Kerl durchleuchten bis zurück zu seinen Urgroßeltern. Das ist schon mal ein guter Anfang, danke Anna. Aber das wussten wir im Prinzip schon vorher. Sohn aus gutem Hause, früher Erfolg, Stipendien, Preise und so weiter. Und dann die schöne Elena. Der absolute sunnyboy. Da stimmt doch einiges nicht. Er verdient gut, aber er verhält sich, als wäre er steinreich. Er übertreibt, spielt mit uns, lügt wie gedruckt. Er hat Verbindungen. Nicht nur Jorge Carod.“

„Klug durchdacht.“ Pia brachte die Tassen und die Kaffeekanne auf die Küchentheke. Anna konnte sehen, was Pia dachte. Janet würde den Tag bequem am Computer verbringen. Aber auch Pia wusste ganz genau, dass Janet, obwohl die älteste der Llimonas, in Ecken des Internets vordringen konnte, von denen selbst ausgefuchste Hacker noch nicht mal gehört hatten.

Anna schob sich um den Tisch und umarmte Barbara. „Keine Sorge, heute Abend sind wir alle da!“

Janet reagierte nicht, aber Pia fuhr ertappt herum. Sie hatten Barbaras Fernsehshow vergessen.

„Die Zuschauerplätze im Studio sind seit Wochen ausverkauft.“ Barbara war schon an der Tür. „Ist ja auch egal.“

„Nein, Scheiße, ist es nicht!“ Anna schnitt ihr den Weg ab. „Ich komm als dein persönlicher Stilberater und Bodyguard mit. Und die anderen schauen die

Show dann eben hier im Wohnzimmer an."

„Ist ja gut. Ganz ruhig, Brauner." Barbara grinste und zog die Wohnungstür auf. Im Treppenhaus wartete Fritz the cat. Empörtes Mienzen! Barbara nahm ihn auf den Arm und tröstete ihn. „Wie sollen wir denn wissen, dass du hier sitzt? Du musst uns das sagen, wenn du deine Pläne änderst und nicht mehr über die Dächer kommst." Fritz schnurrte, Barbara sah Anna an. „Dabei fällt mir ein. Was hast du eigentlich für heute geplant?"

„Und ich dachte schon, mich fragt keiner", Anna schob sich an Barbara vorbei. „Ich frage noch mal in der Nachbarschaft vom Arc de Triomf herum. Irgendjemand hat ja vielleicht doch etwas beobachtet. Das kann ja nicht so ganz einfach gewesen sein, die Kamera im Baum anzubringen."

„Genau. Und, wer immer das war, er kennt sich aus mit elektronischem Spielzeug." Janet kontrollierte ihre kleine Digikamera, ihr Tonbandgerät und die Zigarettenvorräte in ihrer Beuteltasche.

Sie standen alle im Flur vor der Wohnungstür, bereit zum Abflug, aber keine von ihnen wollte den Anfang machen.

„Wir brauchen seinen Namen und eine Verbindung zu Adrián Saura." sagte Pia, als das Telefon läutete. Pia stand am nächsten und nahm ab. „Llimona 5, digame!" Dann sagte sie nichts mehr. Hörte nur zu. Drehte sich weg. Hörte immer noch zu. Sagte: „Du bist nicht nur völlig übergeschnappt! Du bist auch ein ... vergiß es!" Sie legte auf und drehte sich zu ihnen herum. „Josep. Dieser Arsch. Wir hatten recht.

Er steht voll auf seiner Seite: Adrián Saura ist absolut unschuldig. Haha. Er hat Alibis für alle in Frage kommenden Zeiten. Bravo! Er ist technisch völlig unbegabt, der Ärmste, selbst die e-mails muss die Sekretärin für ihn ausdrucken.“

## 24.

Sie waren wütend, sie waren geladen. Sie rannten die engen Treppen zu Fuß hinunter, und als sie den Pati de Llimona durchquert hatten, war auch Barbara putzmunter. Bis zur Placa del Regomir konnten sie noch zusammen gehen. „Alle Handys geladen?“ fragte Pia, aber das war eher ein Reflex. Sie nickten, schlugen noch einmal die Hände aneinander. Dann rannte Pia nach rechts in die Cometa und weiter zur Laietana.

Barbara war froh, noch ein paar Minuten mit Anna allein zu sein. Mit irgendjemandem musste sie über Felip und seine Rosenarie reden. Anna blieb vor der großen rot-weiß geringelten Lutschstange stehen, die eine öffentliche Garage anzeigte. „Du weißt, dass da drin Pias alter Renault steht. Verrottet und verrostet?“

„Der ist seit Ewigkeiten nicht benutzt worden.“ Barbara dachte daran, wie Janet zuletzt ihren alten Seat entsorgt hatte. Laut eigenen Heldenerzählungen hatte man früher seine alten Autos einfach verbuddelt oder ins Meer gekippt, sie hatte ihn einfach mitten auf der Straße stehen und abschleppen lassen.

„Pia hasst dieses Auto.“

„Weil es nie anspringt. Oder mittendrin wieder absäuft. Aber das sind Kleinigkeiten.“ Barbara hatte von der Zeit, als die fünf Llimonas sich zusammenfanden, nicht viel mitbekommen. Sie lag mit schwersten Verbrennungen und unter doppeltem Mordverdacht im Krankenhaus. Aber bei ihren vielen gemeinsamen Essen und *fiestas* wurde oft genug über die aufregenden ersten Stunden und Tage geredet. Auch über Anna, die als Letzte dazukam. Die auf ihrer Flucht von Ibiza eine Zeitlang in Valencia gelebt, geliebt und in einer Autowerkstatt gearbeitet hatte.

„Du meinst, du könntest es reparieren?"

„Ich hab's mir in den letzten Wochen mal vorgenommen." Anna schaute in Richtung Cometa, in der Pia verschwunden war. „Ich hab's mit einem Roller versucht und mit einem Fahrrad. Aber in Barcelona kommst du damit nicht wirklich weiter. Zu groß die Stadt. Du bist auf Verbund oder Taxis angewiesen. Oder eben ein Auto." Sie holte tief Luft. „Ich war öfter mal hier, hab ein bisschen dran gearbeitet. Hab ein bisschen von meinem Geld reingesteckt. Das ist jetzt ein richtig supergutes Auto!"

„Aber Pia weiß nichts davon."

„Sie hat neulich in den Bankauszügen die Abbuchung für die Garage in der Hand gehabt. Und wollte das Auto sofort verschrotten."

„Dann rede doch mit ihr. Ich denke mal, sie wäre glücklich, wenn wir endlich ein funktionierendes Auto hätten."

„Das außer mir kein Schwein haben will. Und ich hab noch nicht mal den Führerschein!" Anna kickte ein Steinchen über das Pflaster. Barbara verstand sie. Nur zu gut.

„Anna, du redest mit Pia. Und zwar schnell, bevor sie den Garagenplatz kündigt. Und dann machst du eben einfach diesen blöden Führerschein. Aus die Maus."

„Ich hab aber immer das Gefühl, dass ich mich

besser zurückhalten sollte, dass ich zu jung bin ...“

„Ja, weiß Gott!“ Barbara spuckte fast, weil das sich so genau mit ihren Gefühlen deckte. „Ist aber dummes Zeug. Jeder von uns hat seine Fähigkeiten. Und Jugend ist ja nicht immer nur ein Nachteil. Du hast erst heute bewiesen, dass du den Überblick hast. Und da warst du ziemlich allein.“

„Ehrlich?“

„Ehrlich!“

„*Si, senora, si, si*! Wir müssen einfach mehr Selbstbewusstsein haben!“ Anna strahlte, umarmte sie und rannte davon in Richtung Comtessa, Rosa und Ramblas.

Barbara blieb allein zurück. Allein mit ihren eigenen guten Ratschlägen. Ein Taxi fuhr langsam vorbei, sie nahm es nicht. Das Hospital del Mar konnte warten. Sie lief hinter Anna her und erwischte sie an der Escudellers, auf dem Weg zur Placa Reial.

„Anna!“

Anna erschrak, blieb aber stehen. Barbara holte keuchend auf. Und erst da fiel es ihr auf, dass Anna in die falsche Richtung gelaufen war. Die Straßen um den Arc de Triomf, in denen sie die Nachbarn von Elena befragen wollte, lagen genau entgegengesetzt.

„Trinken wir einen Kaffee?“

Anna schwieg, widersprach aber auch nicht. Sie gingen nebeneinander weiter. Sonntagmorgen. Barcelona war fremd um diese Zeit. Vor den Durchgängen zur Placa Reial standen Lieferwagen, an ihnen drängten sich Touristen mit ihren Stadtplänen und Fotoapparaten vorbei. Aber die meisten interessierten sich nicht für die klassische Schönheit des Arkadenrechtecks mit den königlichen Bauten rundum, den hohen Palmen, den von Gaudí entworfenen Eisenlaternen, den Cafés und den Tauben. Am Sonntagmorgen waren die meist alten Männer das exotische Motiv. Der ganze Platz war voller langer Tische. Große Alben mit Hunderten runder, bunt glitzernder Metallkappen für Sektkorken. Sorgsam geordnet und aufgereiht. Kein Mensch fragte, wer all den *cava* getrunken hatte. Die meisten Kappen sahen neu aus, als kämen sie frisch aus der Sektkellerei. Alle Marken Spaniens waren vertreten, aber natürlich vor allem die berühmten Kellereien des Penedés. Es schien da wie bei Briefmarken auch Sonderausgaben geben oder teure Einzeldrucke. Zwei der Männer tauschten unter aufgeregtem Palaver zwei der kleinen Kappen mit gewellten Rändern aus, ohne sie aus ihren Plastikhüllen zu nehmen.

„Verstehst du, um was es da geht?" fragte Anna. Barbara dachte an Felip und die Rosen.

„Nicht wirklich." Sie hatte einen freien Tisch in einem der Cafés, die schon geöffnet hatten, entdeckt und steuerte darauf zu. Anna setzte sich, sah sie nicht an, schien immer noch an den alten Männern interessiert.

„Du wunderst dich, warum ich nicht zum Arc de Triomf unterwegs bin."

„Du bist schon seit Jahren scharf auf die goldene Korkenkappe der ersten Freixenet-Flasche von 1894."

„1849. Der alte Mann, der das Ding besitzt, will aber nicht verkaufen."

„Du planst einen bewaffneten Überfall!“

Der Kellner kam vorbei, Barbara bestellte sich einen café con leche, Anna nahm eine Cola und ein Croissant mit Schokolade. „Oder du hilfst mir. Dann könnten wir das ganze Album rauben.“

„Erstausgaben aus dem neunzehnten Jahrhundert.“

„Mit künstlerisch wertvollen Motiven aus der spanischen Geschichte.“

„Okay.“

Der Kellner brachte die Getränke und das Croissant. „Okay?“ Anna biss hungrig hinein, etwas Schokolade blieb an ihrem Kinn hängen.

„Okay. So wie *vale*, passt schon, ich mach mit.“

Anna biss noch einmal ab, kaute und spülte mit Cola nach. Anna konnte ungeheure Mengen verdrücken, sie aß nicht, sie schien das Essen eher einzuatmen.

Schwieg.

Barbara sah ihr zu, wie die das Croissant verdrückte, den vorbeischlurfenden Kellner anhielt und noch ein Croissant mit Marmelade bestellte. „Du hast da was ...“ Barbara zeigte auf ihr Kinn, Anna wischte sich nachlässig die Schokolade ab.

„Danke.“

Barbara verstand. Das Danke bezog sich nicht auf ihr Hilfsangebot, es bezog sich nur auf die kleine Höflichkeitsgeste. Der Kellner brachte das Croissant mit rot hervorquellender Kirschmarmelade an den Tisch und zwinkerte Anna zu. Sie bemerkte es nicht. Aß. Schwieg. Barbara trank ihren Kaffee aus.

„Also ... was immer du vorhast, du willst mich

nicht dabeihaben. Soll ich gleich gehen, oder willst du erst darüber reden?"

„Reden." Anna wischte sich den Mund ab und trank die Cola aus. „Der Tisch dort drüben beim Durchgang zur Zubano, gleich der erste links, siehst du den?"

„Der Alte mit dem weißen Bart?"

„Die meisten hier sind älter, aber es gibt auch ein paar jüngere. Alles nur Männer. Es gibt Kataloge, Börsen und sogar Seiten im Internet. Dieser Mann dort heißt Ignacio Burzaco."

„Müsste ich ihn kennen?"

„Nein; ich bin ganz zufällig auf seinen Namen gestoßen. Er war auch mit Adrián Saura und Jorge Carod auf derselben Schule. Er hat mit ihnen zusammen Abitur gemacht, und sie waren während des Studiums und danach, als sich ihre Wege trennten, befreundet."

„Das heißt, der Alte dort ist gar nicht so alt?"

„Sechsundvierzig."

„Hat studiert und war mal was besseres."

„Medizin. Er ist Gynäkologe und hatte bis 1987 eine gut gehende Praxis in der Diagonal."

„Abtreibungen?"

„Damals noch total illegal.

„Lass mich raten. Verfahren und Berufsverbot?"

„Er war wohl sehr diskret und wohl auch sehr gut. Bekannt und beliebt bei den Damen von Barcelonas Oberschicht. Er hat einen Haufen Geld gemacht, das meiste davon schwarz. Ein paar der gesetzestreuen Kollegen hatten ihn schon lange im Visier, es gab einige Untersuchungen und Anzeigen, aber Burzaco konnte sich immer wieder rauswinden. Das Genick hat ihm schließlich die Anzeige des empörten Gatten einer Patientin gebrochen."

„Reich und prominent."

„Das gab damals einen Riesenwirbel in den Medien. Prozess um den Abtreibungsarzt! Schlagzeilen und Talkshows. In den Kirchen wetterten die Pfarrer, und auf der Diagonal vor seiner Praxis gab es lautstarke Demos, fromme alte Betschwestern und Priesterschüler gegen junge Frauen und Studenten. Die ganze Abtreibungsdebatte wurde extrem hochgekocht."

„Und dieser Burzaco wurde zum Sündebock gemacht und zerrieben."

„Genau. Er wurde die ganze Zeit über offensichtlich von seinem Kumpel Carod verteidigt, der stieg aber plötzlich aus. Ich vermute mal, als die ganze Sache wirklich brenzlig wurde, dachte der erstmal an seine eigene Karriere."

„Und Burzaco ging unter."

„Mit Donnerhall. Die wollten an ihm ein Exempel statuieren und haben ihn richtig fertig gemacht."

„Aber er hatte doch Geld?"

„Die Luxuspraxis war hoch verschuldet, er hatte eine Wohnung im Eixample und ein Sommerhaus in Gerona. Alles noch nicht abbezahlt. Seine Frau hat die Kinder und den Rest genommen und ihn verlassen. Eine Zeitlang hat er als Pharmavertreter gejobbt, aber da war er offenbar nicht sonderlich erfolgreich. Heute ist Abtreibung längst legal, aber Burzaco ist kaputt. Er bekommt Sozialhilfe und macht vielleicht hier und da kleine Nebengeschäfte."

„Und du vermutest jetzt, er ist sehr schlecht auf Carod und Saura zu sprechen und plaudert vielleicht etwas aus?"

Anna nickte. Der Kellner schlurfte an ihrem Tisch vorbei und sah Anna erwartungsvoll an, sie nahm ihn nicht wahr.

„Es ist nicht mehr als so ein dumpfer Verdacht. Du siehst es nicht, aber ich merke das sofort. Der Mann ist auf H. Heroin. Seit langem und regelmäßig. Ich seh's daran, wie er dasteht, den Bewegungen, seinen Augen, an der Art, wie er die anderen wahrnimmt. Und sich dauernd umschaut. Lange Ärmel bei der Hitze. Er ist klapperdürr und sieht alt und krank aus. Aber nicht so kaputt, wie einer, der sich den Bedarf täglich zusammenstehlen muss."

„Du meinst, er dealt?"

„Schätze ich mal, ja."

Vor dem Restaurant neben dem Tisch Burzacos wurde ein Pappkoch mit Speisekarte herausgeschoben, und Barbara konnte ihn nicht mehr so genau sehen. Der Platz belebte sich immer mehr, direkt vor ihrem Café bauten sich drei Musiker auf. „Wieso hast du nichts davon gesagt?"

Anna schnaufte tief auf. „Du weißt, weshalb."

„Blödsinn."

„Es ist kein Blödsinn. Du weißt genau, dass ich mal ein Junkie war. Ich war abhängig, ich war süchtig ..."

„ ... und du bist aus eigener Kraft clean geworden und geblieben."

„Ich war süchtig, verstehst du. Das wird man nicht los. Die Gefahr bleibt. Ich hab das immer im Kopf, immer. Und, wenn ich Pia wäre oder Dagmar, dann würde ich mir einen Auftrag in diesem Milieu auch nicht geben. Nicht mir allein. Ich würde mir jemand zur Seite stellen. Dich zum Beispiel."

„Da ticken die beiden aber anders. Die haben Vertrauen zu dir."

„Und wieso bist du dann hier?"

„Das ist doch Quatsch! Anna, das war ein Zufall ..."

„Ahja? Aber das Hospital del Mar ist nicht wirklich hier, oder?"

Ich wollte erstmal in die Boqueria, dachte Barbara. Nachfragen, ob man dort nach Marktschluss Rosen oder Rosenblätter billig abräumen kann, oder ob eine große Menge geklaut worden ist. Ob da ein gewisser Felip gejobbt hat. Ich hab meine eigenen Probleme. Ich hab Angst. Ich würde gern mit jemandem darüber reden.

Sie schwieg. Anna hätte ihr jetzt sowieso kein Wort geglaubt. Sie war voller Misstrauen, in ihrer eigenen Geschichte gefangen. Barbara stand auf. „Tut mir leid. Ich dachte, wir könnten uns vertrauen."

Anna blieb sitzen. Schwieg. Sah ihr nach. Barbara drehte sich noch einmal kurz um. „Und keine Sorge. Ich weiß von nichts, und ich rede mit keinem!"

## 25.

„Der ...“, Räuspern, „ ... kräftige *senor* dort drüben.“

Silverio Vara war leicht zu erkennen. Er war gewaltig. Groß und dick, mit einem kahlen Riesenschädel, der vor Hitze und Anstrengung dunkelrot glänzte. Ein knapp sitzendes Hemd in Übergröße gab dunkel behaarte Arme frei. Schaufelgroße Hände, in denen die Kaffeetasse verschwand, und denen man filigrane Operationen kaum zutraute.

Dagmar bedankte sich beim Hotelportier und ging langsam an den Platanen und weißen Sonnenschirmen des Colóm vorbei bis zum letzten Cafétisch. „Senor Vara?“

„Hm?“ Es klang wie ein Knurren, er schaute nicht auf. Nur die Frau neben ihm hob kurz den Kopf. Schmal und zierlich in einem Sommerkleid aus Rohseide. Sie musste einmal sehr schön gewesen sein, aber jetzt wirkte sie nur grau und eingefallen, neben dem Riesen fast unsichtbar. Dagmar beschloss, sich mit Titel vorzustellen.

„Doktor Warwitz. Ich ...“

„Wir müssen im Hotel wohnen“, die Stimme der Frau klang dünn, so als würde sie selten sprechen, erinnerte aber an Elenas Stimme. „Die Polizei gibt Lenas Wohnung nicht frei. Sind Sie von der Polizei?“

„Ich war die Anwältin Ihrer Tochter.“

„Sie sind keine Spanierin.“ Er sah immer noch nicht auf. Dagmar zog einen Stuhl heraus, lächelte die Frau an und setzte sich.

„Darf ich mich kurz zu Ihnen setzen? Danke. Ich

bin naturalisierte Spanierin und hier als *abogada* zugelassen. Der Tod Ihrer Tochter tut mir unendlich leid."

Wieder das Knurren, die Pranken stellten die leere Kaffeetasse ab. Die Augen der Frau wurden feucht, ihr Gesicht bewegte sich nicht.

„Ich bedaure sehr, Sie in Ihrer Trauer zu stören, aber ich denke, wir haben ein gemeinsames Ziel."

„Und das wäre?!" Vara hob plötzlich den Kopf und sah sie direkt an. Seine Augen waren nicht braun sondern blau. Eisblau. Ein Blick von intensiver Intelligenz. Scharf, genau, böse. Dagmar fröstelte. So hatte Warwitz sie angesehen, wenn er wieder einmal seinen Willen durchsetzen wollte. Sie zwang sich, dem Blick standzuhalten. Dieser Mann hatte seine Frau und die Kinder nie geschlagen. Er hatte ganz andere Mittel.

„Ich denke, wir alle wollen den Mörder Ihrer Tochter finden und überführen."

„Warwitz? Ahja. Wo waren dann Sie? Sie sind, soviel ich gehört habe, nicht nur Anwältin, Sie schimpfen sich auch Privatdetektivin, richtig?" Er stieß wieder ein Knurren aus. „War es dann nicht Ihre Aufgabe, meine Tochter zu beschützen?!"

„Ja. Das war es." Dagmar starrte immer noch zurück in diese eisblauen Augen. Sie wurden stecknadelklein, schwollen zu blauen Ballons an und schrumpften wieder. Dagmar senkte den Blick nicht. „Aber bedauerlicherweise hat Ihre Tochter den Vertrag mit uns gelöst. Sie lehnte jeden Schutz, jede Überwachung ab, sie drohte sogar mit Maßnahmen. Wir hatten keine andere Wahl."

„Ha!" Das Knurren, eine Oktav höher. „Juristische Winkelzüge. Sie hat Ihnen ja ganz offensichtlich nicht mehr getraut! Aber mir kommen Sie so leicht nicht davon!" Er winkte dem Kellner und bestellte sich eine kalte Schokolade. Keine Frage an seine Frau oder an Dagmar. Auch der Kellner verbeugte sich und verschwand, ohne nachzufragen.

Dagmar schwieg. Der Platz vor der Kathedrale füllte sich, Menschentrauben vor den Ständen mit *tapas*, Gebäck und Getränken, die Musik dröhnte lauter, die ersten Kreise zum Sonntagstanz bildeten sich. Vara hatte keine Mühe, seine Stimme darüber zu heben. „Sie werden für Ihr Versagen geradestehen! Sie persönlich. Und diese dämliche Firma, Llimona sonstwas. Ich habe Geld, Verbindungen und die besten Anwälte Spaniens. Und Kataloniens. Wenn ich mit Ihnen fertig bin, werden Sie froh sein, wenn Sie noch Tickets in der U-Bahn verkaufen dürfen."

Das war einer zuviel. Dagmar fröstelte nicht mehr, sie schwitzte. Der Stuhl war eng, sie war durstig, und sie sah nur die kleine dünne Frau neben diesem behaarten Riesen. Lächelte freundlich. „Ahja? Hier in Barcelona holen wir die Dinger aus dem Automaten. Ich fürchte, Sie werden einen anderen Job für mich suchen müssen."

Pause. Dann wieder das Knurren, tief diesmal.

„Nein ... bitte ..." die Frau machte eine abwehrende Handbewegung. Varas Schädel bekam die Farbe einer angefaulten Aubergine. Aber bevor etwas noch Dramatischeres passieren konnte, wurde er unterbrochen. "Papá. Mamá!" Adrián Saura stand plötzlich an ihrem Tisch. Dagmar hatte ihn weder gesehen noch gehört. Und sie hätte ihn kaum wieder erkannt. Frisch geduscht und gebügelt. Noch etwas irritierte sie, aber sie konnte es im Moment nicht einordnen. Blieb sitzen und versuchte, sich unsichtbar zu machen.

Die kleine Frau und der Riese sprangen auf und umarmten Saura. Es war eine rührende Szene.

„Mein Junge ..."

„Adi, mein Sohn ..."

„Es ist so schrecklich!"

„Es tut mir so leid!"

Tränen und viel Herzlichkeit. Das alles wirkte durchaus überzeugend, aber doch auch irgendwie gespielt und zu dick aufgetragen. Dagmar konnte kaum hinschauen, und hätte sich am liebsten unauffällig verdrückt.

Zu spät.

Saura bemerkte sie. Löste sich von seinen Schwiegereltern und ging auf sie los. Ungespitzt: „Was willst du denn hier, du verdammte Nutte. Du bist doch Schuld, dass meine süße Elena jetzt tot ist ..."

„Nein!" Dagmar stand auf, wich ihm aus und trat ein paar Schritte zurück. „Nicht ich bin Schuld. Nicht ich habe Elena jahrelang bedroht, erpresst und geschlagen. Nicht ich, Senor Saura!"

Sie wandte sich ab, noch bevor jemand antworten konnte. Stolperte, als sie auf den Platz vor dem Hotel trat. Und sah nicht mehr zurück, bis sie endlich hinter dem Café mit dem tanzenden Bischof verschwinden konnte.

Kein guter Abgang. Egal, Hauptsache, sie war weg.

Das Elternpaar von Elena jagte ihr Angst ein, und dieses süßliche Getue mit dem Mann, der ihre Tochter regelmäßig verprügelt hatte, war nicht mehr zu ertragen.

Dagmar ging ein Stück die Bisbe hinunter, als ihr Handy sich meldete. Mónica Vidal. „Dagmar, es brennt. Können wir uns sofort irgendwo treffen? Wo bist du?"

„Ich bin gerade kurz vor der Placa de Sant Jaume. Und du?"

„Im Rathaus", Mónica lachte, „direkt neben dir sozusagen. Kommst du zum Haupttor?"

„Ja, *claro*, bin schon da."

Dagmar schaltete das Handy aus und ging das kurze Stück zum Rathaus hinüber. Auch hier auf dem Platz vor dem Ajuntament war keine Spur von Sonntagsruhe. Die hohen Gebäude rund um den Platz waren fahnengeschmückt, neben dem Rathaus wartete eine Reihe schwarzer Limousinen und gleich dahinter Polizeiautos in Doppelreihen. Ein Staatsbesuch offenbar, Dagmar konnte die Flaggen nicht entziffern. Bunt mit einem kleinen runden Ding in der Mitte. Aserbeidschan? Schon eher Costa Rica ...

Mónica wartete bereits ungeduldig vor dem Rathaus, nahm sie am Arm und zog sie mit fort. „Wir müssen schnell weg hier. Bevor die alles absperren."

„Für wen?"

„Keine Ahnung. Irgend so ein Potentat aus fernen Ländern." Mónica lachte nicht, zerrte nur weiter an Dagmars Arm. Sie hatte Cowboystiefel mit bunten Ziernähten an, einen weit schwingenden Rock in Patchworkmustern und das Spiegelwestchen über einem knallroten T-Shirt. Das kurze Meckihaar schimmerten heute silbern.

„Heh, bitte!“ Dagmar schnaufte auf und riss sich los. „Alte Frau ist doch kein D-Zug!“ Mónica blieb stehen, etwas verwirrt.

„Du bist doch nicht alt! Und D-Zug? Ist das eins von euren deutschen Sprichwörtern?“

„Du hast gesagt, es brennt. Um was geht es?“

Mónica wich in einen Hauseingang zurück. „Saura. Adrián Saura. Er verlangt seinen Sohn zurück.“

„Wie?!“ Plötzlich wusste sie, was ihr an Saura aufgefallen war. Er hatte sich den Schnauzbart abrasiert. Seine Oberlippe war zu kurz. „Den kleinen Isi?“

„Genau den.“

„Wie, er verlangt ihn zurück?“ Dagmar verstand nicht, sah nur das Gesicht von Mónica, plötzlich alt unter dem Silberhaar.

„Er ist der Vater, der gesetzliche Vormund. Der letzte überlebende Elternteil. Dieser Mann, der seine Frau, die Mutter des Kindes regelmäßig verprügelt und dann auch noch erstochen hat. Ja, dieser Mann. Verlangt jetzt seinen Sohn zurück.“

„Aber das ist unmöglich! Die Polizei ermittelt ...“

„Die Polizei hat nichts gegen ihn gefunden. Saura hat Alibis für alle nur in Frage kommenden Zeiten. Überprüft und abgesichert. Er ist unschuldig, das ist nachgewiesen. Er ist nichts weiter als ein trauernder Witwer und besorgt liebender Vater.“

„Das darf doch nicht wahr sein!“ Dagmar holte ihren roten Fächer hervor und ließ ihn wütend aufschnalzen. Mónica schien die Hitze nichts auszumachen.

„Es ist aber wahr. Carod hat jeden mobilisiert, den er trotz Wochenende nur erreichen konnte. Isidre muss an den Vater zurückgegeben werden. Notfalls mit Polizeigewalt."

„Aber das ist doch grotesk. Ihr könnt diesem Mann doch nicht das Baby ausliefern, das seine ermordete Mutter vor ihm schützen wollte!"

„Grotesk. Da sagst du ein wahres Wort. Aber so ist das nun einmal. Keinerlei Beweise, der Mann ist unschuldig. Und als Vater hat er seine Rechte, Punkt."

„Und du kannst nichts tun?"

„Niemand weiß, wo Isi sich im Moment aufhält. Niemand außer mir. Und ich bin unerreichbar, unauffindbar. Aber diesen Zustand kann ich natürlich nicht mehr lange durchhalten."

## 26.

Gleich hinter der Placa de L'Angel gab es eine öffentliche Telefonsäule, und Pia stellte erfreut fest, dass weder der Hörer abgerissen noch der Kartenschlitz mit Kaugummi verklebt war. Sie wollte jetzt auf keinen Fall ihre Handynummer auf dem Display eines Polizeitelefons hinterlassen. Sie wählte Tonis Durchwahl, war aber nicht überrascht, als sich wichtigtuerisch Silvi meldete: „Prefectura Superior, Apparat Botía. *Digame*!"

„Hola?" Pia schraubte ihre Stimme zu einem hohen Kleinmädchenpiepsen hoch. „Ich möchte bitte mit Toni sprechen?"

„Wer ist da?" Silvi klang schon etwas weniger freundlich. Pia schluchzte leise auf.

„Greta. Er hat gesagt, ich soll ihn anrufen. Es ist wichtig!" Pia zog das i etwas hoch. Vorsicht, nicht übertreiben. Aber Silvi merkte nichts.

„Er ist noch nicht da. Aber er kommt gleich. Kann ich ihm etwas ausrichten?"

Pia hängte schnell ein, Silvi war zwar blöd, aber vielleicht doch nicht ganz schwachsinnig.

Pia rannte über die Laietana, sprang gerade noch auf einen Bus und blieb neben der Tür stehen. Zwei Stationen weiter stieg sie wieder aus. Fast genau gegenüber dem prunkvollen Bau des Polizeipräsidiums. Hier waren vor allem Bürogebäude, die meisten modern. Verglaste Fassaden, verschlossene Durchgänge. Wie immer um diese Uhrzeit staute sich der Verkehr in der breiten Laietana auf allen Fahrbahnen.

Dazu noch die Linienbusse und bunte Doppeldecker Touristenbusse.

Von hier aus konnte Pia den Eingang der *prefektura* nicht im Auge behalten. Sie lief ein Stück weiter zur nächsten Fußgängerampel und wartete auf grün. Wartete. Wenn Toni gerade jetzt kam, erwischte sie ihn nicht mehr. Sie hob eine Hand und sprang zwischen den hupenden Autos über die Fahrbahn. Reifenquietschen und wütendes Hupen. In Barcelona reagierten die Autofahrer manchmal sehr ungehalten auf unerwartete Fußgänger.

Soweit Pia sich erinnerte, wohnte Toni in so einem neuen Apartmenthaus mit Swimmingpool auf dem Dach jenseits der Diagonal. Und er hatte eine ziemlich erotische Beziehung zu seinem Auto, laut letzten Infos ein silberner Audi Cabrio. Tonis Eltern schossen regelmäßig und großzügig Geld zu seinem nicht so üppigen Gehalt eines *inspectórs* der Mordkommission dazu. Das hieß also, er würde von Norden her die Laietana herunterkommen, auf der Seite der *prefectura*.

In der Einfahrt standen ein Polizist, den Pia noch nie gesehen hatte und Manolo aus Malaga. Sie begrüßte ihn herzlich. „Hola, Manolo. Alles im grünen Bereich?"

„Alles klar." Manolos rundes Gesicht strahlte, als er sie sah. „Bei Ihnen auch?"

„Wie immer." Pia streckte auch dem anderen Polizisten die Hand hin. „Ich bin Pia Cortes. Und du?"

„Pia war früher *inspectora* bei uns!" ergänzte Manolo stolz, „M*uy simpática*!" sein Kollege schüttelte Pias Hand nur zögernd.

„Angel Lopez. Sehr erfreut."

Lopez war ein Großstadtjunge, nicht so ein Landei wie Manolo. Pia beschloss, ihre Taktik zu ändern. Offene, wenn auch leicht gefälschte Karten: „Sagt mal, eigentlich war ich hier mit Toni Botía verabredet. Aber der scheint sich heute zu verspäten ..." Sie lag richtig. Manolos Gesicht verschloss sich, er konnte Toni nicht ausstehen, Angel hingegen entspannte sich.

„Inspectór Botía ist noch nicht im Haus."

„Alles klar, danke Jungs."

Pia wollte gerade ein paar Schritte weitergehen, als halb in der Einfahrt ein Taxi hielt. Toni. Weiße 7/8-Hosen, Sneaker über nackten gut gebräunten Knöcheln und ein dottergelbes Polohemd von Lacoste. Pia war mit zwei Sätzen zwischen Toni und seinen uniformierten Kollegen. „*Hola*, Toni, da bist du ja!"

Toni wurde blass unter seiner Sonnenbräune, wich aus und versuchte, an ihr vorbei zu kommen, aber er musste zuerst noch das Taxi zahlen. Pia machte sich breit. „Ist dein schönes Cabrio kaputt?" Sie hakte sich bei ihm ein und zog ihn ein Stück weiter in die Einfahrt hinein. „Das tut mir aber leid."

Toni hätte massiv werden müssen, um sie los zu werden. Aber dafür kannte er sie zu gut. Sie hatte schon früher immer beim Nahkampftraining gewonnen. Er gab auf, hob beide Arme. „Ist ja schon gut. Du kannst mich loslassen. Oder willst du mich vergewaltigen?"

„Nur unter Drogen. Können wir reden?"

„Von mir aus auch das …“ Toni grinste. Er hatte ein hübsches, wenn auch etwas weiches Gesicht, und seine Arroganz zog er nicht aus beruflichen Erfolgen sondern immer noch aus seiner Oberklassenherkunft. „Gleich hier in der Einfahrt?“ sein Grinsen wurde breiter. „Das ist dann aber billiger!“

„Gehen wir ein Stück weiter.“ Pia blieb kurz hinter ihm, aber jetzt machte er keinen Versuch mehr, auszuweichen. Sie winkten Angel und Manolo zu und waren im hinteren Teil der Durchfahrt. Zwei Mannschaftswagen kamen heraus, Pia und Toni warteten auf dem schmalen Seitenstreifen, bis sie wieder allein waren. „Also. Jetzt pack mal aus.“ Pia stand so, dass sie Toni den Fluchtweg zurück zum Eingang ins Präsidium versperrte.

„Was soll ich auspacken?“

„Komm, Toni, stell dich jetzt nicht noch blöder als sowieso schon. Was war das gestern mit Elena Saura?“

„Ich hab nichts damit zu tun!“ Tonis Selbstsicherheit schwand. „Das hab ich alles schon Josep gesagt.“ Seine Stimme stieg leicht an. „Und du hast hier überhaupt kein Recht, rumzuschnüffeln!“

„Aber Toni, ich frage dich doch nur ganz kollegial, was du mit dieser Elena zu tun hattest. Ich möchte es einfach besser verstehen. Du kennst doch Janet. Sie ist Journalistin, und sie bauscht immer alles gleich so auf. Stimmt das denn, du hattest eine Affäre mit der ermordeten Elena?“

„Nein!“ Toni schrie auf und schaute sich sofort hastig um, ob ihn auch keiner gehört hatte. Senkte die Stimme. „Da war nichts. Ich schwör’s dir! Ich fand sie nett, das stimmt schon, und sie hat mit mir geflirtet. Ehrlich, sie hat mich richtig angemacht."

„Sie war älter als du?"

„Dreißig. Das ist doch nicht alt." Toni war siebenundzwanzig. Pia ließ ihn weiterreden. „Sie hatte was. Eleganz, Stil. Und doch so eine Art von Verletzlichkeit. Du kannst das nicht verstehen ..."

„Josep aber schon."

„Klar. Er ist ein Mann." Das Grinsen kam wieder hoch. Pia schnitt es ab.

„Was wollte sie von dir?"

„Nichts. Wieso ..." Toni stotterte, Pia hakte nach.

„Komm, Toni, du weißt doch selber ganz genau, dass Elena in einer ganz anderen Liga getanzt hat. Sie hat dich angemacht, weil sie etwas von dir wollte. Und du bist wie ein Hündchen zu ihr in die Wohnung gehopst und hast fröhlich Gimlet getrunken und Benson&Hedges geraucht."

Toni sank gegen einen der Seitenpoller, ohne auf seine weiße Hose Rücksicht zu nehmen. „Ich hab doch nichts getan."

„Du hast dich als ermittelnder *inspectór* privat mit der observierten Person eingelassen. Du hast dich heimlich und nach Dienstschluss mit ihr getroffen. Und, verdammt nochmal, wenn du sie nicht umgebracht hast, dann warst du zumindest der Letzte, der sie lebend gesehen hat!"

„Nein ..."

„Was also ist vorgefallen?!"

„Nichts!"

Ein Stück weiter vorn kamen ein paar Kollegen

aus dem Gebäude und liefen zur Straße vor. Keiner schaute in den Durchgang zurück.

„Toni." Pia beugte sich zu Toni vor. „Du hast genau zwei Möglichkeiten. Entweder, du bleibst bei deinem Nichts, und ich lass' dich hochgehen. Das wäre dann das unrühmliche Ende deiner Karriere in der Prefectura. Oder du redest mit mir, und das meiste bleibt unter uns."

„Du redest ja doch. Mit Josep."

„Hör zu Toni. Wir kennen uns jetzt seit gut fünf Jahren. Wir mögen uns nicht, okay. Aber habe ich jemals mein Wort gebrochen?"

Toni schaute nicht auf. Unter seinen Achseln färbte sich das gelbe Lacostepolo dunkel. Pia hatte fast schon Mitleid mit ihm. Sie legte ihm leicht eine Hand auf die Schulter.

„Sie hat dich angeflirtet, schon während der ganzen Voruntersuchungen. Hat dir einen Drink angeboten und hat dich um Hilfe gebeten. Ihr habt Telefonnummern ausgetauscht. Du hast nicht mehr daran gedacht, dass du im Dienst bist, dass sie einen scheißeifersüchtigen Ehemann hat. Dir war alles egal. Du warst nur noch heiß auf diese schöne reiche Schnecke."

„Sie war schön!"

„Kann man so sehen."

„Und sexy."

„Sicher. Sie hat dich also angerufen. Was hat sie gesagt?"

„Sie ... sie wollte nicht allein sein. Sie hatte Angst."

„Und du hast dir wirklich eingebildet, dass sie nur

auf dich wartet, um sich beschützen zu lassen?"

Toni nickte, die gelbe Lacosteschulter unter Pias Hand glühte. „Ja, irgendwie schon. Von so was träumt man doch als Mann."

„Und dann?"

„Zuerst war das ganz toll. Sie hat mir einen Drink gemixt, sie hat mir Komplimente gemacht, dass ich ihr gleich aufgefallen sei, dass sie Stil und Herkunft wittern könne ..."

„Hübsches Kompliment. Und dann?"

„Dann hat ihr Telefon geläutet. Sie ging ran, und plötzlich war alles anders. Sie war völlig verändert. Sie hat mich praktisch rausgeschmissen. Einfach so. Wie einen kleinen Bittsteller. Sie hat nichts erklärt, sondern nur die Dona gespielt, die einen Domestiken vor die Tür setzt."

„Wer hat angerufen?"

„Keine Ahnung. Sie hat nur ‚ja, ja, ist gut' gesagt."

„Und du bist gegangen."

„Ja, logisch. Ich hab auch meinen Stolz." Toni richtete sich wieder etwas auf.

„Du warst aber stocksauer. Du hattest dich auf eine heiße Liebesnacht eingerichtet. Du bist nicht gleich heim, oder?"

Toni wich ihrem Blick aus, aber Pia wusste genug.

„Du hast noch ein bisschen auf der Straße vor ihrem Haus rumgelungert, stimmt's?"

„Ich wollte wissen, wer so spät nachts anruft, und wer sie dann noch besucht."

„Und? Wer war's?"

Toni sah zur Seite, auf Pias Hand an seiner Schulter. Sie wollte sie wegziehen, er hielt sie plötzlich fest. Schweißnass. „Bitte!" Seine Stimme verkam zum Flüstern. „Das darf nie jemand erfahren. Niemals! Ich hab fünf Semester Jura studiert und bin seit sechs Jahren bei der Kripo, seit anderthalb Jahren *inspectór*. Und ich hab mich verhalten, wie der letzte Idiot."

Pia war stolz darauf, dass sie diesen Satz unkommentiert stehen ließ. Sie zog vorsichtig ihre Hand von seiner Schulter und wartete. Toni hatte feuchte Augen vor Selbstmitleid. „Ich hab schlichtweg Mist gebaut. Da kam ein Auto, bremste, suchte einen Parkplatz, ich stand nur da und glotzte. Getönte Scheiben. Ich bin plötzlich aufgewacht und zurück gesprungen. Das Auto war natürlich weg. Sofort." Die Stimme war kaum noch zu verstehen. „Ich hab mir nicht mal die Nummer gemerkt."

# V. Die Ratten von Barcelona

## 27.

Der Geruch brachte die grauenhafte Zeit sofort wieder zurück. Schwach in der Eingangshalle, stärker im Treppenhaus und ganz intensiv auf den langen Fluren. Jod, *lejía.* Man sollte meinen, sie hätten inzwischen andere Mittel zur Desinfektion als Jod und Chlor. Aber vielleicht roch das einfach ähnlich, vielleicht weckte es auch nur Kindheitserinnerungen an die Krankenstation im Heim. Oder an das Zeug, das sie ihr auf die verbrannten Hände gestrichen hatten. Angst und Verzweiflung. Das war es vor allem. Schmerzen und Einsamkeit.

Barbara blieb stehen. Jetzt um die Mittagszeit wurde hier oben der typische Krankenhausgeruch noch von muffigen Essensgerüchen überdeckt. Reis und Fisch. Meistens Fisch, manchmal auch trocken verbranntes Hühnerfleisch, aber immer Reis, Reis, Reis. Barbara konnte damals gar nichts essen, schon bei dem Geruch musste sie würgen.

Sie gab sich einen Ruck. Raus aus den Erinnerungen. Sie ging ein Stück weiter zur Schwesternstation. Eine sehr junge Lernschwester, die sie noch nie gesehen hatte, aber dann sah sie Jan den Gang entlangkommen. Blond und riesig. Er schob den Trolly mit Verbandsmaterial vor sich her und hatte es eilig, sie stellte sich ihm in den Weg, aber er erkannte sie nicht.

„Entschuldigung, lassen Sie mich bitte kurz vorbei?“

„Eigentlich nicht so gern.“

Jan schaute auf. Hatte noch immer Mühe, sie einzuordnen, dann erkannte er sie. „Barbara? Du bist das wirklich!" Er ließ den Trolly stehen und umarmte sie. musste sich zu ihr herunterbücken. „Oh Mann! Du siehst toll aus! Ich hab dich nicht erkannt!"

„Hast du ein bisschen Zeit?"

„Nicht wirklich, aber können wir uns nicht abends treffen?"

„Ja. Gern." Barbara dachte an die Frau, mit der sich Jan vor dem *hospital* geküsst hatte. „Ich hab ja jetzt auch nur eine Frage: Hast du die letzten Tage auch hier Dienst gemacht?"

„Ja sicher. Wozu willst du das wissen? Dieser Saura, richtig? Sag mal, stimmt das, ich hab gehört, du wärst jetzt Detektivin?"

„Ja."

Jan musste mit seinem Trolly etwas zur Seite ausweichen, weil eine sehr junge asiatische Schwester den Wagen mit den Essentabletts vorbeischieben wollte.

„Ach so." Enttäuschung. Er sah der Schwester nach. „Deshalb bist du hier. Ich hab das aber schon der Polizei gesagt. Wir alle hier. Saura war in seinem Bett. Die ganze Zeit über. Tag und Nacht. Ich sag dir eins, der war nicht so schwer verletzt, wie er getan hat. Aber er hat gejammert und geheult, als wär er schon mit einem Bein im Grab. Er hat ununterbrochen nach irgendetwas geläutet. Schmerzmittel, Schlafmittel, Bettpfanne, Arzt, Beruhigungstee und und und. Wir waren ständig bei ihm und um ihn rum. Um ihm das Kissen aufzuschütteln, die Verbände zu wechseln, die Beine zu massieren, das Händchen zu halten. Die Bullen haben das hin- und hergecheckt.

Dieser Mann war auch zwischendurch nie weg. Der war immer hier. Bis kurz vor elf. Dann rannte er los. Aber das haben auch alle mitbekommen ..." Am Ende des Ganges tauchte eine ältere Schwester auf, Jan hatte es plötzlich sehr eilig. „Wir sehen uns, ja?"

„Klar! Ich ruf dich an."

Barbara ging langsam wieder zurück und über die Treppen hinter. Sie musste hier mit niemanden mehr reden. Jan hatte nicht gelogen, die Story stimmte. Saura war zu den fraglichen Zeiten hier in der Klinik gewesen. Er hatte sogar alles daran gesetzt, das auch allgemein bekannt zu machen. Männer waren zwar grundsätzlich Jammerpatienten, aber dass ein Macho wie Saura so ein Theater wegen verdrückter Kissen und Beruhigungstee machte, das war nicht mehr normal.

Die Eingangshalle war voll um die Tageszeit, auf der Straße hinter dem Gebäude heulte die Sirene eines Krankenwagens. Barbara schob sich zwischen Besuchern hindurch zu den Glastüren und ging hinaus. Glühende Hitze nach der klimatisierten Kühle, aber auch endlich wieder frische Luft mit dem Duft üppig grüner Büsche und Bäume aus dem Park anstatt Jod und verbranntem Reis.

Saura hatte also ganz geplant das Klinikpersonal dauernd in sein Zimmer geholt. Um sein Alibi zu sichern. Barbara stand am Straßenrand und hielt nach einem Taxi Ausschau.

„So leicht kommst du mir nicht davon!" Jan stand plötzlich hinter ihr, lachte.

„Hey ..." Barbara versuchte, sich loszumachen, er

umarmte sie wieder. Sie verschwand fast in seinen Armen.

„Nein, nein. Du entkommst mir nicht mehr. Erst, wenn wir uns für heute Abend fest verabredet haben.

„Jan, bitte lass mich los …“

„Ich bin froh, dass ich dich endlich wiederhabe!“ Er hielt sie fester, strahlte. „Ich hab dich nie vergessen. Du hast so süß ausgesehen, so klein und hilflos und doch so wütend. Ich …“

„Jan, bitte …“ Barbara drehte sich mit einem Ruck aus seinem Arm heraus. Er ließ sie los, nahm ihre Hand und drehte sie um. Seine Finger waren weich und kühl.

„Das ist ja toll verheilt. Das hätte ich nie für möglich gehalten. Man sieht kaum noch etwas. Ich finde, die Narben sehen aus wie neue Lebenslinien …“

„Hübsch formuliert.“ Sie zog ihre Hand zurück. „Ich hab dich gestern Abend mit deiner Freundin gesehen.“

„Oh.“

„Das ist okay. Soviel zu den neuen Lebenslinien, ich hab jetzt auch ein ganz anderes Leben.“

„Könnten wir nicht trotzdem mal einen Kaffee zusammen trinken?“

„Ja klar.“

„Ja klar“, ahmte er ihren Tonfall nach, winkte ihr noch einmal traurig zu und verschwand wieder in dem Gewimmel der Eingangshalle. Barbara konnte sich nicht mehr vorstellen, was sie einmal an ihm so anziehend gefunden hatte. Er sah fraglos gut aus und er war lieb, sehr lieb. Aber mehr war da auch nicht, nie gewesen. Aber damals war sie auch nicht sie selbst gewesen. Sie machte einen Schritt weiter hinaus und schaute den Passeig Marítim hoch.

Den Jungen in Hängejeans und Basecap beachtete sie nicht. Erst, als ein zweiter und noch ein dritter vor und neben ihr auftauchten, bemerkte sie auch die schweren Motorräder auf dem Grünstreifen vor dem Park. Und da erkannte sie auch die roten Embleme auf den schwarzen Lederjacken wieder. Sauras Schlägerbande. Große Muskelkerle, dieselben Typen, die Janet zusammengeschlagen hatten. Und die sie vor Elenas Wohnung weggelockt hatten.

Barbara fühlte sich sicher. Helllichter Tag, direkt vor der Klinik. Jede Menge Besucher, auch im Park wimmelte es von Leuten, die jetzt Mittagspause hatten. Hier konnte ihr keiner etwas anhaben. Sie grinste. „Na, *chicos*. Langeweile?"

Basecap spuckte vor ihr aus. Er hatte einen spärlichschwarzen Fusselbart mit rot entzündeten Pickeln zwischen den Haaren. Sein Kumpel war größer, klapperdürr, hatte strähniges Langhaar und eine Zahnlücke gleich vorne links. Der dritte war kleiner, hatte ein rundes Kindergesicht und gut zehn Kilo Übergewicht. So aus der Nähe sahen sie alles andere als gefährlich aus. Da sie Motorräder fuhren, mussten sie aber mindestens achtzehn sein.

„Hör zu, *chica!*" Basecap beugte sich nah zu ihr herüber, stank. Schweiß, Schmutz und Öl. Barbara versuchte auszuweichen, aber Zahnlücke und Rundgesicht rückten so eng heran, dass sie nicht weg konnte. „Das gilt für dich und für die anderen Schnepfen.

Haltet euch fern von Adrián Saura. Kapiert?"

„Wollt ihr nicht mal kurz ins Wasser springen?" Barbara deutete über die Marítim hinweg, wo hinter Palmen blau das Meer glitzerte. „Um ganz ehrlich zu sein, ihr stinkt. Richtig übel. Das ist nicht einfach für eine *chica*, so nah bei euch zu stehen!"

Basecap und Rundgesicht wichen ein Stück zurück, Zahnlücke schoss vor. „Hast du das kapiert?!"

„Ihr seid ja auch so blass. Und viel zu warm angezogen. Geht runter an den Strand, zieht euch aus, legt euch ein bisschen in die Sonne, schwimmt ein paar Runden ..."

„Ob du das kapiert hast, verdammt?!" Zahnlücke packte sie plötzlich am Oberarm. Dürre Finger, schwarze Nägel. Es tat weh, aber gleichzeitig wirkte seine Hand unwirklich, geisterhaft.

Barbara fasste unter den kleinen Finger und bog die Hand problemlos weg. „Vorsicht, Jungs, nur keine Übergriffe!"

Rundgesicht wich noch weiter zurück, und Basecap legte Zahnlücke beruhigend eine Hand auf die Schulter. Wollte etwas sagen, kam aber nicht mehr dazu. Eine schwarze Fahrradpumpe knallte auf seine Hand, schoss vor, stieß in Zahnlückes Weichteile, flog wieder nach oben, knallte auf Basecaps Nase, fuhr zurück und stieß Rundgesicht in den Bauch.

Schreien, Brüllen. Barbara sah zuerst nur den gebräunten Unterarm, Muskeln unter dem schwarzen T-Shirtärmel, den roten Kurierrucksack mit den neongelben Seitenstreifen. Hörte die Stimme: „Lasst sie in Ruhe! Diese Frau will nichts von euch! Kapiert das endlich!“ Felip.

Barbara erkannte ihn, aber ihr Verstand weigerte sich, das zu akzeptieren. Felip, der sanfte Trompeter, der in ihrem Treppenhaus Rosenblätter verstreute, schlug hier wie ein Berserker mit einer Luftpumpe auf die drei Jungs ein.

Sie waren zu dritt. Aber völlig überrascht. Sie wehrten sich nicht. Versuchten nur, sich zu schützen und möglichst schnell zu ihren Motorrädern zu kommen. Felip rannte hinterher und schlug Zahnlücke so hart auf den Hinterkopf, dass er heftig zu bluten begann.

Barbara fiel Felip in den Arm und schrie. „Hör auf! Hör endlich auf! Bist du jetzt völlig übergeschnappt?!“ Es dauerte lange, bis sie endlich zu ihm durchdrang.

„Nie wieder“, keuchte er, „macht das nie wieder! Wenn ich euch noch einmal erwische, dann bring ich euch um!“ Er hob drohend die Hand mit der Pumpe. Die Jungs warfen ihre Räder an und rasten mit aufheulenden Motoren davon. Basecap und Zahnlücke. Die Maschine von Rundgesicht startete nicht sofort, er schrie hysterisch auf und startete dann so heftig durch, dass er sich drehte und fast in den Kies geknallt wäre.

Im Park und rund um die Klinik waren Menschen, viele Menschen. Keiner hatte eingegriffen, keiner hatte auch nur hergeschaut. Felip sah auf die verbogene Luftpumpe in seiner Hand hinunter. Lächelte wehmütig. „Die ist wohl nicht mehr zu gebrauchen.“

„Felip ...“, Barbara wusste nicht, was sie sagen sollte. Fror. Der Mann neben ihr war ein Fremder. Und doch spürte sie immer noch einen Rest der

Anziehungskraft, die von seiner Nähe ausging. Er berührte sie nicht. Nickte zum Park hinüber. Sein Rennrad lehnte an einem der Bäume.

„Lass uns reden. Fünf Minuten, okay?"

„Was sollte das eben?!" Barbara bewegte sich nicht. „Du machst mir Angst!"

„Das will ich nicht." Felip lächelte wieder sein sanftes Kinderlächeln. „Ich will dir doch keine Angst machen. Ich will dich beschützen!"

„Beschützen? Sonntag Mittag? Vor diesen Jungs? Das hätte ich ja gerade noch selber geschafft!"

„Die waren zu dritt."

Felip ging zu seinem Fahrrad, Barbara folgte ihm. Wütend. „Komm, Felip, das war richtig fies. Du hast die ja halbtot geprügelt!"

Kurz vor seinem Fahrrad blieb Felip stehen und fuhr so plötzlich zu ihr herum, dass sie fast auf ihn draufprallte. „Wer war das?!"

„Wer? Wieso? Ich kenn die doch selber nicht ..."

„Der Arsch, der dich da umarmt hat. Dieser blonde Riese im Krankenschwesterkittelchen. Ist er das?"

„Wer soll das sein?"

„Der Neue. Der Grund, weshalb du mich absägen willst!"

„Sag mal, tickst du noch richtig?" Barbara machte einen Schritt zurück. „Ich hab nichts mit dem. Aber selbst wenn, es würde dich nichts mehr angehen! Es ist Schluss mit uns. Begreif das doch endlich. Bitte!"

Felip hatte immer noch die verbogene Fahrradpumpe in der Hand, sah sie kurz an und warf sie hinter einen der Büsche. „Das war die teure." Er schloss das massive Kabelschloss auf und rollte es zusammen. Sah sie nicht an. „Ich liebe dich.“ Er drehte sich langsam zu ihr um. „Das kann ich nicht so einfach abstellen.“

„Du musst.“ Barbara sah die ehrliche Verzweiflung in seinen Augen und hatte Mühe, sich an den Felip von eben zurück zu erinnern. „Du musst mich in Ruhe lassen. Ich kann nicht mehr. Scheiße, allein deine bescheuerte Rosenblätteraktion in meinem Treppenhaus hat mich schon über achtzig Euro gekostet!“

„Ehrlich?“ Er lachte plötzlich. Und war so jung und so unschuldig, dass sie selbst kaum ernst bleiben konnte. „Mich nichts. Auf der Autobahnzufahrt von Llobregat ist gestern ein ganzer Container mit gekühlten Rosen verunglückt. Ich hab beim Aufräumen geholfen.“ Er strahlte sie an, glücklich und verliebt wie in alten Tagen.

„Nein.“ Barbara wich noch einen Schritt weiter zurück. „Felip, es ist aus. Und wenn du nicht aufhörst mit diesen Aktionen, dann muss ich Dagmar einschalten. Verstehst du das? Dann muss ich dich anzeigen!“

„Scheiße, es tut mir leid“, sein Lachen verschwand, „Ich will dir doch keine Angst machen. Ehrlich, das wollte ich nicht. Ich ... ich hab gehört von eurem neuen Fall. Von dieser Elena Saura. Dass ihr Mann sie ... Bitte, Barbara, glaub mir das, ich würde dir niemals wehtun. Das könnte ich nicht!“

„Dann halte dich fern. Bitte.“

„Ja. Ja, klar, das mach ich. Barbara, ich mach alles,

was du verlangst!"

Er war so überzeugend. Barbara wich noch weiter zurück, betonte jedes Wort. „Bleib einfach nur weg!"

„Ja." Felip sah sie an, hatte Tränen in den Augen. Nahm sein Fahrrad. „Ich will das ja selber nicht. Ich habe mich in einer Selbsthilfegruppe angemeldet. Ich geh da hin. Regelmäßig. Die helfen mir. Ich ... bitte, glaub mir das!" Er wollte einen Schritt auf sie zu machen, merkte, dass sie sofort zurückwich und blieb stehen. „Dr. Carlos Antoní. Er hat seine Praxis hinter der Sagrada Familia, in der Rosselló, gleich bei der Carradine. Ich hab die Nummer jetzt nicht im Kopf, aber er steht im Telefonbuch. Du kannst dort anrufen und dich erkundigen."

„Gut." Barbara wollte keine weiteren Beteuerungen mehr hören. Sie drehte sich um und ging zur Straße zurück. Hatte ein ungutes Kribbeln zwischen den Schulterblättern, aber als sie sich umsah, war Felip verschwunden.

## 28.

Eric Satie war zu kühl, und Jacques Loussier zu verjazzt für ihre momentane Stimmung. Was Janet jetzt ganz dringend brauchte waren Beethoven und Glenn Gould. Power und Leidenschaft. Voll aufgedreht blies das die Hirnsynapsen frei und weckte alle Ganglien. Aber es gab nur Pias Jazzplatten und die Pop-CDs von Anna und Barbara. Janet nahm sich seit Monaten vor, die Musikauswahl in der Llimona 5 grundlegend zu ergänzen, vergaß es aber immer wieder.

Sie lehnte sich zurück, streckte den Rücken durch und zündete sich eine neue Zigarette an. Der dämliche Kater maunzte und strich um ihre Beine, aber sie beachtete ihn nicht. Trotz der beiden riesigen Ventilatoren an der Decke war es stickig hier hinten im Büroteil der Wohnung. Janet stellte sich ein heißes Schaumbad vor und einen eisgekühlten Scotch. Sie fuhr den Computer herunter, packte ihre Ausdrucke zusammen und schrieb eine Notiz für Pia.

Drei Stunden waren mehr als genug. Janet nahm den Zettel und ging zum vorderen Teil der Wohnung. Der Kater lief mit steil hochgerecktem Schwanz vor ihr her. Janet legte die Notiz gut sichtbar auf die Küchentheke. Gut sichtbar stand da auch eine Dose Katzenfutter. Pia oder Barbara, die hatten beide einen Katzentick.

Janet seufzte, riss den Verschluss auf und kippte den Inhalt in die Katzenschüssel neben der Terrassentür. Etwas Asche von ihrer Zigarette fiel mit hinein, den Kater störte das nicht.

Janet nahm den Fahrstuhl nach unten und hielt sich bis hinüber zur Placa del Regomir in dem schmalen Schattenstreifen neben den Häusern. Glücklicherweise musste sie nicht lange auf ein Taxi warten. Der Fahrer war jung und schweigsam, das Taxi war klimatisiert. Seltener Luxus. Auf der Rückbank breitete sie ihre Computerausdrucke aus und ordnete sie neu. Die Familie von Elena, die Vergangenheit von Saura, Erfolge und Verbindungen. Sie hatte einiges herausgefunden, aber nichts passte so richtig zu ihren Vermutungen. Es sei denn ... Sie musste nachdenken. Gründlich nachdenken. Das Taxi bog von der Ronda Litoral ab zur Placa Pau Vila, sie war in Barceloneta, keine fünf Minuten mehr von ihrer Wohnung entfernt. Die Sonne stand fast im Zenit, das glitzernde Meer blendete. Der Mastenwald an den langen Piers war deutlich gelichtet, die meisten Boote waren auf dem Wasser.

„Ach bitte“, Janet beugte sich plötzlich nach vorn. „Kleine Richtungsänderung. Fahren Sie mich bitte zum Club Nautic rüber? Ein Stück dahinter, dieser neue Club, Jaume sowieso.“ Sie steckte die Ausdrucke wieder in die Tasche. Der Fahrer blieb schweigsam. Wartete auf eine kleine Lücke im Verkehr und wendete mit einem kühnen Schwung.

In der Mittagshitze wirkten selbst die wohlgepflegten Palmen vor dem Haupteingang des Yachtclubs schlapp. Der schweigsame Taxifahrer gab Gas, kaum dass sie ausgestiegen war. Und Janet bedauerte ihren übereilten Entschluss sofort.

Die goldenen Embleme auf den getönten Glastüren blinkten poliert. Janet drückte eine Tür auf und kam in eine wunderbar kühle Halle aus getäfeltem Holz und weichen Ledersesseln. An den Wänden Seebilder und Schiffsmodelle in Glaskästen. Gedämpfte Ruhe wie in einem englischen Club. Janets Laune besserte sich schlagartig.

Die Halle mündete auf beiden Seiten in lange Flure, dem Eingang gegenüber schienen sich Bar und Restaurant zu befinden. Die verglasten Terrassen zum Meer hinunter und dahinter die Masten der Boote an den clubeigenen Stegen. An der Wand daneben gab es einen großen Rahmen mit Fotocollagen aus all den großen Clubjahren und rund herum jede Menge kleinerer Fotos in blauen Einzelrahmen. Regatten, Feste, Ehrungen, Promis als Mitglieder und Berühmtheiten zu Besuch.

Ein Foto fiel Janet auf, sie erkannte Adrián Saura mit seinem Schnauzbart und ging näher hin. Den Hintergrund bildete ein wunderschönes Boot. Saura stand in einer ganzen Gruppe von Seglern. Neben ihm stand Carod, Elena konnte sie nicht entdecken, dafür eine andere junge Frau, klein, schmal und sehr schön. Dunkles Haar. Sie alle trugen weißes Segleroutfit.

„Ach ja, die schöne Berta."

Janet fuhr herum. Hinter ihr stand ein hochgewachsener Mann mit weißem Schnauzbart und weißen Segelhosen. „Jetzt ist sie schon längst in New York und hat uns alle vergessen." Er lächelte wehmütig. „Kann ich Ihnen helfen?"

„Ja, gern." Janet schaltete auf Charme. „Mein Name ist Janet Howard. Ich bin eine gute Bekannte von Vicenc Maragall." Den Namen hatte sie von der *domain* des Clubs. Maragall war vierundachtzig und wurde als Vizepräsident geführt. Hoffentlich war die *website* aktuell und Maragall noch am Leben. Aber doch bitte nicht gerade hier. „Er hat mich eingeladen, mir den Club einmal anzusehen. Mein Sohn ist Segler." Das war nicht mal wirklich gelogen, Sean hatte es in früheren Jahren zum Balearenjugendmeister in der Klasse Flyghing Dutchman gebracht.

„Sehr erfreut, Manuel Rodriguez." Er verbeugte sich leicht. „Darf ich Sie ein wenig herumführen?"

„Das wäre zu liebenswürdig!" Janet strahlte ihn an und ließ ihn einen Blick in ihr englisch blasses Dekolleté werfen. „Aber vielleicht könnten wir uns zuerst ein wenig ganz allgemein unterhalten. Über den Club, seine Geschichte und Philosophie ..." Janet seufzte matt. „Es gibt doch hier sicher eine Bar, *senor* Rodriguez?"

„Aber ja!" Rodriguez bot ihr seinen Arm an. „Und bitte, nennen Sie mich Manuel!"

Die Bar, in die Rodriguez sie führte, war ein intimer, holzgetäfelter Raum ohne Blick auf's Meer. Der Barkeeper war ein junger Afrikaner, sonst waren sie allein. Sie setzten sich an die hintere Seite der Bar. Mit Blick auf den Durchgang zur Eingangshalle und die gläsernen Regale vor einem Spiegel. Reihen von bunten Flaschen.

„Wir haben hier einen sehr feinen alten Malt. Einverstanden?" Rodriguez gab dem Barkeeper ein Zeichen, ohne Janets Antwort abzuwarten. Der Whisky kam in geschliffenen Kristallgläsern, dunkles Gold.

„Und jetzt das Allerbeste!" Rodriguez zog einen Kristallaschenbecher mit Goldemblem am Boden über die matt polierte Mahagonitheke zu ihr her. „Hier, in der kleinen Bar darf man noch rauchen." Er lächelte charmant. „Das habe ich doch richtig erraten, oder?"

Janet entspannte sich. Bot ihm eine ihrer Ducados an und sah erfreut, dass er wie sie das Filter abdrehte. „Ist nicht viel los im Moment. Noch etwas früh, sind jetzt alle unterwegs. Sonntags geht es hier immer erst später los."

„Ich könnte mir vorstellen, unter der Woche ist da mehr Spaß." Janet lehnte sich wie unabsichtlich etwas näher zu Rodriguez hin.

„Darauf können Sie wetten!" Er lehnte sich ihr entgegen. Ein älteres Ehepaar kam herein, beide klein und korpulent. Sie setzten sich an das andere Ende der Theke, und der Barkeeper begann mit viel Gedrehe und Geklapper einen komplizierten Cocktail zu mixen. Das Paar winkte Rodriguez zu, er nickte zurück und rückte hastig wieder von Janet ab. Verheiratet also, Janet gab ihm Raum.

„Sagen Sie, Manuel, dann kennen Sie doch sicher auch Adrián Saura?"

Das ältere Paar bekam zwei zartgelb aufgeschäumte Cocktailgläser mit rotem Mittelstreifen, sie lachten, hoben die Gläser und prosteten Rodriguez zu. Er prostete mit seinem Whiskyrest zurück. „Aber ja, sicher. Adi hat ja sein Boot hier. Eben die *Elena III*."

„Sicher ein tolles Boot."

„Eine HR 48, davon haben wir alle mal geträumt!" Rodriguez lachte und bestellte noch zwei Malts.

„Und was ist eine HR 48?“

„Hallberg Rassy. Achtundvierzig Fuß. Schönes Schiff. Wirklich sehr schön.“

„Ahja ...“ Janet erkannte, dass für Rodriguez die Schönheit eines Bootes vor jeder Frau rangierte und lächelte. „Und Sie? Was für ein Boot haben Sie?“

Rodriguez wollte gerade antworten, als er jemanden am Eingang der Bar vorbeigehen sah. „Ha!“ Er sprang auf und lief hinaus. Kam sofort wieder zurück. Mit Adrián Saura und Jorge Carod im Gefolge. Beide in weißen Segelschuhen, Bermudas und blauweißen Ringelhemden. Sie lachten über irgendeinen Scherz, den Rodriguez offenbar gemacht hatte.

„Wo sind denn nun die Hasen?“ fragte Carod und sah sich suchend um. Saura hatte Janet entdeckt, erstarrte und schnauzte.

„Was macht die denn hier?!“

Rodriguez war irritiert. „Ihr kennt euch? Das ist Janet, sie ist eine Freundin von Don Vicenc ...“

„Quatsch!“ Saura unterbrach ihn, musterte Janet voller Verachtung. „Das ist eine von diesen so genannten Llimonas. Die schnüffelt hier rum. Was hast du ihr erzählt?!“

„Nichts. Mein Gott, Adi ... ich verstehe nicht ...“

„Sie ist hinter mir her. Sie und diese anderen Weiber! Haben meine süße Elena gegen mich aufgehetzt, sie haben sich in unserem Leben breit gemacht. Und dann konnten sie nicht mal verhindern, dass irgend so ein perverses Schwein meine Frau brutal ermordet hat.“

„Adrián, bitte ...“ Carod legte ihm eine Hand auf

die Schulter, Saura schüttelte sie wütend ab.

„Und das Beste ist, sie verdächtigen mich. Ausgerechnet mich! Und obwohl die Polizei längst nachgewiesen hat, dass ich es gar nicht gewesen sein kann, bohren und bohren sie immer weiter und kleben an mir wie Scheiße am Schuh!" Er fuhr auf Janet los. „Wo habt Ihr meinen kleinen Isi versteckt?!"

„Wir haben nichts mit Ihrem Sohn zu tun. Vermutlich hat ihn das Jugendamt in Sicherheit gebracht. Vor Ihnen."

Saura ging auf Janet los. Sie nahm hastig eine Abwehrstellung ein, an die sie sich aus ihren sporadischen Besuchen im Tae-Kwon-Do-Kurs zu erinnern glaubte. Aber Carod und Rodriguez packten Saura und hielten ihn zurück. Unwillig schüttelte er sie ab, blieb aber stehen. Sein Atem ging schwer.

„Ich habe meine Frau verloren. Aber Isidre werde ich nicht hergeben. Er ist mein Sohn. Er gehört zu mir. Und ich werde dafür sorgen, dass er zu mir zurückkommt." Er hob eine Hand und zielte auf sie wie mit einer Pistole. „Und Sie werden dafür bezahlen. Sie alle!"

Rodriguez winkte zur Tür hin, in der zwei Männer vom Sicherheitsdienst erschienen. Blaue T-Shirts mit Clublogo über Muskelbergen. Der Moment für einen geordneten Rückzug schien angebracht. Aber Janet gab ungern kampflos auf.

„Sie betonen das so, dass Isidre Ihr Sohn ist. Gibt's da Zweifel? Wessen Sohn könnte er denn sonst sein?"

Sauras Gesicht zerfiel. Leblos bleiche Haut, tote Augen. Das war nicht geplant. Janet hatte eigentlich nur den spanischen Macho so ganz allgemein treffen wollen. Sie wandte sich um und floh ziemlich ungeordnet aus der Bar und dem Club, bevor die Männer reagieren konnten.

## 29.

„Verpiss dich endlich!“ Der Mann zischte die Worte hasserfüllt zwischen seinen letzten Vorderzähnen hindurch, Anna zuckte vor dem Spuckenebel zurück.

„Aber, Senor Burzaco, ich will doch nur …“, setzte sie noch einmal an, aber wieder unterbrach er sie sofort:

„Schluss. Aus. Ende.“ Er brüllte. „Ich hab alles gesagt. Mehr gibt es nicht.“ Die anderen Männer hatten schon länger zu ihnen hergeschaut, jetzt verließen die ersten neugierig ihre Tische. Burzaco senkte die Stimme nur unwesentlich. „Ich hab mit dieser ganzen Clique nichts mehr am Hut. Und die mit mir auch nicht!“

Die Gruppe der Männer kam näher. „Ignacio, wenn dir die süße Braut zuviel wird, sag mir Bescheid!“ sagte einer der etwas Jüngeren, er war unglaublich fett und watschelte ganz vorne; gleich hinter ihm nuschelte ein zahnloser Greis auf Anna ein:

„Passen Sie bloß auf, der Kerl wird polizeilich gesucht. Aber ich kann Sie beschützen!“

Anna hörte das brüllende Gelächter der Männer noch über die ganze Placa Reial hinweg. Erst als sie in der Colom verschwand, übertönte der Lärm der nahen Ramblas alle anderen Geräusche. Sie hatte sich dämlich angestellt. Extrem dämlich. Wieder mal.

Dieser Burzaco war so voller Misstrauen, dass er sie von Anfang an weggebissen hatte. Sie hatte nur freundlich sein wollen, aber er hatte wohl geglaubt, dass sie ihn wegen einer Abtreibung ansprach. Zuerst hatte sie seine widerlichen Anspielungen nicht mal verstanden.

Als er endlich begriff, dass sie ihn nach Saura, Carod und gemeinsamen Studentenzeiten ausfragen wollte, war es längst zu spät. Er war verbittert und reagierte aggressiv. Anna war sicher, dass er ihr einiges über Saura hätte erzählen können, wenn er nur gewollt hätte. Er hatte eine Zweiliter Rotweinflasche unter seinem Tisch mit den Korkenkappen stehen, als sie ihn ansprach, war sie noch halbvoll, als sie ging, war sie fast leer.

Sie hatte viel zuviel Zeit verloren. Anna blieb stehen. Es war jetzt kurz nach zwei, und sie hatte noch keinen einzigen von Elenas Nachbarn befragt. Heute Abend war Barbaras große Show. Und mittags wollten sie sich alle in der Llimona treffen, um Ergebnisse auszutauschen.

Anna überquerte die erste Fahrbahn noch bei Rot. Die Platanen und Sonnenschirme gaben kaum noch Schatten um diese Tageszeit. Menschenmassen in leichter Sommerkleidung, kaum noch ein freier Platz in den Cafés, drei junge Musiker mit dunkel gestutzten Bärten, Gitarren und Riesenboxen versuchten, den Verkehrslärm mit Sevillanas zu übertönen. Einer von ihnen sang wehmütig, ein junges Mädchen in roten Rüschen tanzte dazu. Wenn der Rock hoch wirbelte, sah man den Draht und das kleine Mikro an ihrem linken Bein, das die klackenden Schritte ihrer Flamencoschuhe überlaut verstärkte.

Es war Zufall. Anna überquerte die zweite Fahrbahn, diesmal mit dem ganzen Pulk und bei Grün.

Sie hatte es verdammt eilig, und eigentlich gab es keinen Grund, sich umzudrehen und zurückzuschauen.

Das Paar stand hinter dem Kiosk mit Andenken, Stadtplänen und Postkarten. Sie umarmten sich, Anna sah nur den Mann. Er war Ende fünfzig, kahl, dick und unscheinbar. Das Mädchen in seinem Armen war auch nicht eben schlank, aber sehr viel jünger. Sie hatte die Arme um seinen Hals geschlungen und hielt ihn fest. Eindeutig. Nicht er hatte sie gepackt, sie klammerte sich an ihm fest. Anna blieb stehen.

Und ging bei der nächsten Grünphase langsam wieder zurück auf den breiten Mittelteil. Sie kannte den Mann. Sie hatte ihn nie zuvor gesehen, aber sie kannte ihn. Woher? Anna umrundete das Paar.

Das Mädchen war achtzehn, höchstens neunzehn. Dick, dunkles Kurzhaar, ein herzförmiges Gesicht mit roten Backen und letzten Pubertätspickeln. Kulleraugen, die gleich tränten. Auch das Mädchen kam ihr bekannt vor. Anna ging einmal um den Kiosk herum und näherte sich dem Paar von der anderen Seite.

Der Mann. Ihn kannte sie nur von einem Foto. Sie drehte sich weg und schob sich vorsichtig näher. „Bitte!", verstand sie. Das Mädchen.

„Es geht nicht." Das war der Mann.

„Papa!"

Papa?

„Tut mir leid, Kleines!" Der Mann machte sich von dem Mädchen los, freundlich aber doch entschieden. Sie weinte, er küsste sie noch einmal. Sah plötzlich zu Anna her.

Sie drehte hastig ab und sprintete wieder zurück auf die andere Straßenseite und lief zur Ferran hoch. Sie wusste plötzlich wieder, woher sie den Mann kannte. Von einem Foto. José Alonso, der Zahntechniker. Seine eiferssüchtige Frau hatte Llimona 5 beauftragt, ihn zu überprüfen. Barbara hatte ihn observiert und dann verloren. In der Boqueria. Die kleine Verkäuferin bei den Trockenfrüchten. War gar nicht seine heimliche Geliebte. Sie war seine Tochter. Aber offenbar ebenso heimlich.

Annas Stimmung flog schlagartig von null auf hundert. Elenas Nachbarn am Arc de Triomf konnte sie später immer noch befragen jetzt wollte sie erstmal zurück zu den anderen Llimonas. Sie fiel in ein kraftsparendes Joggingtempo.

Im absoluten Halteverbot vor dem Pati Llimona stand ein Kleinbus der Stadtverwaltung, um einige der Senioren zu einem Ausflug abzuholen. Große Aufregung bei den alten Leuten, die alle gleichzeitig einsteigen wollten. Marc, der Fahrer, versuchte nicht eben erfolgreich, sie zu beruhigen, Jordi, der andere Zivi hatte Mühe, einen Rollstuhl zu verstauen. Anna half ihm, sie kannte die beiden, Marc flirtete mit ihr, war aber sehr schüchtern, mit Jordi hatte sie auf der letzten *fiesta* rund um die Santa Maria ein paar Mal getanzt. Anna war sicher, dass er sich mehr für Jungen interessierte.

„Ihr seid spät dran!"

„Konzert auf dem Carmel. Willst du nicht mitkommen?"

„Nein, danke, ich hab schon was vor!" Anna schob

sich um den Kleinbus herum und winkte noch einmal zurück.

„Was denn? Mörder jagen?“

„Und fangen“, grinste Anna.

Im Fahrstuhl roch es nach Janets schwarzen Zigaretten. Oben drückte Anna kurz das Klingelsignal und schloss die Tür auf. Kein Fritz begrüßte sie. Aus der Küche kam Stimmenlärm und der Duft von Zwiebeln, Knoblauch, gebratenem Fisch, Tomaten und zerlaufendem Käse.

Sie saßen am großen Tisch neben der offenen Terrassentür. Janet verteilte Teller und Besteck, Luis öffnete eine Flasche Rotwein und schnupperte am Korken, Josep goss sich Wasser ein und stellte die Flasche wieder in die Mitte. Hinter der Theke stand Dagmar am Herd und wendete den Fisch, Pia füllte die überbackenen Kartoffeln und das Auberginen-Tomaten-Gemüse auf die Schüsseln, Quim und Sara trugen sie zum Tisch hinüber.

Anna hatte nicht gewusst, wie hungrig sie schon wieder war. Sie stürzte sich auf das Essen. Bonito, sie liebte Thunfisch. Quim neben ihr erzählte Josep von der raffinierten Konstruktion für das Bühnenbild, Sara ließ sich von Luis in die Geheimnisse der gehobenen Weinkunst einführen. Janet und Dagmar unterhielten sich über irgendein Gesetz, Pia schien in Gedanken verloren und hatte keinen Appetit. Anna hielt es nicht mehr länger aus.

„Ich hab den Fall Alonso gelöst“, keiner beachtete sie, nur Pia schaute her. „Er hat keine heimliche Geliebte. Das junge Mädchen, das Barbara mit ihm beobachtet hat, ist seine Tochter. Vermutlich aus einem früheren Verhältnis, von dem seine Frau nichts wissen darf."

„Sehr gut, gratuliere!" Pia lächelte, schien aber nicht bei der Sache. Erst jetzt fiel Anna auf, dass Barbara fehlte.

„Wo ist Barbara?"

„Im Fernsehstudio!" rief Quim.

„Bei der Probe!" ergänzte Sara.

Die beiden hatten es eilig. Sie hatten ihr Essen hastig hinuntergeschlungen und sprangen auf.

„Soweit ich weiß, gibt es noch Flan!" lockte Luis. Die Kinder winkten ab, nahmen ihre Teller mit zur Küchentheke und rannten wieder hinaus zum wahren Leben und zu ihren Theaterproben. Dagmar stand auf und wollte ihnen eigentlich nachlaufen, aber sie waren schon draußen, und sie sank mit einem verlegenen Lächeln auf ihren Stuhl zurück.

„Ich bin eben immer nervös, wenn ich sie nicht um mich habe ..."

Anna dachte an Barbara. An ihr Treffen auf der Placa Reial. Und diesen blöden Streit. Barbara hatte ihr ganz offensichtlich etwas erzählen wollen, aber sie hatte sie gar nicht zu Worte kommen lassen. Felip. „Hat Barbara mit einer von euch über Felip gesprochen?" fragte sie. Pia reagierte als erste.

„Wieso? Gibt's da was Neues?"

„Ich weiß nicht. Aber Barbara wirkte beunruhigt. Irgendwas war da."

„Zu mir hat sie nichts gesagt." Dagmar sah Janet fragend an, die schüttelte den Kopf. Jetzt war auch

Pia ganz bei der Sache.

„Verfolgt er sie immer noch?"

„Ich glaube schon", Anna dachte an ihr Treffen in der Boqueria vor dem Stand mit den Trockenfrüchten. „Ja, er ist immer noch hinter ihr her. Er akzeptiert einfach nicht, dass Schluss ist. Und Barbara kann sich nicht wirklich wehren. Sie kann ja nichts machen, solange nichts passiert ist. Wie bei Elena!"

„Jetzt mach aber mal halblang!" Joseps Stimme klang hart. Anna versuchte, an ihm vorbei zu Pia, Janet und Dagmar zu sprechen.

„Denkt nur mal an das Glasherz. Das heißt doch, dass er sie dauernd beobachtet und verfolgt!"

„Ach komm, Kleine!" Josep stellte sein Wasserglas so heftig ab, dass das Wasser überschwappte. „Fang du jetzt nicht auch noch damit an!" Anna hasste es, wenn Josep sie ‚Kleine' nannte. Er war nicht ihr Vater und er meinte es auch nicht liebevoll sondern herablassend. Sie versuchte es mit einem Scherz.

„Ich bin so groß wie du, ich geh nur nicht so krumm. Also bin ich de facto größer." Janet lachte, Josep hörte gar nicht zu.

„Ihr seid ja besessen! Verfolgungswahn nenn ich das. Vollkommen hysterisch!"

„Aber ...", begann Anna wieder und sah schon an Joseps Gesichtsausdruck, dass sie keine Chance hatte.

„Kein Aber! Ihr habt euch schon bei Saura so aufgeführt, und tut es immer noch."

„Wir reden von Barbara und Felip", Anna gab nicht auf.Josep winkte nur ab.

„Das ist doch für euch alles eins. Ihr werft ja alle

Männer in einen Topf! Ihr strampelt euch ab, um Saura den Mord an Elena nachzuweisen. Aber er war es nicht! Soll ich das noch mal buchstabieren, oder versteht ihr das auch so?! Saura hat seine Frau NICHT ermordet!“

„Felip ...“, diesmal begann Dagmar, aber auch sie wurde von Josep unterbrochen.

„Nein, nein und nochmals NEIN! Barbaras kleiner Trompeter mag ja eine Lusche sein, aber deshalb noch lange kein Stalker. Er ist verliebt, einfach nur verliebt.“ Josep griff nach der Weinflasche und sah der Reihe nach Pia, Dagmar und Anna an. „Ein Zustand, der euch offenbar völlig fremd ist.“ Er schenkte sich Wein ein, trank, goss nach.

Anna hatte es noch nie erlebt, dass Josep so unter der Gürtellinie zugeschlagen hatte. Als ob sein Leben sich ausgerechnet durch heiße Affären und Leidenschaften ausgezeichnet hätte! Dieser zerzauste alte Fusselbesen, der Janet heimlich anbaggerte und Pia ganz offen anbetete. Dagmar schien richtig getroffen, wurde rot und senkte den Blick. Pia war diese Art Sprüche offenbar eher gewohnt, schwieg.

Endlich sah Josep auf, grinste. „Is was?“

„Du bist so ein richtiger alter Macho-Arsch.“ Pias Stimme blieb leise, Josep hob die Augenbrauen.

„So alt nun auch wieder nicht. Aber Mädels, noch mal zum Mitschreiben: Saura hat Elena nicht getötet. Das ist bewiesen. Sogar Sanz Lleida ist überzeugt.“

## 30.

„Ausgerechnet! Der Staatsanwalt ist doch genauso ein Macho wie du." Pia war wirklich wütend. Vor allem, weil sie spürte, dass Josep mehr in der Hand hatte als Machosprüche. „Toni hat mit dir geredet?"

„Ja. Der Schwachkopf. Nichts im Kopf außer Autos und dann kann er nicht mal die Marke erkennen, geschweige denn die Nummer."

„Frauen. Die hat er auch noch im Kopf. Und soviel mehr Platz ist da nicht, wie wir wissen." Pia gab sich Mühe, nicht überheblich zu wirken. „Es war dunkel. Er hat das Auto wohl nur kurz und nur von der Seite gesehen. Er war auf den Fahrer fixiert und hat weder auf die Schnauze noch auf die Rückleuchten geachtet. Er meint, es könnte ein Audi A8L 6,0 Quattro gewesen sein, oder ein Mercedes S 600 oder auch ein BMW 760 Li. Adrián Saura fährt einen BMW."

„Einen Touring, einen Kombi. Das ist ja wohl etwas ganz anderes!"

„Was ist mit dem Anruf, den sie bekam?"

„Nichts. Kam von einem Prepaid-Handy."

„Also hat sich da jemand richtig Mühe gegeben."

„Aber nicht Saura. Er hat sie über alles geliebt. Er hat ja zugegeben, dass er sie geschlagen hat. Dass er sie aber niemals ins Gefängnis schicken wollte. Dass er sich nur von seinem Anwalt hat überreden lassen. Sozusagen, um ihren Anschuldigungen zuvor zu kommen."

„Und vor allem denen von Mónica Vidal."

„Jedenfalls tut es ihm unendlich leid. Dass er ihr

die Karte hat schicken lassen und die Rosen. Weder mit den Fotos durch die Fenster noch mit dem Sarg hatte er etwas zu tun."

„Na schön, er hat ein Alibi für die Tatzeit. Aber diese Schlägerjungs ..."

„Ach die drei. Wir kennen Namen und Adressen. Sie arbeiten für ihn. Alles, was so anfällt, unter anderem auch auf seinen Baustellen. Kleine Würstchen. Keiner von denen war jemals in Sauras und Elenas Wohnung." Josep griff nach seinem Glas, dass Luis aufgefüllt hatte. „Bitte, Pia, glaub es mir doch endlich. Macho hin oder her, aber meinen Job kann ich!" Er trank. „Wir haben alles mehrfach geprüft. Wir wissen noch nicht, wer die Kamera installiert hat. Das war jedenfalls eine höchst knifflige Angelegenheit. Das hat richtig Geld gekostet und Know How. Aber eins steht fest. Saura war es nicht. Und die dämlichen *chicos* schon gar nicht. Ebenso die Bestellung von diesem Sarg. Eine Männerstimme am Telefon und ein Briefumschlag mit einem Computerbrief, Bargeld."

„Wie bei den Rosen."

„Und um zehn herum, als Elena ermordet wurde, da lag Saura im Hospital del Mar. Dafür haben wir drei unabhängige Zeugen. Wir haben auch die Anrufe auf seinem Handy geprüft. Er sagt die Wahrheit."

Josep war sich sehr sicher. Und Pia kannte ihn, er war ein guter Ermittler, einer der besten. Sie sah kurz zu Janet und Dagmar. Dieselbe Enttäuschung, derselbe Frust. Sie hatten sich verrannt, sie hatten den falschen Baum angebellt.

„Hm ... Josep ...", Luis, der die ganze Zeit geschwiegen hatte, räusperte sich plötzlich, „ich meine, wenn wir hier schon aufräumen, sollten wir vielleicht mit ganz offenen Karten spielen."

Josep reagierte nervös, versuchte, Luis mit den Augen Zeichen zu geben. Die anderen nahm er im Moment nicht wahr. Luis lächelte, wollte etwas sagen, Josep kam ihm zuvor: „Luis hat bei der Autopsie von Elena definitiv festgestellt, dass der tödliche Stich ins Herz der erste war. Das ganze andere Gemetzel kam hinterher und sollte uns offensichtlich in die Irre führen. Es sollte aussehen wie eine Tat aus Hass und Leidenschaft."

„Das habe ich eigentlich nicht gemeint." Luis stand auf, ging in die Küche und holte eine weitere Flasche Wein. Öffnete sie gleich an der Theke und schaute zum Tisch her. Fixierte Josep. Josep schaute weg.

„Sonst gibt es nichts."

„Doch, gibt es."

„Nein." Josep stand auf. „Ich muss sowieso zurück in die Laietana." Er nickte kurz Pia zu. „Danke für das Essen." Schob sich an Luis vorbei. „Und Luis, ich muss dich ja wohl nicht erst erinnern: Keine internen Infos an Außenstehende."

„Seit wann ist Pia eine Außenstehende für uns?"

„Seit sie den Polizeidienst quittiert hat, verdammt noch mal. Seit sie auf der anderen Seite steht!"

Pia stand auch auf, damit sie mit Josep wenigstens einigermaßen auf Augenhöhe war. „Ich stehe nicht auf der anderen Seite." So wie heute hatte sie ihn noch nie erlebt. „Ich will dasselbe wie du. Die Wahrheit. Und den Mörder."

Josep wich ihrem Blick aus und schob sich zur Tür. „Der Gentest, oder?“ Janet hatte sich gerade eine neue Zigarette angesteckt und paffte glücklich die erste dicke Wolke nach dem Essen in die Luft.

Josep blieb wie festgenagelt stehen. Luis grinste zufrieden und setzte sich wieder, Pia sah Janet an. „Was für ein Gentest?“

„Der kleine Isidre und Adrián Saura. Eine Vaterschaft ist ausgeschlossen. Richtig?“

„Scheiße!“ Josep starrte sie an. Riss dann seine zerschlissene Pilotenjacke, auf die er nichtmal im Hochsommer verzichtete, vom Stuhl und lief zur Tür. „Ich Lass mich doch nicht verarschen! Luis, das hat Konsequenzen!“

„Luis hat nichts verraten“, sagte Janet, „ich habe das selber rausgefunden!“

„Aber das ist ein wunderschönes Mordmotiv für Saura!“ rief Pia noch hinter ihm her.

Sie hörten nur noch das Türenknallen.

Stille.

Dann ein leises Mienzen. Dagmar stand auf, ging zur Wohnungstür und ließ Fritz wieder herein, der versehentlich mit Josep hinausgeschlüpft war. „Ist das wahr?“

„Ja.“ Luis probierte den neuen Wein. Ein 03er Marquis de Alella Gran Reserva, den er selber mitgebracht hatte. Eigentlich etwas schwer für die frühe Nachmittagsstunde. Nicht für Luis. „Hättet ihr vielleicht noch etwas Käse da?“

Dagmar stellte Anna einen Flan hin und machte eine kleine Käseplatte zurecht, Janet stand auf, holte sich ihren J&B und füllte Eiswürfel in ein Glas, Pia stellte eine neue Wasserflasche auf den Tisch. „Janet, wie bist du darauf gekommen?"

„Bin ich leider nicht. Ich wollte diesen Saura nur ein bisschen provozieren. Und bingo."

„Saura hat also die Treue von Elena angezweifelt. Können wir feststellen, ob er selbst irgendwo einen Vaterschaftstest hat machen lassen?"

„Josep lässt das gerade prüfen." Luis nahm seine Flasche mit an den Tisch und setzte sich wieder.

„Immerhin hat er daran gedacht!" Anna traf den Punkt. „Wir hätten auch daran denken können. Ein paar Haare von Isi und Saura aus der Wohnung mitzunehmen. Und testen zu lassen."

„Aber selbst wenn ...", Luis legte sorgfältig ein großes Stück Ziegencamembert auf eine dünne Baguettescheibe. „Selbst, wenn er wusste, dass Isi nicht sein Kind war, selbst, wenn er also ein richtig fettes Mordmotiv hatte, selbst dann hat er für die Mordzeit ein eindeutiges Alibi."

Einen Moment lang saßen sie schweigend um den Tisch herum. Pia fühlte sich seltsam hilflos. Spürte, wie Janet, Dagmar und Anna sie ansahen. Warteten. Sie atmete tief durch. „Okay. Luis hat Recht. Josep ist ein guter Ermittler. Und Sauras Alibi ist dutzendfach gegengecheckt. Ich glaube es trotzdem nicht. Ich halte Saura für ein extrem widerliches Stück Scheiße. Und ich bin fest davon überzeugt, dass er schuld am Tod seiner Frau ist. Auch wenn er nicht selber das Messer geschwungen haben sollte." Dagmar und Anna nickten, Janet schüttelte den Kopf.

„Was diesen Saura angeht, sind wir ja alle einer Meinung. Aber davon dürfen wir uns nicht manipulieren lassen."

„Genau", stimmte Anna zu, und Dagmar lächelte sogar.

„Nicht nur Josep ist ein guter Ermittler. Wir sind das erst recht!"

„Ja." Pia gab sich einen Ruck. „Wir müssen ganz neu an den Fall rangehen. Wir müssen alles, aber auch alles mit einbeziehen. Alle Personen neu überprüfen. Noch einmal alle Nachbarn befragen. Die Autos aller checken, die auch nur annähernd mit den Sauras zu tun hatten. Im Internet weiter nach Verbindungen suchen." Sie wandte sich an Janet, die einen Packen Ausdrucke vor sich liegen hatte. „Was hast du im Yachtclub erfahren?"

„Dass die Typen da meistens ohne ihre Gattinnen hingegangen sind, und nicht nur zum Segeln. Offenbar hatten die da einige heiße Partys laufen, *cava* und *chicas*."

„Apropos", Luis stand auf. „Ich muss leider wieder an die Arbeit, Sonntag hin oder her. Aber auch auf mich wartet eine *chica*."

„Immer noch dieselbe?" fragte Pia und dachte an die wunderschöne Frau in der Leichenhalle.

„Ja. Roldán, der Vater will die Ergebnisse unserer Autopsie nicht akzeptieren und hat einen Pathologen aus Madrid hinzugezogen. Den unglaublichen Professor, Doktor-Doktor José Cebrián. Der größte *médico forense* Spaniens. Schon zu Francos Zeiten. Ein Faschist, wie er im Buche steht. Eitler Besserwisser.

Ich wusste gar nicht, dass der überhaupt noch lebt. Ich bin ihm früher ein paar Mal begegnet, und er war mir grottenunsympathisch."

„Aber heute bist du doch selber die Kapazität Nummer eins auf dem Gebiet. Wieso zweifelt da irgendjemand deine Ergebnisse an?"

„Die eigentliche Obduktion hat Véronica gemacht. Eigenverantwortlich. Das steht natürlich im Protokoll. Du weißt, wie sehr ich sie schätze, ich wollte ihr helfen. Aber jetzt werden sie natürlich über sie herfallen."

„Aber warum?" Pia sah unauffällig auf die Uhr. Halb vier. Ihnen lief die Zeit davon. Aber Luis hatte ganz offensichtlich ein bisschen zuviel getrunken, er wurde redselig.

„Der stolze Vater einer einzigen Tochter. Er will die Wahrheit nicht akzeptieren. Dass seine süße Berta keine Jungfrau mehr war, dass sie Ende Mai eine Abtreibung hatte, und dass sie kurz vor ihrem Tod Geschlechtsverkehr mit mindestens zwei verschiedenen Männern hatte. Ohne Kondom und anscheinend freiwillig. Es gab nicht die geringsten Spuren von Gewalteinwirkung. Kein Kampf, nichtmal harter Sex. Wir haben auch keine Betäubungsmittel gefunden. Nur der Alkoholgehalt war im oberen Grenzbereich."

„Das heißt, die Maus hat eine heiße Bordparty gefeiert und ist möglicherweise dabei irgendwie über die Reling gegangen."

„So sieht es aus. Vielleicht sogar versehentlich. Laute Musik, alle besoffen. Als sie merken, was los ist, ist es zu spät."

„Und zuhause warten die Ehefrauen und Kinderchen, dass der liebe Papa endlich von seinem so überaus wichtigen Geschäftsessen heimkommt."

„Und da setzt bei diesen Männern ganz schnell der Alzheimer ein. Sie vergessen. Alles."

„Aber was stellt sich dieser Vater denn vor? Dass seine Tochter durch einen Professor Cebrián wieder zur Jungfrau wird?"

„Das wär gut!" Luis lachte. „Damit käme der garantiert in alle Talkshows. Nein, viel einfacher. Senor Roldán will nur, dass seine Berta keine Hure war. Dass sie überwältigt und vergewaltigt wurde. Sich vehement gewehrt hat und doch sterben musste."

„Tragisch." Pia wollte einen Scherz machen, sah aber die Gesichter von Janet und Anna.

„Berta Roldán?" Anna runzelte die Stirn. „Stimmt der Name so? Scheiße, ich hab den Namen schon gelesen. Diese Abtreibung. Das war's! Ignacio Burzaco hat weiter illegal Abtreibungen vorgenommen."

„Abtreibungen sind schon lange nicht mehr illegal!" schob Luis ein, Anna winkte ab.

„Aber Burzaco wurde damals die Approbation entzogen. Er darf nicht mehr praktizieren. Hat es aber offenbar doch noch getan. Heimlich. Wenn der gute Ruf einer unschuldigen Tochter oder glücklich verheirateten Ehefrau der Gesellschaft auf dem Spiel stand. Oder einfach, um seine Kasse etwas aufzubessern." Anna holte tief Luft. „Ich schau das gleich noch mal genauer nach, aber ich glaube, da hat es vor ein paar Wochen Stunk gegeben. Es ging irgendwie um Erpressung, Verleumdung oder so ..."

„Es hat da eine Berta im Segelclub gegeben …" Janet begann in ihren Computerausdrucken zu wühlen. „Hier. Könnte sie das sein?" Sie zog ein etwas unscharfes Foto heraus. Die Stege, der Rasen, eine große Gruppe Menschen feierten offensichtlich. Ganz vorne standen Saura, Elena, und das schöne Mädchen. Hinter ihnen Carod und Rodriguez.

„Die Taufe der Elena III, Sauras Segelyacht."

Pia und Luis beugten sich über das Foto, Luis runzelte die Stirn. „Bisschen unscharf, aber das könnte sie schon sein …"

„Wann genau ist diese Berta Roldán gestorben?" fragte Janet. Luis reagierte sofort, setzte sich wieder hin und schenkte sich Wein nach.

„Ihr seht eine Verbindung zum Fall Elena Saura? Diese heißen Yachtparties im Club?"

„Wann?" Janet verlor etwas von ihrer Coolness.

„Irgendwann in der Nacht von Mittwoch auf Donnerstag. Besser können wir das erst einkreisen, wenn wir genau wissen, wann sie ihre letzte Mahlzeit eingenommen hat. Brot, Cocktail von Gambas, Lachspaté, Törtchen mit Serranoschinken, Ei und Lauch …"

„Danke! Das genügt." Janets Finger zitterten, als sie sich eine neue Zigarette anzündete, hastig einen Schluck Whisky trank. „Ich werde das rausfinden. Wann Saura mit seiner Elena III zuletzt draußen war, wer mit dabei war, und was es zu essen gab. Und wann. Ich werde das rausfinden. Aber bitte keine weiteren Einzelheiten mehr!"

## 31.

Ihre so genannte Garderobe war nicht viel mehr als eine Besenkammer. Der größte Teil des Raumes war mit langen Kleiderständern vollgepropft, verschiedenste Klamotten und Kostüme, Regale mit Schuhen und Gürteln, alles nicht mehr ganz neu. Der muffige Geruch von Schweiß und alten Socken. Es gab ein schmales Fenster ganz oben unter der schallschluckenden Decke, halb aufgekippt. Keine Klimaanlage, nur ein asthmatisch keuchender Ventilator, der die Servietten auf dem Tisch mit den kalten Häppchen und der Wasserbox matt bewegte. Grelles Neonlicht, ein hoher Spiegel, zwei Stühle, eine Art schmales Sofa aus altersblankem Kunstleder und an der Wand ein kleiner Fernsehmonitor auf einer Metallschiene.

Auf dem Weg vom Studio hierher durch endlos gleiche Gänge hatte Barbara einen Blick in einige der anderen Garderoben werfen können. Vergleichsweise Luxus pur. Warmes Licht, Teppiche, bequeme Möbel, sanfte Musik. Einige der anderen Gäste kannte sie vom Fernsehen, zwei Schauspieler aus Telenovelas und der Moderator einer Rätselsendung. Die alle kannten sich offensichtlich untereinander, lachten, schwatzten und begrüßten sich alle Naslang mit innigen Umarmungen, als hätten sie sich jahrelang aus den Augen verloren.

„Wir dachten, du wärst vielleicht lieber allein." Lina Polanco sah Barbara nicht an, als sie die Tür zu ihrer Garderobe öffnete. „Naja, es ist ein wenig eng, aber ich denke, du hast alles, was du brauchst."

Barbara schwieg. Sie hatte nicht damit gerechnet, dass die Proben zu dieser albernen Show sich über den ganzen Nachmittag hinziehen würden. Wobei sie selber die meiste Zeit mit Rumsitzen und Warten vertrödelt hatte. Es wurde ein gewaltiger Aufwand getrieben, und irgendjemand fehlte immer. Alles wurde hundertmal wiederholt, und immer war einer dabei, der es noch immer nicht kapiert hatte.

Glücklicherweise war Lina fast die ganze Zeit über bei ihr geblieben. Sie trug wie gestern ultrabequeme Turnschuhe und einen Flatterrock. Das Herzchengesicht unter dem schwarzen Haarwust blieb unermüdlich freundlich. Sie stellte ihr Gustavo Maynar vor, den Regisseur. Dürr, schütteres Blondhaar, Brille, ausgeleierte Jeans. Er konnte kaum älter sein als sie selber.

„Freut mich. Sie sehen super aus." Er sah kurz auf seinen Block, dann wieder zu Lina. „Das Outfit ist okay, nicht zuviel schminken. Achte darauf." Und schon war er wieder weg.

Das Studio war eine Enttäuschung. Barbara kannte es aus dem Fernsehen, da hatte es irgendwie elegant, gewaltig und glitzerbunt gewirkt. Aber in Wirklichkeit war es nur eine Ecke in einem hohen Raum mit Eisenschienen und Scheinwerfern. Bemalte Spanplatten und Fototapeten mit Holzdekor. Auch keine Zuschauermassen, nur ein paar wenige Reihen, auf denen jetzt Schüler und Studenten saßen, die das offenbar regelmäßig machten, und lasen, schrieben oder gelangweilt miteinander quatschten. Einige hatten MP-3 Player in den Ohren, anderen sogar ihren

Laptop dabei.

Barbara bereute es längst, überhaupt zugesagt zu haben. Sie gehörte hier nicht her, und sie war nicht die Einzige, die das so empfand.

Severí Sánchez kannte sie natürlich. Er moderierte nicht nur Greif dein Glück, sondern noch zwei andere Shows. Außerdem war er als Sportmoderator bei allen Tennisübertragungen dabei. Er war etwa Mitte vierzig, schlank, hatte struppig braunes Haar und ein scharf geschnittenes Gesicht mit Habichtsnase. Der nette Junge von nebenan, fand Barbara immer. Lina musste ihn aufhalten, um sie vorzustellen.

„Hast du mal eine Sekunde? Ich will dir Barbara vorstellen." Er blieb sofort stehen. „Das ist Severí Sánchez. Und das ist Barbara."

„Die berühmte Taschendiebin. Sie machen das großartig, ich freu mich!" Er strahlte, hatte Charme, und war in Wirklichkeit kaum größer als sie. „Ich hab im Moment leider keine Zeit, aber ich komme nachher bei Ihnen vorbei, dann reden wir ein bisschen, in Ordnung?"

Es gab eine Beleuchtungsprobe, Tonprobe und Stellprobe. Sanchez moderierte sie kurz an, indem er den Text affenschnell von einem Blatt ablas. „*Die Ratten von Barcelona* ist der Titel der diesjährigen Aktion, die rechtzeitig zur Touristensaison von der Stadtverwaltung gestartet wird. Warnfligher in den Hotels und Poster überall in der Stadt. Ratten nennen wir die Taschendiebe, die unsere Stadt unsicher machen, vor allem im Sommer, wenn wir Gäste aus aller Welt erwarten. Viel hat sich in den letzten Jahren getan, aber viel muss immer noch getan werden. Heute beschäftigen wir uns einmal wieder mit der Prävention, der Vorbeugung. Wie können wir uns schützen? Indem wir schlauer sind als die Ratten." Er unterbrach sich kurz und grinste ins Publikum, an dieser Stelle erwartete er offenbar einen Lacher, von den Studenten kam nichts. „Und dabei helfen uns heute zwei Menschen. Barcelonas berühmteste Taschendiebin höchstpersönlich. Barbara ...", er zögerte beim Nachnamen und überging ihn dann ganz. „Allerdings unter den Augen der Polizei." Er sah auf. „Ist Pep Basset noch immer nicht da?"

„Der kann erst heute Abend", rief Maynar. Sanchez zuckte mit den Achseln. „Okay, dann machen wir so weiter."

Barbara war schlecht. Das Licht blendete sie, in ihren Ohren dröhnte der Herzschlag nach. Sie hatte nicht damit gerechnet, vor dem ganzen Publikum als Diebin vorgestellt zu werden. Ohne weitere Information. Sie war wie gelähmt. Erst als Lina ihr einen kleinen Schubs gab, stand sie auf und ging auf die Bühne. Und weiter zu den Zuschauerreihen. Sie hatten das schon x-mal geübt, und sie machte es wie vorher auch schon. Sie pickte sich wie zufällig die vier Personen aus verschiedenen Reihen heraus, die man ihr vorher gezeigt hatte. Ein Mädchen sah nicht einmal auf, ein Junge grinste sie an, ein anderer deutete auffällig auf die Brieftasche in seiner Jacke. Sie nahm die Uhr.

„Gestorben", rief Maynar, „das war okay. Kann so bleiben!" Die Scheinwerfer erloschen.

Brav. Barbara legte die geklauten Dinge auf das

Tischchen in der Bühnenmitte und kam sich vor wie ein apportierender Hund.

Trottete mit Lina die Gänge entlang und hörte nicht auf ihr munteres Geplauder. „Das Catering ist vom Feinsten. Dafür sorgt schon unser Chef!“ Und dann öffnete sie die Tür zu dieser Besenkammer.

Es war halb sechs. Die Show begann um neun Uhr. Vorher Schminken und Anheizen des Publikums. Vor ihrem Auftritt kamen drei andere Programmpunkte. Interviews, das interaktive Publikumsrätsel für die Zuschauer und die große Greif-dein-Glück-Show für die sechs ausgewählten Kandidaten. Werbepausen dazwischen und sie. Die Show dauerte knapp drei Stunden, ihr eigener Auftritt keine zehn Minuten.

Aber sie musste da sein. Sie war so müde. Wenn sie jetzt zurück zum Pati Llimona raste, konnte sie sich gerade schnell duschen und sich umziehen. Dann musste sie sofort wieder los. Selbst, wenn sie ein Taxi nahm. Und wozu?

Ihre Jeans waren verdrückt, das T-Shirt nicht mehr ganz frisch, die Weste schon ziemlich alt. Ihr Probenoutfit. Aber es gab auch absolut keinen Grund, sich besonders aufzubrezeln, für Leute, die sie eine Ratte nannten.

Sie hatte zugesagt, und sie würde ihr Wort halten. Einmal und nie wieder. Barbara inspizierte misstrauisch die Schnittchen und nahm sich eins mit Lachs und eins mit Ziegenkäse. Lina hatte recht, die waren richtig lecker. Sie probierte noch die Blätterteigröllchen mit Speck und Pflaumen, die Fischkroketten und die mit würziger *chorizo* gefüllten *empanadillas.*

Barbara machte es sich auf dem Sofa bequem und schenkte sich Wasser ein. Eiskalt.

Sie lehnte sich zurück. Dachte an die anderen Llimonas, und was sie jetzt gerade machten. Dachte auch kurz daran, Anna eine SMS zu schicken, konnte sich aber nicht aufraffen. Es war heiß, von irgendwo kam Musik, der Ventilator keuchte rhythmisch.

Barbara hörte weder, dass an die Tür geklopft wurde, noch, dass Lina hereinschaute.

„Barbara?“ Lina kam näher, „Schläfst du?“ sie hielt ein großes Kuvert in der Hand. „Du hast da scheint's einen echten Fan!“ Lina zögerte, legte das Kuvert dann neben Barbara auf das Tischchen. „Dann schlaf. Ich weck dich nachher schon ...“, und ging leise wieder hinaus.

# 32.

Spaziergänger, Familien und Liebespaare überall auf den Grünanlagen. Die Nachmittagssonne ließ das Wasser im Hafen glitzern wie pures Gold. Die Palmen, die bizarren Skulpturen und die Silhouette des L'Aquarium hatten scharfe Schattenkonturen, die Segel der Schiffe auf dem Meer schimmerten durchscheinend wie Seide.

„Nein, nicht zum Maritím, und auch nicht zum Real Nautico! Zum Club Jaume 1 bitte!“ Pia beugte sich vor, aber der Taxifahrer reagierte nicht. Pia wollte gerade ihre Stimme erheben, als sie sah, dass die Zufahrt dieselbe war.

Es hatte einige Mühe gekostet, Janet von ihrem Plan abzubringen, selber noch einmal hier her zu kommen. Aber ihr Gesicht war inzwischen zu bekannt.

Noch mühsamer war es gewesen, Anna zu einem etwas anderen Outfit zu überreden. Sie trug jetzt rote Sneaker, weiße Shorts und ein rot geringeltes Uncle-Sam-Polo. Sie sah sehr niedlich aus, sportlich aber auch sexy. Und sehr jung. Sie fühlte sich ganz offensichtlich extrem unwohl. „Du siehst aus, als gehörst du da rein.“ Pias Annäherungsversuch prallte ab. Sie wechselte das Thema. „Sag mal, Anna, hättest du nicht Lust, dir mal meinen alten Renault anzusehen? Der steht da in der Garage an der Placa Regomir und rostet vor sich. Ich wollte den Stellplatz schon kündigen, aber vielleicht könnte man die Karre doch noch mal reanimieren. Du müsstest sowieso den Führerschein machen ...“ Pia sah Annas Gesicht, dass sich jetzt endgültig verschloss.

„Scheiße, Barbara hat dir das gesagt!"

„Nein, was?" Pia verstand Annas Reaktion nicht. Sie zahlte das Taxi und stieg aus. Als Anna an ihr vorbei zum Club wollte, hielt sie sie am Arm fest. „Komm, das klären wir zuerst. Was ist los?"

„Hat Barbara wirklich nichts gesagt?"

„Nein! Was denn überhaupt?"

„Und du würdest mich an dein Auto lassen?"

„Aber sicher, du kannst das doch. Als einzige von uns. Das hätten wir schon längst mal tun sollen. Wieso fragst du überhaupt?"

Anna strahlte plötzlich und umarmte Pia kurz aber heftig. „Geil!" Sie musste sich bücken, aber Pia hielt sie fest und drückte sie zurück.

„Alles okay?"

„Klar. Und es stört mich auch nicht mehr, wenn du mich hier als Segelsexmaus verhökern willst." „Das ist doch nicht wahr!" Pias Protest ging in Annas Lachen unter. Pia hatte sich auch verkleidet. Ein weißer Viskoseanzug mit hellblauem Top. Das letzte Geburtstagsgeschenk ihrer Mutter, sicher aus Madrids teuerster Boutique.

Sie gingen durch die Glastüren und ungehindert in die Eingangshalle. Ein fröhliches Durcheinander von Leuten und Stimmen. Niemand beachtete sie. Pia entdeckte die Fotowand neben den Terrassentüren. Ein großer Rahmen mit einer bunten Collage aus kleinen Fotos, daneben und drum herum gerahmte Fotos in allen Größen. Regatten, Feste, Ehrungen. Das Leben des Clubs über das Jahr hinweg. Aber das

Foto, von dem Janet gesprochen hatte, konnte Pia nicht entdecken. Auf den ersten Blick war auch kein einsamer Nagel oder ein helleres Viereck an der Wand zu entdecken. Wer immer das Foto entfernt hatte, er hatte keine Spuren hinterlassen.

„Schau mal, hier!“ Anna studierte die große Fotocollage und zeigte auf eine kleine Menschengruppe, die offenbar aus einem Foto ausgeschnitten worden war. Winzig. Pia musste sich recken, um etwas zu sehen.

Vor einem knallblauen Himmel standen Carod und Saura. Braungebrannt in weißer Segelkluft. Elena zwischen ihnen, hielt einen goldenen Pokal hoch. Saura hatte den Arm um ihre Schultern gelegt, alle drei strahlten in die Kamera.

Anna hatte schon ihr Handy aus der Tasche gekramt und machte ein paar Fotos. Pia passte auf, dass keiner sie beobachtete. Dann schlenderten sie in das Restaurant hinüber und über die Terrassen zu den Bootsstegen.

Wassersprayer drehten sich über einem grünen Rasen, den offenbar jemand täglich mit Zentimetermaß und Nagelschere kürzte. Dann ging der Rasen langsam in Steinplatten über, verschiedene Rot- und Rosatöne, von einem Gartenarchitekten wie zufällig ins Grün gestreut. Die Stege mit den Booten waren aus Teakholzplanken.

Es war die schönste Zeit des Tages. Die Hitze hatte ihre Macht verloren, das Licht der tiefstehenden Sonne glühte noch einmal nach, bevor es dunkel wurde. Die meisten Boote waren schon zurück, die letzten kreuzten gegen den abflauenden Wind in den Hafen zurück. Machten fest und wurden für die Nacht mit Persennings abgedeckt.

Fast nur Männer, die meisten älter. Gut gehalten, schlank, sportlich. Kaum gleichaltrige Frauen im Segeloutfit. Einige ganz junge Männer waren auch dabei, Söhne oder Neffen. Auch ein paar junge Mädchen machten mit. Aber das schienen auch Töchter zu sein oder deren Freundinnen. Keine von ihnen entsprach dem Bild, das Janet entworfen hatte. Geile Weiber auf heißem Segeltörn. Aber natürlich war es Sonntag, *el dia de la familia*.

Ein älterer Mann mit vollem weißen Haar und eleganten Segelhosen schien auf Janets Beschreibung von diesem Rodriguez zu passen. Er musterte Pia abschätzend und starrte Anna länger an. Aber nur unauffällig, wie nebenbei, er hatte eine Frau von etwa vierzig Jahren bei sich und zwei Teenagersöhne. Sein Boot war ein gigantisches Riesenteil mit dem originellen Namen *Albatros*. Rodriguez musste sich auch nicht selber darum kümmern, das machte ein junger Nordafrikaner in blauen Shorts und T-Shirt mit Clublogo.

„Der ist eher in deiner Altersklasse", sagte Pia und blieb zurück. Anna grinste und schlenderte zur *Albatros* vor.

Der Junge war älter, als er auf den ersten Blick aussah, sicher über dreißig. Nicht sehr groß, breitschultrig und muskulös. Er reagierte nicht, als Anna ihn ansprach. Anna versuchte es wieder, und noch einmal. Endlich sah er auf. Zögerte noch immer.

Auf eine etwas grobe Art war er hübsch. Vermutlich wurde er oft genug von frustrierten Gattinnen oder deren Töchtern angemacht. Und jede Reaktion darauf konnte ihn den Job kosten.

„Kann ich Ihnen irgendwie behilflich sein?" Pia fuhr herum. Hinter ihr stand der Mann, den sie für Rodriguez hielt. Allein. Er sah gut aus und lächelte charmant. „Mein Name ist Manuel Rodriguez. Sie sind neu hier?"

„Ich sehe mich nur ein bisschen um." Pia lächelte verschwörerisch. „Mein Mann kümmert sich solange um die wesentlichen Dinge." Sie imitierte ihre Mutter, dieses wissende Lachen, das Verständnis vortäuschte. Rodriguez verstand sofort.

„Heute ist Sonntag. Da geht es eher ruhiger zu. Aber unter der Woche haben wir hier jede Menge *action*, wenn Sie verstehen, was ich meine ..."

„Aber ja." Pia lächelte zurück, wieder eine Kopie ihrer Mutter, allerdings gequält und mühsam. Sie konnte sich nicht vorstellen, dass dieser Rodriguez sie nicht durchschaute. Er war abgelenkt, wurde gerufen. „Papa!" Er zwinkerte Pia noch einmal zu, „Wir sehen uns!" und eilte zurück.

„Los, schnell weg!" Anna stand plötzlich neben ihr, winkte verkrampft zu dem Jungen an der *Albatro*s zurück und zerrte Pia am Arm. „Komm endlich, ich ertrag das nicht mehr länger!"

„Dann sind wir schon zwei." Sie rannten zurück, ohne auf ihr damenhaftes Image zu achten. Über die Bootsstege und den Rasen, durch die Terrassen, das Restaurant und die Eingangshalle. Verschnauften erst auf dem palmenbegrenzten Parkplatz hinter dem Clubhaus.

„Und?“ Pia sah sich nicht lange nach einem Taxi um, sondern machte sich gleich zu Fuß auf den Weg hinüber zur Placa del Ictinio, um den Yachthafen herum, und durch den Park zur Moll de Bosch.

„Janet hatte recht mit ihrer Vermutung.“ Anna legte gleich ein gutes Tempo vor, und Pia hatte Mühe, mitzuhalten.

„Dieser Junge sieht vermutlich so allerlei.“

„Alles. Er heißt Pierre, hasst den Club und verachtet die Leute dort. Er tut so, als verstünde er kein Spanisch. Offenbar sehen einige der Damen ihn als so eine Art Pokal. Er hat erst geredet, als ich ihm sagte, dass wir Detektivinnen sind und gegen Saura ermitteln. Bei dem Namen hat er fast gekotzt. Das arrogante Arschloch hat er ihn genannt. In akzentfreiem Spanisch. Der, Carod, Rodriguez und noch ein paar sind bekannt für ihre wilden Parties auf dem Meer. Vor allem bei Vollmond. Er konnte sich sehr gut an letzten Mittwoch erinnern. Offenbar war Elena hier und hat nach Saura gesucht. Mit Isidre im Kinderwagen, ganz die vorwurfsvolle Mama. Sie kam zu spät, die *Elena III* hatte gerade abgelegt. An Bord waren fünf oder sechs Leute, man konnte noch die Musik hören. Aber Piere wird dafür bezahlt, dass er bei solchen Gelegenheiten wegschaut. Er sagte Elena, dass Saura nicht mit an Bord sei, und sie ging wieder. Pierre hatte sehr spät Dienstschluss an dem Tag, war aber nicht mehr da, als die *Elena III* zurückkam. Er meint, das muss sehr spät gewesen sein, weit nach

Mitternacht. Aber Donnerstag morgen lag sie wieder sauber vertäut am Steg.

„Sieht ganz so aus, als wären die schöne junge Frau aus dem Meer und die auf dem Foto identisch. Berta Roldán. Und die war ja wohl durchaus an diesen kleinen heißen *fullmoonfiestas* interessiert. Und Saura und Carod haben sich dafür die Elena III geteilt ..."

„Vielleicht auch die Elena I?" Anna blieb stehen. Sie waren jetzt auf der Placa d'Antoni López, zu Fuß keine halbe Stunde bis zum Pati Llimona.

„Nein." Pia schaute zum funkelnden Meer zurück. „Das passt irgendwie nicht. Was immer man über Saura sagen kann, und er selber hat ja offensichtlich nichts anbrennen lassen, aber Elena hat er auf seine grotesk besitzergreifende Art wirklich geliebt. Sie war seine Königin. Ich bin sicher, dass sie nie zu diesen Segeltörns mitgenommen wurde. Saura hätte sie niemals mit einem anderen geteilt. Auch nicht mit Carod."

„Carod und Elena sahen das vielleicht anders?" Annas Gesicht blieb ausdruckslos, und Pia fragte sich, was sie alles in ihrer Kindheit auf Ibiza hatte miterleben müssen. Ihre Lebenserfahrung überstieg die eines so jungen Mädchens jedenfalls bei weitem.

„Tja, möglich. Das würde auch die Eifersucht von Saura etwas besser erklären."

„Wir sollten mal einen Gentest mit Isi und Carod machen." Auf Annas Gesicht lag nach dem schnellen Spaziergang ein leichter Schweißfilm. Pia holte ihr Handy heraus.

„Ich denke, Janet und Dagmar sollten auf alle Fälle

Bescheid wissen."

„Sie wollten erst nochmal die Nachbarn am Arc de Triomf befragen."

„Und sich dann Carod vornehmen." Pia drückte Janets Nummer. Die Mailbox. Typisch für Janet. „Hier Pia. Wichtige *news*. Ruf bitte sofort zurück!" Pia drückte die Nummer von Dagmar. Auch hier nur die Mailbox.

Das war allerdings mehr als seltsam. Dagmar wollte immer und ständig für ihre Kinder erreichbar sein. Pia hinterließ dieselbe Nachricht und schaltete das Handy wieder aus. Anna deutete ihren Gesichtsausdruck sofort richtig.

„Dagmar auch? Verdammt!"

Sie hielten nach einem Taxi Ausschau, aber natürlich kam keins. Pia zögerte nur kurz und wählte dann die Handynummer von Josep. Aber auch bei ihm meldete sich nur die Mailbox.

## 33.

Janet bewegte sich natürlich nicht einen Zentimeter zuviel. Stand immer nur im Schatten herum und rauchte. Dagmar schwitzte, atmete schwer und lehnte sich einen Moment an die Hausmauer. „Der Lift war kaputt!“ keuchte sie vorwurfsvoll. Janet nickte nur wissend.

„Hab ich nicht anders erwartet.“

Das Haus war das letzte auf ihrer Liste. Direkt neben dem der Sauras, aber es war nicht so aufwendig renoviert. Unten gab es zwei Läden, die am Sonntag natürlich geschlossen waren. Die halbrunde Eingangstür stand einen Spalt offen. Dagmar schaute hinein. Ein etwas vergammeltes Treppenhaus. Fünf Stockwerke. Janet winkte nur ab.

Dagmar hatte sich hochgequält. Ziemlich wütend. Und bei allen Wohnungen geläutet, die auf die Straße hinausgingen. Aber nur in zweien war jemand zuhause. Ein junger Mann in einer Wolke von Aftershave, der sich offenbar gerade zum Ausgehen fertigmachte und sich für nichts anderes interessierte als sein Date. Und eine alte Frau, die so aussah, als müsste gerade sie sich extrem für ihre Nachbarn interessieren. Die aber nur stolz von ihrem neuen Computer berichtete, von den Rentnerchatrooms und den lustigen anderen *jubilados*.

„Nichts. Absolut nichts!“ Einen Block weiter war ein Café mit roten Tischen und weißen Sonnenschirmen. Dagmar hätte viel für einen eisgekühlten Drink gegeben. Wasser zur Not.

„Also, ich will jetzt nicht rumprotzen", Janet sah sie nicht an, „aber ich hab einen Zeugen."

„Einen Zeugen?" Dagmar wischte sich mit einem Tempotuch den Schweiß von der Stirn und auch gleich von Gesicht und Hals. Ihr Top klebte am Rücken, die Hosen waren verknautscht.

„Der Kellner vom Café da vorn. José heißt er. Und er hat beobachtet, wie gestern Nacht ein Auto ganz langsam hier rumschlich und dann plötzlich losraste. Hat ihn fast überrollt." Janet war kühl und entspannt. „Er behauptet steif und fest, es war ein Mercedes S 600 mit getönten Scheiben. Dunkelblau. Er will das beschwören. Er hat die Parallelstreifen der Rückleuchten erkannt, und die Katzenaugen der Frontscheinwerfer. Ich denke mal, der Mann kennt sich wirklich aus."

„Ein Mercedes ..." Dagmar schwitzte immer noch, aber ihr Atem ging wieder ruhiger. „Carod. Vor seiner Kanzlei in der Diagonal, da stand ein blauer Mercedes. Ich weiß aber nicht, ob der da nur parkte, oder ob das seiner ist."

„Dann prüfen wir das mal nach." Janet machte einen Schritt an den Straßenrand, hob eine Hand und schon hielt ein Taxi.

Janet überließ ihr den Vortritt, und Dagmar kletterte etwas mühsam auf den Sitz hinter dem Fahrer. Und fummelte sofort ihr Handy heraus, um die Kinder anzurufen. Nichts. Der Akku war leer. Sie hatte vergessen, das Handy aufzuladen, wiedermal.

„Zur Diagonal", sagte Janet und glitt geschmeidig auf den Sitz neben ihr. Zeigte dabei ziemlich viel von einem dünnen, blassen aber sehr wohlgeformten Bein. Das hatte keine Bedeutung. Der Fahrer war alt, hässlich, und stank nach Schweiß unter Polyestertextilien. Aber Janet machte diese Dinge nicht berechnend, das waren Reflexe bei ihr wie das Atmen oder Trinken.

Janet war Janet. Und Dagmar mochte sie. Sehr sogar. Keine Frage. Ohne Janet hätte sie bis heute ihre Kinder nicht zurück. Gerade weil Janet sich nicht immer so genau an die vorgeschriebenen Wege hielt. Und vielleicht beneidete sie Janet sogar. Weil sie so selbstbewusst und frei war. Aber genau deshalb fühlte sie sich ihr auch manchmal unterlegen. So wie jetzt. Janet hasste es, überall erreichbar zu sein und schaltete ihr Handy oft gar nicht erst ein. Aber sie hätte es ihr natürlich sofort gegeben. Jedoch nicht ohne eine Bemerkung über die lebensnotwendige Freiheit für Teenager und gluckenhafte Mütter.

Dagmar schwieg.

Sonntag Abend. Dicht fließender Verkehr, Touristen, Paare und Gruppen junger Leute vor der *cena*, dem Abendessen. Elegante Cafés und Restaurants, die Diagonal funkelte. Auch das Jugendstileckhaus mit Carods Kanzlei war hell erleuchtet. Wie erwartet. Janet überließ es Dagmar, das Taxi zu zahlen, stieg aus und musterte die parkenden Autos. „Kein Mercedes zu sehen."

Dagmar krabbelte nach rechts rüber aus dem Taxi, das sofort losfuhr. Sie konnte gerade noch ihre Tasche an sich reißen.

„Der hat doch sicher eine Garage hier irgendwo!"

Dagmar läutete an der obersten Klingel. „Oder er ist weg."

„Si?" Wieder die Stimme des jungen Mannes.

„BBC-London!" Janet schob Dagmar zur Seite. „Wir haben eine Vereinbarung mit Senor Jorge Carod."

Einen kurzen Moment war nur Flüstern und Knacken zu hören, dann surrte der Öffner. Janet blieb vorne. Unbeeindruckt schritt sie durch den blühenden Innenhof, vorbei an den plätschernden Marmorbrunnen mit den nassen Marmorgrazien vorbei zum gläsernen Lift.

Janet benutzte kein Make Up, das sie jetzt hätte hastig erneuern können, sie prüfte nicht, ob ihr Rock noch saß, sie fuhr sich nicht einmal mit der Hand durch die Haare. Die Verwandlung war trotzdem nicht zu übersehen. Janet war eine Lady. Nein, viel besser, Janet war der Boss.

Im achten Stock kam Dagmar kaum hinter ihr her. Heute warteten gleich zwei hübsche junge Männer in Chinos und Polohemden. Dagmar erkannte den einen. Er sie dummerweise auch. „Ah, die teutsche Frrrau Warrrwitz. Seit wann sind Sie bei der BBC?"

„Sir *nameless*, wie schön, Sie wieder zu sehen. Und noch dazu mit Ihrem besten Kumpel, Don *sin nombre?"* Sie schob sich an den beiden und auch an Janet vorbei und eilte voraus. Die meisten Türen waren geschlossen, aber die Tür zu Carods verglaster Kanzleihalle stand halb offen.

Carod stand an der weißen Bücherwand, der gesamte Mittelteil war wie eine Doppeltür herausgeklappt und gab eine verspiegelte und wohlbestückte Bar frei. Carod war barfuss, trug dunkle Hosen zu einem weißen Polo und schüttelte sehr professionell einen silbernen Mixer über der Schulter. Wandte sich ihnen lächelnd zu.

Und erkannte Dagmar.

Das Lächeln schmolz. Er stellte den Mixbecher ab und flüchtete hinter seinen Schreibtisch. „Was wollen Sie denn schon wieder?!" Er griff nach dem Telefon, aber in der Tür hinter ihnen erschienen schon ungerufen *nameless* und *sin nombre*. Carod entspannte sich wieder etwas. „Noch dazu unter Vorspiegelung falscher Tatsachen. Und Sie?" Er fixierte Janet, erkannte sie wieder, verzog den Mund.

„BBC-London, wie ich schon sagte." Janet baute sich vor dem mehrstöckigen Plexiglastisch auf. Der Tisch schien zu schrumpfen. „Mein Name ist Janet Howard. Ich bin Kriminal- und Gerichtsreporterin für spanische und englische Medien. Im Moment bereite ich eine Dokumentation über die interessantesten Anwälte Europas vor. Ihr Name wurde mehrfach genannt."

Carod sagte nichts. Die Lüge war zu dick, um sie zu glauben. Aber auch zu süß, um sie nicht zu schlucken. Das Lächeln tauchte vorsichtig wieder auf, er winkte die beiden jungen Männer hinaus. Er musste noch zweimal nachwedeln, bis sie endlich verschwanden.

Dagmar hätte sich liebend gern gesetzt, aber Janet blieb aufrecht vor dem Tisch stehen. „Zum Beispiel auch von Dagmar Warwitz und ihrem Seniorpartner Jaime Bartolo Fusté."

„Das war einer zuviel." Sein Lächeln verzog sich zu einem überheblichen Grinsen. „Ich kenne Jaime sehr gut, wir golfen zusammen. Er hätte mir sofort von Ihrer Anfrage erzählt." Das Grinsen fror ein. „Also, was wollen Sie wirklich?!"

„Sie wollen die Wahrheit hören?"

„Ich möchte vor allem, dass Sie sich wieder verabschieden, und zwar schnell."

„Ich bin tatsächlich Journalistin und ich berichte sowohl in Spanien als auch in England über interessante Kriminalfälle." Janet blieb absolut cool, Dagmar hätte sie nur ungern zur Feindin gehabt. „Und hier haben wir einen ganz besonders interessanten Fall."

„Sie beginnen mich bereits zu langweilen." Carod stand auf und schlenderte wieder zu der Bar und seinem verlassenen Mixbecher. „Ich vermute, Sie sprechen von der armen Elena Saura. Das ist eine schreckliche Geschichte, fraglos. Aber wir sind hier nicht in London, wir sind in Barcelona. Und Verbrechen aus Leidenschaft sind bei leidenschaftlichen Menschen schon mal möglich." Er füllte Crasheis in ein Glas und schüttete eine milchig weiße Flüssigkeit darüber. „Adrián ist mein Freund, ich werde ihn verteidigen, und ich werde ihn freibekommen." Er nahm einen Schluck, lächelte wieder. „Ich würde Ihnen ja einen Drink anbieten, aber Sie müssen jetzt leider gehen."

„Einen Moment noch" Janet warf Dagmar einen kurzen Blick zu. „Ist Adrián Sauras Schuld denn schon erwiesen?"

„Und wenn, wie wollen Sie das angehen?" Janets

Spiel begann Dagmar Spaß zu machen. „Ich frage aus rein kollegialem Interesse. Sie nennen das ein Verbrechen aus Leidenschaft. Wollen Sie es so darstellen, dass Saura der Mörder war, und dass er Grund dafür hatte, seine geliebte Elena zu töten?"

„Sie war eine *puta*!" Die erste Spur von Nervosität.

„Ahja? Sie war eine Hure?" Dagmar machte ein paar Schritte auf ihn zu, er wich unmerklich zurück. Dagmar spürte Janets Blick von der Seite. Zustimmung. Sie fühlte sich plötzlich leicht und sicher. „Sie nennen sie eine *puta*, weil sie Saura nicht immer treu war. Woher wissen Sie das so genau? Vielleicht, weil Sie selbst mal etwas mit ihr hatten? Weil der kleine Isidre nicht Sauras Kind ist, sondern Ihres?"

„Eine lächerliche Unterstellung!" Carods Stimme war kaum zu verstehen, er bewegte sich nicht, nur sein Adamsapfel sprang hoch, als er einen zu großen Schluck aus seinem Cocktailglas nahm.

„Aber darum geht es ja auch gar nicht." Janet stellte sich neben ihn, holte sich ein Whiskyglas und eine Flasche aus dem verspiegelten Regal. J&B, obwohl es auch ein paar sehr teure und exquisite Maltwhiskys gab, schüttete sich einen Fingerbreit ein und steckte sich eine Zigarette an. „Es geht um einen ganz anderen Mord. Eine andere junge Frau. Berta Roldán. Sie erinnern sich?"

„Nein, das war doch ..." Carod brach ab und ließ den begonnen Satz in einem Hustenkrampf untergehen. Janet klopfte ihm mitfühlend auf den Rücken.

„Das war ein Unfall. Wollten Sie das sagen? Mittwoch war Vollmond. Und da ist Berta bei Ihrer kleinen *fiesta de luna llena* über Bord gegangen. Sie haben sie in der Dunkelheit nicht mehr gefunden. Und Sie konnten natürlich auch niemandem Bescheid sagen. Im Club haben Sie verbreitet, sie sei längst nach New York abgereist. Nur Elena Saura hatte sie dummerweise gesehen.»

„Und Elenas Tod war ganz sicher kein Unfall, das war Mord", sprang Dagmar ein. „Sie haben es so dargestellt, dass es aussah wie ein Verbrechen aus Leidenschaft. Aber bei der Obduktion konnte man einwandfrei feststellen, dass schon der erste Stich tödlich war, die anderen waren sozusagen nur noch schmückendes Beiwerk."

„Sie hatten ihren Tod schon für viel früher geplant. Sie haben Saura überredet, Elena anzuzeigen. Im Knast hätte ihr einiges zustoßen können, aber leider kam Ihnen meine Kollegin Dagmar zuvor."

„Das lief also nicht so gut für Sie." Dagmar behielt Carods Hände im Auge. „Aber dann spielte Ihnen Saura mit seinen Liebesgrüßen zu, und Sie haben das Ganze ausgebaut und den Druck auf Elena verstärkt. Die raffinierten Fotos, das waren Sie. Ebenso die Idee mit dem Sarg. Der Plan war, Elena fertig zu machen, und Saura als wahnsinnigen Stalker hinzustellen."

„Wer Freunde wie Sie hat, braucht wirklich keine Feinde mehr." Janet schob sich unauffällig zwischen Carod und Tür. Carod schwieg, aber die Atmosphäre war extrem angespannt. Gleich würde irgend etwas passieren, aber auch Dagmar konnte jetzt nicht aufhören.

„Nur werden Sie damit leider nicht durchkommen.

Auch, wenn Sie das Prepaid-Handy vernichtet haben, mit dem Sie Elena noch angerufen haben, kurz bevor Sie sie erstochen haben. Es gibt Zeugen. Elena hatte kurz vor ihrem Tod noch einen anderen Besucher. Einen *inspectór* aus der Laietana. Und Sie und Ihr Mercedes wurden zur fraglichen Zeit vor dem Haus gesehen ..."

Carod unterbrach sie mit einem schrillen Pfiff. Wich einen Schritt zurück und pfiff noch einmal.

Von draußen ertönte auch ein Pfiff. Dann erschienen die beiden hübschen jungen Männer in der Tür. Der erste hielt ein Silbertablett mit dampfenden Mokkatässchen in den Händen, der zweite eine Pistole.

## 34.

Der Bus kroch nur langsam vorwärts, eingezwängt in eine unendliche Kette von Autos. Staus an jeder Kreuzung, aber sie konnten auch nicht aussteigen. Pia war nervös, und die ausgelassene Sonntagstimmung der anderen, meist jungen Leute im Bus verstärkte das Gefühl nur noch. Endlich, an der Placa de Catalunya war eine Haltestelle, und sie ließen sich mit dem Pulk hinausspülen.

Die hektische Betriebsamkeit des riesigen Rondells war abends nicht viel geringer als tagsüber. Die hohen Bürobauten waren geschlossen aber hell erleuchtet, an den Fußgängerampeln stauten sich die Fußgänger, aus den Bars kam Musik, vor den Cafés und Restaurants saßen Touristen, Familien und Paare beim Aperitif. Kein freies Taxi weit und breit.

„Nehmen wir die U-Bahn?“ schlug Anna vor. Pia wählte noch einmal die Nummer von Josep, bekam wieder nur die Mailbox. „Nein, da haben wir keinen Empfang. Ich glaub, da hinten seh ich ein Taxi!“

„Das wird kaum schneller sein, als dieser blöde Bus eben.“

Das Taxi wurde gestoppt, bevor es bei ihnen war. Pia folgte Anna langsam in Richtung U-Bahn. Blieb stehen, schloss kurz die Augen, holte tief Luft und tippte die Nummer von Toni ein.

„*Diga*?“ Toni war sofort dran.

„Toni? Ich bins, Pia.“

„Pia!“ Mehr sagte er nicht. Pia hatte ihn noch nie privat angerufen. Und sie hätte es auch nie getan, wenn sie Josep erreicht hätte. Es war sehr laut, aber trotzdem hörte sie Musik bei ihm Hintergrund.

„Wo bist du?"

„Das geht dich ja wohl kaum etwas an, oder?"

„Entschuldige. Ich meinte, bist du noch in der Nähe der Laietana?"

„Nein."

Natürlich nicht. Toni machte immer überpünktlich Feierabend. Pia holte tief Luft, bemerkte Annas fragenden Blick und verzog das Gesicht. „Hör zu Toni, es ist wichtig. Ich kann Josep nicht erreichen. Aber ich glaube, dass Janet und Dagmar in Gefahr sein könnten. Ich fahre jetzt in die Diagonal, zur Kanzlei von Jorge Carod. Kann sein, dass ich Verstärkung brauche."

„Und was geht mich das an?"

„Du bist doch *inspectór* bei der Mordkommission, oder?"

„Ich schon. Aber du nicht mehr. Also?"

Anna sprang auf die Fahrbahn und stellte sich einem Taxi in den Weg.

„Toni, verdammt. Es geht um den Mord an Elena Saura. Es könnte gut sein, dass du entscheidend zur Aufklärung beiträgst, wenn du jetzt ein paar Leute aktivierst und in die Diagonal kommst."

Toni schwieg. Anna stieg in das Taxi ein und hielt Pia die Tür auf, hinter ihr Hupen. Pia lief hinüber und stieg ein.

„Toni?"

„Tut mir leid Pia, aber für mich klingt das eher so, als würde ich mich da voll in die Scheiße setzen.

Noch mehr als sowieso schon. Dank deiner gütigen Mithilfe!“ Er legte auf, aber vielleicht war die Verbindung auch so unterbrochen.

„Du rufst Toni an? Toni Schwachkopf Botía aus der Laietana?“ Anna gab sich vergeblich Mühe, die Frage neutral klingen zu lassen. Pia steckte ihr Handy weg.

„Josep geht nicht ran, und offiziell kann ich die Kollegen ja leider nicht mehr anfordern. Die Ex-Kollegen.“

Das Taxi bog in die Diagonal ein und kam das letzte Stück erstaunlich schnell voran. Pia hatte es eilig, sie zahlte und gab dem Fahrer ein zu niedriges Trinkgeld. Er murmelte ein paar Abfälligkeiten über sie und ihre Mutter, aber jetzt war nicht die Zeit für emanzipatorische Dispute.

„Vom Feinsten!“ Anna schaute an dem hell erleuchteten Jugendstilbau hoch.

„Ich versuch es noch ein letztes Mal ...“ Pia nahm ihr Handy heraus und wählte die Nummer von Josep. Die Mailbox. Diesmal hinterließ sie keine Nachricht mehr. Dann noch einmal die Nummer von Janet. Mailbox. Die von Dagmar. Mailbox.

Pia hatte ihre alte Dienstwaffe nicht dabei. Hatte sie sofort wieder weggelegt, nachdem sie Elena gefunden hatten. Erleichtert. Jetzt bedauerte sie das schon. Sie studierte die Klingelschilder. Die Kanzlei von Jorge Carod war in den beiden obersten Stockwerken.

Sie sah Anna an, Anna nickte. Pia läutete im zweiten Stock. Keine Antwort. Sie versuchte es im dritten. Eine helle Frauenstimme meldete sich. „Si?“

„Telegramm!“

Der Summer ertönte, Pia und Anna waren im Haus. Ein Patio mit Yuccas und drei kleinen Marmorbrunnen. Und einem verglasten Fahrstuhl. Sie stiegen ein, und Anna drückte die Acht.

Im dritten Stock stand ein junges Mädchen mit dunkler Haut und weißem Schürzchen in der offenen Tür auf der anderen Seite des Innenhofs. Sah ihnen nach. Schloss die Tür wieder.

Der Lift hielt in einem kleinen glasüberdachten Vorraum. Friedhofszypressen an den Wänden entlang und ein paar verstaubte Oleanderbüsche. Eine Tür. Kein Schild. Wer bis hierher kam, der wusste, wo er war.

„Es gibt zwei Möglichkeiten“, überlegte Pia leise. „Entweder wir irren uns, dann stehen wir ziemlich blöd da. Aber egal. Oder aber, wir haben Recht, dann sind wir vielleicht in Gefahr. Für den Fall müssen wir uns einen Trick ausdenken.“

„Ich geh erstmal allein rein.“ Anna hatte immer noch ihr Segelcluboutfit an. Niedlich, sexy. Pia fühlte sich gar nicht wohl, durfte das aber jetzt auch nicht zeigen. Anna hasste es, wenn sie als Kind behandelt wurde. Zu Recht. Pia nickte langsam.

„Du suchst deine Mutter. Dagmar.“

„Nein. Viel besser. Ich hab im Club von Carod gehört. Ich wollte ihn kennen lernen.“

„Bist du verrückt?! Das ist viel zu gefährlich!“

„Versteck dich lieber mal!“ Anna grinste ihr zu und drückte auf die Klingel neben der Tür. Das war der helle Wahnsinn. Sie verrieten viel zu viel. Aber Pia blieb keine Zeit. Sie schob sich hinter eine der Zypressen und presste sich flach an die Wand.

Die Tür wurde vorsichtig aufgezogen, ein junger Mann schaute heraus. Er hielt die linke Hand an der Klinke, die rechte hinter dem Rücken. Anna lächelte ihn an. „Ich bin Anna …“

„Toller Name!“ Der junge Mann holte die Hand hinter dem Rücken hervor. Und hielt eine Pistole direkt auf Anna gerichtet. Er winkte mit dem Kopf zu Pias Zypresse. „Und Sie kommen auch besser da raus!“

Pia hätte sich ohrfeigen können. Vierteilen und erschießen. Sie hatte nicht daran gedacht, nach oben zu schauen. Jetzt war es eindeutig zu spät. Aber da gab es neben dem Glasfenster drei winzigkleine, matt silbern blinkende Kameraaugen, die jeden Winkel dieses Vorraums genau im Blick hatten.

Pia bewegte sich langsam und überlegte krampfhaft, was sie tun könnte. Der junge Mann sah lieb und unschuldig aus. Aber er war offensichtlich geschult, er wusste genau, was er tat. Er hielt die Pistole weiter auf Anna gerichtet. „Bitte nehmen Sie die Hände nach oben, legen sich auf den Boden, und dann die Hände auf den Rücken.“ Er behielt weiter Anna im Blick. „Ich hoffe, das erfordert nicht zuviel Mühe.“

Pia hatte keine Wahl. Sie war unbewaffnet, und sie durfte Anna nicht gefährden. Teeren, federn und aufknüpfen wären eine noch zu milde Strafe für sie. Sie legte sich hin.

„Jetzt du!“ Der junge Mann deutete mit der Pistole auf Anna. Anna bewegte sich nicht. Pia konnte sehen, wie alle Möglichkeiten der Selbstverteidigung durch Annas Hirn rasten.

„Tu, was er sagt!“ zischte sie scharf. Der junge Mann grinste, aber glücklicherweise sah Anna nur zu ihr her. Pia versuchte, aufmunternd zu lächeln. Der junge Mann pfiff, und sofort erschien ein zweiter junger Mann, auch er mit Pistole. Er beugte sich über sie, durchsuchte sie sorgfältig, fand ihr Handy, steckte es ein, in der Westentasche ihren Ausweis, las ihn und stieß ein höhnisches Grunzen aus. „Das wird den Chef aber freuen, Pilar!“ Er schnürte ihre Handgelenke mit Kabelbindern zusammen. Dann wandte er sich Anna zu. Anna schaute nicht zu Pia, sie hatte den Mann im Auge. Konzentrierte sich auf ihr Tae Kwon Do Können. Als er vorsprang, versuchte sie ihn mit einem Handkantenschlag abzuwehren, aber da hatte er sie schon im Schwitzkasten. Kicherte. Anna versuchte einen Balton, zielte den Fuß im Halbkreis nach seinen Bauch, aber er kannte sich aus, setzte einen Block mit der Faust unter ihr Schlüsselbein und zog mit einem dwit-chagi nach, das er schlug von hinten mit der Ferse zu. Dagegen hatte sie keine Chance.

Pia konnte nicht mehr klar denken. Sie hatte Anna in diese Situation gebracht. Sie war schuld, Scheiße nochmal! Sie zwang sich, ruhig zu atmen.

„Und jetzt steh wieder auf, los!“ Der erste junge Mann war hinter ihr, packte sie an den zusammengedrehten Handgelenken und riss sie brutal hoch. Der Schmerz schoss ihr in die Schultern und weiter hoch zu den Schläfen. Sie konnte einen Aufschrei nicht unterdrücken. Der junge Mann bei Anna war entweder freundlicher, oder Anna reagierte schneller. Sie stand jedenfalls mit einem Satz wieder auf den Beinen. Zusammen wurden sie durch die Tür getrieben.

Helles Licht. Cool Jazz. Ein großer Raum. An einer Wand ein Original-Pollak, tiefe Rot- und Blautöne. Daneben ein früher Mariscal, Comictiere unter Palmen am Strand. Ein breiter Gang mit verschiedenen Türen. Pia wollte sich nach Anna umsehen, als sie plötzlich einen dumpfen Schmerz am Hinterkopf spürte und ein hässliches Knirschen hörte. Dann kam die Dunkelheit.

Es war keine freundliche Dunkelheit. Rosa Licht hinter den Lidern. Angst, Panik. Atemnot. Leise Stimmen. Sie lag auf dem Boden. Hart. Schmerzen hinter den Augen, in der Schulter. Vom Ellbogen abwärts spürte sie nichts mehr. Die Stimmen kamen ihr bekannt vor. Frauen. Janet? Dagmar?

„Sie ist tot!" Anna.

Pia zwang sich, die Augen zu öffnen. Dröhnen im Kopf. Grelles Neonlicht. Sie erkannte beschriftete Pappkartons und ein deckenhohes Regal mit Akten.

„Sie ist wach." Janet.

Ein kleiner Schrei. Dagmar.

Pia drehte den Kopf. Schmerzen. Sie lag auf dem Kachelboden einer schmalen Kammer. Rundum Regale mit Aktenordnern. Sie war verschnürt wie ein Brathühnchen, und neben ihr lagen die anderen. Janet, Dagmar und Anna. Ebenso verschnürt.

Aber nicht geknebelt. Carod und seine Jungs fühlten sich offenbar sehr sicher hier oben, unter dem Dach. Das war kein gutes Zeichen.

Pia sah gerührt, dass Anna Tränen in den Augen hatte. Sie musste sich räuspern, bevor sie ihrer Stimme wieder trauen konnte. „Na, Glückwunsch. Llimona 5, fast vollständig, fertig zum Grillen!“ Sie lachte, aber nur Janet lachte mit.

„Barbara!“ Anna versuchte auf die Armbanduhr der neben ihr liegenden Janet zu schauen. „Die ist gerettet!“

„Die müsste jetzt bald ihren Fernsehauftritt haben.“ Janet legte sich so, dass Anna die Uhr sehen konnte.

„Halb zehn“, las Anna ab. „Das schaffen wir nie!“

„Nicht wirklich“, gab Pia zu.

„Leute, die Zeit ist für uns im Moment überlebenswichtig. Carod und die Jungs sitzen alle da drin und überlegen, was sie mit uns tun können. Ist für die vor allem ein logistisches Problem.“

„Barcelona liegt am Meer“, bemerkte Anna. „Berta Roldán hat er auch einfach absaufen lassen.“

„Leute, bitte! Soweit werden die niemals gehen. Wir sind immerhin vier.“ Pia bemühte sich um einen lockeren Tonfall. „Und selbst in so einer Machostadt kann man nicht einfach vier Frauen verschwinden lassen, ohne dass das jemandem auffällt.“

„Klar, sie werden uns vermissen. Luis wird uns obduzieren, und Josep die Mörder überführen.“ Janets schwarzer Humor kam nicht wirklich an.

„Sie können uns nicht einfach töten, verdammt!“ Pia bewegte die Hände, um wieder Gefühl in die Finger zu bekommen. Ein erstes Kribbeln verbuchte sie als Erfolg. „Sie werden sich etwas überlegen, um uns irgendwie anders außer Gefecht zu setzen."

„Psychodrogen", schlug Janet vor, „Verleumdungen, gekaufte Zeugen für sittenwidriges Verhalten, Preisgabe der Lächerlichkeit durch bösartige Inszenierungen, und und und. Es gibt hunderte von Möglichkeiten, ein paar Frauen fertig zu machen. Vor allem, wenn man seit Generationen in dieser - wie sagst du so schön? - Machostadt verwurzelt ist, Geld und Phantasie hat. Und Carod hat alles. Wir hingegen sind nichtmal aus Barcelona, keine von uns. Selbst dich nennen sie manchmal noch die *Madrilena*. Wir schimpfen uns Detektivinnen, aber richtige Beweise für unsere kühnen Vermutungen haben wir nicht."

„Danke, Janet. Du kannst einem wirklich Mut machen." Manchmal fand Pia Janets coolen Stoizismus nur schwer erträglich. Vor allem, wenn sie auch noch Recht hatte. „Wir dürfen uns jetzt doch nicht auch noch selber fertigmachen. Also: vielleicht auch mal konstruktive Ideen?"

Schweigen.

Dann vorsichtig Dagmar: „Sag mal Pia, was hast du gerade für ein Klingelzeichen auf deinem Handy?"

„Keine Ahnung", überlegte Pia. „Quim hat mir da was neues eingestellt. Er fand das witzig."

„So ein Pfeifen?"

„Kann sein ..."

„Genau!" Dagmar schlug ihre gefesselten Fäuste auf den Boden. „Bei dem einen von den Knaben, *nameless*, da hat's plötzlich in der Hosentasche angefangen zu pfeifen.

Er hat gegrinst, ein Handy hervorgeholt und es ausgestellt. Es sah aus wie ein Nokia. Wie dein Nokia."

„War es vermutlich auch." Pia versuchte, eine etwas bequemere Lage zu finden. „Er hat es mir ja schließlich abgenommen."

„Und jemand hat dich angerufen."

„Ja. Vermutlich meine Mutter."

„Oder Josep?" hoffte Anna.

„Vergaß es!" Pia wollte noch etwas sagen, kam aber nicht mehr dazu. Läuten an der Tür. Zweimal. Und noch zweimal.

Nichts weiter geschah. Plötzlich gab es einen Höllenkrach. Gleichzeitig wurde an die Tür gehämmert, Männerstimmen brüllten Befehle, Pia verstand ‚Polizei!'. Ein Schuss fiel, ein hysterisch schriller Schrei ertönte. Dann ein Moment absoluter Stille.

„Hilfe! Hierher!" Pia schrie so laut sie konnte. Fast sofort wurde die Tür aufgerissen. Eine lange krumme Gestalt in verbeulten Hosen, hoch abstehendes wirrgraues Bürstenhaar, Josep. Pia hatte noch nie im Leben etwas Schöneres gesehen.

## 35.

Jetzt war sie doch aufgeregt. Barbara wischte ihre feuchten Hände an den Jeans ab. Über dem Studio leuchtete das rote Licht, die Sendung hatte begonnen. Die eingängige Titelmelodie von *Greif dein Glück* ertönte, und im Monitor konnte sie mit verfolgen, wie Severí Sanchez mit einer offenbar berühmten Schauspielerin sprach.

Sie saßen in einem kleinen von Dekoplatten abgetrennten Raum hinter der Bühne. Sie mussten still sein. Sie hatten alle Proben hinter sich, wenn jetzt eine Panne passierte, dann war es ihre eigene Schuld. Mit diesen Zitterhänden würde sie jedenfalls nichtmal einer Marmorstatue die Brieftasche wegnehmen können.

Lina lächelte ihr aufmunternd zu. Sie hatte ihr auch vorhin beim Umziehen geholfen. Es gab nagelneue Jeans in ihrer Größe, T-Shirts in allen Farben, und die Weste konnte aufgebügelt werden. Lina war auch mit in die Maske gekommen und hatte verhindert, dass Barbara total zugeschminkt wurde.

Barbara lag in diesem Zahnarztstuhl, und ein Mann mit hell blondierten Haaren machte sich mit einem riesigen Koffer voller Schminkzeug über sie her. „Ah, Lass mal sehen! Du bist ja wunderschön! Wieso läuft du nur so rum?"

„Sie ist als Taschendiebin hier", erklärte Lina, „nicht als Model. Halt dich bitte zurück, Hubert." Ein Deutscher. Barbara schloss die Augen.

Als Hubert fertig war, erkannte sie sich kaum selber

wieder. Ihre dunklen Augen waren riesig, ihr Mund rot und voll, die dunklen Haare umgaben ihr Gesicht wie eine schwarze Koboldmütze.

Barbara stand hastig auf und riss sich das Schminktuch vom Hals. Das war sie nicht. Aber gleichzeitig war sie fasziniert von diesem Bild im Spiegel. Dieser völlig fremden attraktiven Frau.

Lina brachte sie zu dem Raum hinter der Bühne und stellte sie den anderen Leuten vor. Barbara lächelte freundlich und gab Pfötchen. Zuerst achtete sie noch misstrauisch auf die Reaktionen der anderen, dann begriff sie, dass niemand sie wirklich beachtete. Kurzes Abschätzen, ob sie wichtig oder prominent war, dann schnell zum nächsten Punkt. Jeder kreiste hier nur um sich. Sie war mehr oder weniger unsichtbar, sie versuchte, abzuschalten und sich zu konzentrieren.

Sie hatte nicht erwartet, Cueto noch einmal zu sehen, aber vor einer erneuten Begegnung mit Marí Graumaus Revilla hatte sie sich gefürchtet. Die hatte sich aber die ganze Zeit über nicht blicken lassen. Glücklicherweise.

Severí Sanchez war kurz vor Beginn der Sendung hereingekommen und hatte sich mit jedem von ihnen unterhalten. Er war konzentriert, kannte die Aufgabe und Geschichte jedes einzelnen und nahm sich für jeden Zeit. Bei Barbara blieb er besonders lange.

„Sie sehen großartig aus“, sagte er. Und „Ich bewundere Sie. Sie beherrschen noch eine große, alte zirzensische Kunst, die nichts mehr mit der heutzutage praktizierten brutalen Raubmentalität zu tun hat. Ich würde mich freuen, wenn ich Sie öfter bei uns sehen würde!“ Er klang glaubwürdig und ehrlich. „Vielleicht können wir sogar eine Art Reihe einrichten. Kleine regelmäßige Sendungen ...“ Er nickte Pep Basset zu und eilte wieder hinaus.

Die Stimmung wurde immer nervöser. Ton, Kamera Licht. Das Studio wirkte jetzt gar nicht mehr klein, sondern wirklich glitzernd glamourös. Maynar schaute kurz herein und verschwand wieder. Das Publikum wurde eingelassen. Und es unterschied sich deutlich von den Studenten. Jetzt war niemand gelangweilt, alle waren beeindruckt und folgten eifrig den Anweisungen von Maynar und seinen Leuten.

„Entspann dich!“ Pep Basset berührte sie kurz an der Schulter. „Keiner hier will dich fressen.“ Er lachte. Er hatte eine blaue Polizistenuniform an, die er im wirklichen Leben schon lange nicht mehr trug, und auch er war geschminkt.

Barbara lächelte zurück. Pep war freundlich, nett, *simpatico*. Aber auch er würde ihr im Ernstfall nicht helfen können.

Lina hatte sie wecken müssen. Sie war doch tatsächlich in dieser scheußlichen Besenkammer eingeschlafen. Sie hatte Sand im Mund und Klebstoff in den Augen. Sie war so unendlich müde. Ihr war alles egal. Sie wollte auch kein Fernsehstar mehr werden. Nur noch weiterschlafen. Und dann gab ihr Lina diesen Brief.

„Hast du den schon gesehen? Ein echter Fan!“ Sie lachte. Barbara riss den Brief auf, aber sie wusste schon vorher, was sie drin finden würde.

Du bist die Größte!

Mit dem Computer auf dickes Papier gedruckt, gepresste Rosenblätter und ein rotes Herz unten anstatt einer Unterschrift.

„Wo kommt das her?“ Barbara legte das Papier langsam wieder zusammen. Lina schien etwas irritiert.

„Ein Fan eben. Die geben oft Blumen oder Briefe an der Pforte ab. Manchmal auch kleine Plüschtiere oder so, aber alles lassen wir nicht durch.“ Lina sah sie an. „Stimmt was nicht?“

Was hätte Barbara darauf schon antworten können? Nein, nichts stimmt. Sie hatte nichts sagend gelächelt und geschwiegen. Und war Lina durch die endlosen Gänge zurück zum Studio gefolgt.

Sie sah zu Pep Basset, aber der war als nächster dran und achtete nur noch auf seinen Einsatz.

„Und hier kommt unser liebster und allerbester Polizist, Pep Basset!“ Sanchez beherrschte die Bühne souverän. „Er wird uns jetzt zeigen, wie wir uns vor den *Ratten von Barcelona* schützen können, worauf wir achten müssen, und wogegen wir einfach nur hilflos sind.“

Barbara atmete tief ein und aus, ein und aus. Gleich war sie dran. Sie hatte vor der Sendung einigen der Gäste bereits Uhren und Brieftaschen weggenommen. Die zeigte Sanchez jetzt vor, und die völlig überraschten Gäste konnten es kaum fassen.

Aber jetzt würden sie alle wie gebannt aufpassen, und sie musste mindestens noch drei Spontandiebstähle begehen. Sanchez war schon bei ihrer Story. Sie hatten gemeinsam eine neue Vorgeschichte zusammengestellt, die nicht ganz falsch war, aber auch nicht wirklich der Wahrheit entsprach. Barbara sah ja ein, dass sie eine Story brauchten, hatte aber darauf bestanden, das alles etwas weiter weg von der Realität anzusiedeln. Doch Sanchez hatte den Text nochmal verändert. Da war wieder die Rede von Jugendheimen und dem Leben in den Straßen von Barcelona. Dem Leben als Ratte. Marí Revilla, die Graumaus hatte darauf bestanden. Sanchez sprach jetzt besonders schnell, nuschelte an manchen Stellen sogar, aber das half nichts, es brannte. Jedes einzelne Wort.

Lina gab ihr einen kleinen Schubs, gleichzeitig rief Sanchez: „Und hier kommt die großartige Barbara!“

Barbara schaltete ihren Kopf ab. Ging mit steifen Schritten hinaus auf die Bühne. Es gab keine Showtreppe, nichtmal einen Glitzervorhang, sie kam einfach nur hinter der Deko hervor. Die Leute bekamen ein Zeichen und klatschten. Und sie stand mitten im Scheinwerferlicht.

Zuerst war es nur blendend hell. Sanchez sprach, Sie lächelte. Langsam wurden die Umrisse klarer, und sie konnte die Kameras erkennen, die von allen Seiten auf sie zufuhren, und auch das Publikum. Das Studio war voll, sie saßen eng in den zwei Blocks, einer rechts, einer links.

Aber niemand den sie kannte. Keine Pia, Anna, Janet. Oder Dagmar und die Kinder. Kein Luis. Und auch kein Josep, aber das überraschte sie weniger.

Niemand. Nur fremde Gesichter.

Barbara agierte wie eine aufgezogene Puppe. Sie

spielte die verabredeten Spielchen. Sie begrüßte Sanchez und nahm ihm dabei die Krawatte ab, sie ging zum rechten Block hinüber, in die ersten Reihen des Publikums. Lächelte, lenkte ab. Sie holte sich einen Ring, einen Gürtel, zwei Uhren und drei Geldbörsen. Sie spürte keine Nervosität mehr.

Dann sah sie Felip.

Er saß in der dritten Reihe links. Ganz außen am Rand. Er trug einen dunklen Anzug und eine nachtblaue Krawatte. Und er lächelte sein unschuldiges Kleinejungslächeln.

Barbara hatte keine Möglichkeit, ihn zu übergehen, außer das Spiel abzubrechen. Sie blieb abrupt stehen und drehte sich wieder zu Sanchez um. Und hörte hinter sich laut Felips Worte.

„Mir können Sie nichts wegnehmen, wetten dass?!"

Alle starrten sie an, vereinzelte Lacher. Die Kameras surrten, Sanchez lächelte erwartungsvoll, Maynar winkte ihr aufgeregt zu. Barbara drehte sich langsam wieder zu Felip um.

Er sah gut aus in dem Anzug. Fremd und erwachsen. Er flüsterte. „Mein Herz hast du ja schon!"

„Nein, verdammt. Nein, nein NEIN!" Barbara sprach nicht, bewegte nur die Lippen, wollte einen Schritt weiter zum nächsten Zuschauer gehen. Und hörte gerade noch seine gezischten Worte.

„Du bleibst da. Ich bin eine Bombe." Er schob sein Jackett etwas zur Seite und zeigte ihr einen breiten Gürtel aus zusammengebundenen Dynamitstangen, wie sie ihn in Fernsehberichten über Terroristen gesehen hatte. Bunte spaghettidünne Drähte. In der

Hand hielt er eine schwarze Box, die aussah wie eine winzigkleine Fernbedienung.

Er lächelte.

Barbara sah die Menschen um sich herum. Hundertfünfzig, vielleicht zweihundert. Das hell erleuchtete Studio, die Kameras, die erwartungsvollen Gesichter.

Sie beugte sich über Felip und strich ihm über die Haare. Ihre Hand erinnerte sich an das Gefühl, das diese struppige Berührung einmal bei ihr ausgelöst hatte. Liebe?

Die Kameras kamen näher. Surren. Im schattenlosen Licht der Scheinwerfer sah Barbara die Narben auf ihrer Hand. Sah sie zum ersten Mal realistisch. Fein, rosa, kaum noch zu erkennen. Es brauchte wirklich grelles Scheinwerferlicht, um sie so deutlich sichtbar zu machen. Aber das spielte jetzt keine Rolle mehr.

Ihre Hand berührte sein Ohr, seinen Hals. Er sah sie an, jetzt lächelte er nicht mehr. In diesen Augen war sie einmal versunken. Mit ihm verschmolzen. Ihre Hand fuhr leicht über seine Schulter und unter das Jackett.

Sie spürte die Muskeln unter der weichen Baumwolle. Zittern, eine kaum wahrnehmbare Verspannung. Sie beugte sich tiefer. Sah ihm tief in die Augen. Nicht alles war eine Lüge.

Ihre Hand strich über die Hemdbrust. Noch ein Stück tiefer. Ihre Hand glitt über die Drähte. Sie wagte es nicht, daran zu ziehen. Spürte plötzlich eine faustgroße Ausbuchtung in seiner Jacke. Strich darüber und hielt ein ovales Gewicht in der Hand. Schwer. Größe und Riffelung einer Handgranate. Sie verdeckte sie vor ihm und den anderen und küsste ihn leicht auf den Mund. Seine Augen wurden feucht. „Barbara“, flüsterte er. Sie drehte ihm mit der freien Hand die Fernbedienung aus den Fingern.

Es war leicht. Er überließ sie ihr ohne Gegenwehr. Hob die Arme und zog sie einen Moment zu sich herunter. Sah sie an, küsste sie. Nur ein kurzer Moment und der warme Druck seiner Lippen.

Dann schrie die Frau neben ihm.

Felips Jackett klaffte auf und gab für alle den Blick auf die Dynamitstangen frei. Immer mehr Leute schrieen, die ersten sprangen auf die Lehnen und versuchten über die anderen Zuschauer hinweg hinaus zu rennen. Panik drohte auszubrechen.

„Bitte, ganz ruhig, alles ist okay ...“ Sanchez unterstrich seine Bemerkungen mit Handbewegungen, Maynar gab dem Ton ein Zeichen, die Musik setzte wieder ein.

Barbara blieb bei Felip, auch als die Sicherheitsleute mit ihren schwarzen Westen hereingestürmt kamen und ihre Waffen auf ihn richteten. Felip hob beide Arme. Lächelte.

Ein Sprengstoffexperte kam herbei geeilt. Er war eingemummt wie ein Marsmännchen und näherte sich Felip extrem vorsichtig. Felip hielt beide Arme hoch, sah aber nur Barbara an.

Sanchez und Maynar beruhigten das Publikum, Cueto war plötzlich im Studio und hatte auch ein

Mikro in der Hand. Seine Stimme war autoritär und sehr sicher.

„Bitte, meine Damen und Herren. Es besteht keine Gefahr. Das Ganze gehört zur Show. Eine kleine Extraeinlage." Die Leute wurden ruhiger, einige setzten sich sogar wieder auf ihre Plätze.

Der Sprengstoffexperte sah auf. „Alles nur *fake*!" Er riss Felip eine der Dynamitstangen vom Körper und hielt sie hoch. „Attrappen!" Die Sicherheitsleute waren vor lauter Erleichterung besonders brutal. Sie packten Felip, warfen ihn herum und fesselten ihn grob.

Barbara hielt immer noch die Handgranate fest. Olivgrün unter dunklen Roststellen, auch der kleine Ring schien festgerostet. Sie hielt sie dem Sprengstoffexperten hin, der schrak hoch und nahm sie ihr vorsichtig ab. „Scheiße, die ist echt!"

Felip wehrte sich nicht. Drehte nur den Kopf. Sah Barbara an.

Und lächelte, bis sie ihn wegschleppten.

## 36.

Eine Lichterkette mit nische Lampions hing über der Dachterrasse. Am Rand, neben den Terrakottatöpfen mit Geranien, Oleander und Rosmarin brannten Kerzen in abgeschnittenen und halb mit Sand gefüllten Wasserflaschen. Der lange Tisch war gedeckt, und aus der hell erleuchteten Küche duftete es nach Zwiebeln, Knoblauch, Tomaten und Gambas.

„Auch eins?“ Pia hatte zwei Gläser mit *cava* in der Hand und hielt ihr eins hin. Anna trank sonst keinen Alkohol, aber heute schien es ihr angebracht.

„Auf Barbara“, sagte sie. Pia nickte. Sie sahen zu Barbara, die ganz außen auf der Brüstung der Dachterrasse saß und auf die Lichter und die Dächer von Barcelona hinunterschaute. Ungeachtet der vielfach verführerischen Düfte blieb Fritz auf ihrem Schoß und ließ sich kraulen.

„Pia?“ rief Luis aus der Küche. Pia winkte ihm zu, wandte sich wieder Anna zu.

„Das geht jetzt schon seit Tagen so. Wir müssen sie da wieder rausholen!“

„Ich versuch's nochmal.“ Anna ging zu Barbara und setzte sich zu ihr, stellte ihr Cavaglas neben ein anderes, ebenso unberührtes.

Fritz unterbrach sein Schnurren nur kurz. Anna legte einen Arm um Barbaras Schultern. „Die Kinder schauen die DVD von der Show dreimal am Tag an. Sie haben es uns bis heute nicht verziehen, dass wir zu spät gekommen sind, dass man uns nicht mehr reingelassen hat. Obwohl sie uns alle mit SMS bombardiert hatten, um uns zu erinnern."

Barbara schwieg. Bewegte sich nicht.

„Du bist ihre absolute Heldin. Und nicht nur ihre. Alle Medien sind voll von dir, in der Küche steht ein Blumenstrauß von Cueto, so riesig, dass wir vermutlich anbauen müssen."

Barbara schnaufte nur kurz aus.

Nur ein paar Tage. Anna glaubte zu wissen, was in Barbara vorging, hatte es bisher noch nicht angesprochen. Sie nahm ihren Arm zurück. „Du hast ihn mal geliebt. Und jetzt bist du traurig."

„Ich bin ja nichtmal sicher, ob ich ihn geliebt habe."

Anna war froh, dass Barbara wieder sprach. Sie fuhr leise fort: „Aber du glaubst, du hättest ihn verraten!"

„Genau das habe ich!" fuhr Barbara hoch. „Ich hab ihn verraten!" Sie packte Fritz und setzte ihn auf den Boden.

Fritz schien nur kurz irritiert und folgte dann den Düften in Richtung Küche. Barbara sah ihm nach, leise: „Ich habe ihn geküsst. Ich habe ihm etwas vorgespielt. Ich habe ihn belogen wie eine billige Hure."

„Du konntest doch gar nicht anders reagieren. Er war eine Gefahr!"

„Das ist doch nicht wahr! Er wollte niemanden töten."

„Doch. Das hat er geplant. Du hast das Leben von über zweihundert Menschen gerettet."

„Der ganze Kram war eine Attrappe, er wollte mich nur beeindrucken."

„Die Handgranate war echt."

„Und nicht nur die Handgranate." Hinter ihnen

war Josep Bonet aufgetaucht, ein Glas Weißwein in der Hand. „Tut mir leid, Barbara. Ich versteh dich. Ich mochte den Kerl ja auch, wirklich. Aber er war krank. Sehr krank. Wir haben in seiner Bude hochexplosives Material gefunden. Er hatte sich jede Menge Zeug aus dem Internet heruntergeladen, um Bomben zu bauen. Er hatte das Material teilweise schon gebunkert. Er hatte Berge von Songs geschrieben, die nur vom Tod handeln und vom Morden. Von Gewalt und von Macht."

Barbara wollte etwas sagen, schloss den Mund wieder. Joseps Stimme enthielt keinen Vorwurf, nur Mitgefühl. „Du warst nie bei ihm, in seiner Bude?"

„Seit Monaten nicht mehr." Barbara schüttelte den Kopf. „Er war doch so sanft, so ..." sie bracht ab, schien sich an etwas zu erinnern. Leise: „Nein. Er hatte auch eine andere Seite. Er konnte ziemlich brutal werden, wenn er seinen Willen nicht bekam ..."

„Mach dir keine Vorwürfe", Josep lachte bitter, „ich habe ebenso versagt. Ich mochte seine Musik und ich mochte den ganzen Kerl. Ich fand es schön, wie er in dich verliebt war. Ich bin nie auf die Idee gekommen, mir mal seine Vergangenheit anzusehen."

„Er ist vorbestraft?" fragte Anna.

„Nie verurteilt", Josep hielt vier Finger der linken Hand hoch, „aber es gab vier Verfahren. Brandstiftung, Einbruch, schwere Körperverletzung und unerlaubter Waffenbesitz. Das ist Jahre her, er war noch sehr jung. Und er schrammte offenbar immer gerade so an einer rechtskräftigen Verurteilung vorbei."

Barbara schwieg. Anna stand auf und machte Josep Platz. Josep setzte sein Weinglas ab und nahm Barbara in die Arme. Sie wehrte sich kurz, dann wurde sie weich. Und begann zu weinen.

Pia kam dazu, strich Barbara leicht über das Haar, setzte sich neben sie. Dann Dagmar, die sie kurz drückte und neben ihr stehen blieb. Janet, die sich auf Joseps Schulter lehnte, schloss den Kreis.

„Es tut mir so leid", sagte Josep leise. „Ich hab mich verrannt."

„Wenn sich hier jemand verrannt hatte, dann wir!" widersprach Pia.

„Wir alle", gab Josep zu. „Ihr wolltet unbedingt Saura überführen. Und ich wollte ihn reinwaschen. Ich fühlte mich vermutlich von euch in meiner Machoehre angegriffen. Saura war in meinen Augen ein richtiger Mann." Er spürte Annas wütenden Blick und hob eine Hand. „Ist ja schon gut. Er hat Elena geschlagen, und das war falsch. Nein, das war unentschuldbar! Und diese Segeltörns mit anderen Weibern waren natürlich auch völlig daneben. Bleibt aber bestehen, dass Elena ihn betrogen, und ihm sogar ein Kind untergeschoben hat."

„Wie verhält sich Carod?" fragte Dagmar. Josep grinste.

„Er ist die personifizierte Unschuld. Aber seine Frau hat ausgepackt. Sie ist älter als er und sehr vermögend. Um nicht zu sagen stinkereich. Sie haben keine Kinder, und sie hat ihn seit Jahren im Verdacht gehabt, sie zu hintergehen. Er war ein Staranwalt, er hat blendend verdient, er hat wohl versucht, von

ihrem Geld unabhängig zu werden."
„Und sie zu verlassen", ergänzte Anna.
„Nein. Um etwas in der Hand zu haben, wenn sie ihm verließ. Sie hat ihn seit Jahren von Privatdetektiven observieren lassen. Sie wusste alles über ihn. Nicht nur über seine Segeltörns mit Saura. Nicht nur die Sache mit Elena. Auch über einige dubiose Geschäfte, die er mit Saura zusammen am Laufen hatte."
„Wusste sie, dass Isidre Carods Kind ist?" fragte Janet.
„Nein. Aber ich hab's ihr gesagt." Josep fasste kurz nach Janets Hand auf seiner Schulter und grinste breit. „Und das hat bei ihr was ausgelöst, aber nichts Gutes. Sie hat über ihren Anwalt mitteilen lassen, dass sie uns vollständige Einsicht in alle Unterlagen gewährt. Damit ist er dran."
„Und er?"
„Er schiebt plötzlich alles auf Saura. Er gibt zu, dass er vor anderthalb Jahren mal einen kurzen Ausrutscher - so nennt er das - mit Elena hatte. Sie war unglücklich mit Saura, und Carod, der gute Freund hat sie getröstet. Offenbar mit Hilfe von sehr viel *cava*. Elena hat ihm und vor allem sich das nie verziehen. Sie wollte Saura nicht verlieren, trotz allem. Daher ihr ambivalentes Verhalten. Und angeblich ist Saura ausgerastet, als er das alles erfuhr. Aber er weiß bis heute nicht die volle Wahrheit. Der Trottel hält Carod immer noch für seinen besten Freund."
„Habt ihr da was im Ofen?" Luis stand plötzlich neben ihnen. „Könnte das anbrennen?"
„Die Lammkeule!" Dagmar sprang auf und rannte

hinein, Pia folgte ihr.

„Pep wollte doch aufpassen, verdammt!"

Janet und Josep schlenderten zum Tisch hinüber, als würden sie sich nicht kennen, und setzten sich wie zufällig nebeneinander. Auch Barbara stand auf.

„Hat mal jemand ein Taschentuch?" sie nahm das von Anna und schniebte ausgiebig hinein. „Schon okay." Sie lächelte zaghaft. „Ihr könnt euren psychotherapeutischen Großauftrag wieder auf die paar wirklich wichtigen Dinge im Leben konzentrieren."

„Essen fertig!" riefen Quim und Sara und begannen, die Platten und Teller aufzutragen. Alle gingen zum Tisch hinüber, Barbara knuffte Anna leicht in die Seite. „Trotzdem danke."

Luis brachte den Wein, Pia und Dagmar trugen die noch nicht verbrannte Lammkeule heraus, Janet plauderte mit Pep Basset, der ihre Vorliebe für Whisky zu teilen schien, und sich nach einer kleinen Grimasse für Josep auf ihre andere Seite setzte. Anna half Sara, der fast die Gambas vom Teller gerutscht wären.Im Lautsprecher sang Juanes, ‚*Mi sangre*'.

Sie saßen alle an dem großen Tisch, Luis schenkte Cava oder Wein ein, Pia verteilte Wasserflaschen, und Dagmar und Quim reichten die Platten und Teller herum.

Und Barbara lächelte schon wieder.

Es läutete, Anna lief zur Wohnungstür. Mónica Vidal. „Ich komme hoffentlich nicht zu spät!" Sie trug einen ledernen Westernrock mit einer jeansblauen Westernbluse und sah aus, als würde sie gleich mit einem Countrysong beginnen. Sie hatte einen gewaltigen Schokoladenkuchen dabei. „Und das ist das Allerbeste!" verkündete sie, als sie ihn auf die Terrasse trug und vor Pia abstellte. „Der kleine Isidre darf vermutlich bei seinen Pflegeeltern bleiben. Das ist wirklich eine total nette Familie, ihm geht es richtig gut. Und weder Saura noch Craod werden mit möglichen Einsprüchen sehr weit kommen." Sie setzte sich und probierte eine von den knusprigen Hähnchen-Schinken-Kroketten. „Bisher besteht allerdings kein Interesse, keine Beziehung, auch nicht bei der Familie, den Eltern und Geschwistern von Elena."

Anna dachte an das Chaos ihrer eigenen Kindheit zurück. Ein abwesender Vater und eine alkoholsüchtige Mutter. Sicher wäre ihr Leben anders verlaufen, wenn sie damals in eine andere Familie gekommen wäre. Aber besser?

Sie schaute in die Runde.

Viel besser ging ja kaum.

## Anmerkung

Ich versichere hiermit glaubhaft und absolut rechtsbündig, dass alles, die Figuren und die ganze Geschichte von mir erfunden sind und mit in der Realität möglicherweise existierenden Menschen absolut nichts zu tun haben.

Nur die Stadt Barcelona gibt es wirklich ...

Ich danke wieder der Hilfe meiner Freunde in Barcelona, ohne die ich vieles falsch gesehen oder nicht verstanden hätte. Sicher gibt es trotz allem noch Fehler. Die fallen allein in meine Verantwortung